9/18

LA CENA

Herman Koch

LA CENA

Traducción del holandés de
Marta Arguilé Bernal

salamandra

Título original: *Het Diner*

Con la colaboración de la Dutch Foundation for Literature

Ilustración de la cubierta: AGE /Christina Zekkou

Copyright © Herman Koch, 2009
Publicado originalmente por Ambo/Anthos Uitgevers, Amsterdam
Copyright de la edición en castellano © Ediciones Salamandra, 2010

Publicaciones y Ediciones Salamandra, S.A.
Almogàvers, 56, 7º 2ª - 08018 Barcelona - Tel. 93 215 11 99
www.salamandra.info

ISBN: 978-84-9838-303-4
Depósito legal: B-18.555-2011

1ª edición, septiembre de 2010
8ª edición, diciembre de 2017
Printed in Spain

Impresión: Romanyà-Valls, Pl. Verdaguer, 1
Capellades, Barcelona

NICE GUY EDDIE
C'mon, throw in a buck.
MR. PINK
Uh-huh. I don't tip.
NICE GUY EDDIE
Whaddaya mean, you don't tip?
MR. PINK
I don't believe in it.

QUENTIN TARANTINO
Reservoir Dogs

APERITIVO

1

Íbamos a cenar en un restaurante. No diré en cuál, porque si lo digo puede que la próxima vez esté lleno de gente que quiera ver si hemos vuelto. Había reservado Serge. De las reservas siempre se ocupa él. El restaurante es uno de esos a los que hay que llamar con tres meses de antelación, o seis u ocho, ya he perdido la cuenta. Yo jamás querría saber con tres meses de antelación adónde iré a cenar una noche determinada, pero parece que hay gente a quien eso no le importa nada. Si dentro de unos siglos los historiadores quieren saber cuán idiota era la humanidad a comienzos del siglo XXI, no tendrán más que echar un vistazo a los ordenadores de los llamados restaurantes selectos, porque resulta que todos esos datos se guardan. Si la vez anterior el señor L. estuvo dispuesto a esperar tres meses por una mesa junto a la ventana, bien esperará ahora cinco por una mesa al lado de la puerta de los servicios. En esos restaurantes, a eso se lo llama «llevar los datos de los clientes».

Serge jamás reserva con tres meses de antelación. Suele hacerlo el mismo día; se lo toma como un juego, dice. Hay restaurantes que siempre dejan una mesa libre para personas como Serge Lohman, y éste es uno de ellos. Uno de muchos, por cierto. Cabría preguntarse si en todo el país queda algún restaurante donde no pierdan los papeles al oír el nombre de

11

Serge Lohman al teléfono. Claro que no llama él en persona, eso se lo deja a su secretaria o a alguno de sus colaboradores más cercanos. «No te preocupes —me aseguró cuando nos telefoneamos hace unos días—. Allí me conocen. Conseguiré mesa.» Yo sólo le había preguntado si volveríamos a llamarnos en caso de que no tuviesen sitio, y adónde podríamos ir entonces. Su voz, al otro lado de la línea, tenía cierto tono compasivo; casi me pareció ver cómo negaba con la cabeza. Un juego.

Si había algo que no me apetecía esa noche era estar presente cuando el propietario del restaurante o el maître de turno saliese a recibir a Serge Lohman como si de un viejo conocido se tratase, ver cómo una camarera lo conducía hasta la mejor mesa junto al jardín y cómo Serge simulaba que todo aquello no tenía la menor importancia, que en el fondo seguía siendo el mismo chico corriente de siempre, y que por eso se sentía tan a gusto entre la gente corriente.

Así que le dije que nos encontraríamos directamente en el restaurante en vez de quedar en el bar de la esquina, como había propuesto él. Era un bar frecuentado también por mucha gente corriente. Ver a Serge Lohman entrando en aquel local, con aires de tipo corriente y una sonrisa que venía a decir que las demás personas corrientes debían seguir charlando como si tal cosa, tampoco me apetecía nada esa noche.

2

El restaurante nos queda bastante cerca de casa, de modo que fuimos andando. Pasamos por delante del bar en el que yo no había querido encontrarme con Serge. Llevaba el brazo alrededor de la cintura de mi esposa, y ella, la mano por debajo de mi americana. En la fachada del bar resplandecía el cálido letrero luminoso rojo y blanco de la cerveza que servían en el interior.

—Llegamos demasiado pronto —comenté—. O mejor dicho, si vamos ahora al restaurante, llegaremos puntuales.

Debo dejar de llamarla «mi esposa». Se llama Claire. Sus padres le pusieron Marie Claire, pero de mayor se negó a llamarse igual que una revista. A veces la llamo Marie para incordiarla, pero casi nunca me refiero a ella como «mi esposa», sólo muy de vez en cuando, en ocasiones formales como «En este momento mi esposa no puede ponerse al teléfono» o «Pues mi esposa está segura de haber reservado una habitación con vistas al mar».

En veladas como ésa, Claire y yo valoramos mucho los momentos en que aún estamos solos. Es como si todavía todo fuese posible, como si lo de haber quedado para cenar fuese una simple confusión y en realidad sólo hubiésemos salido a dar una vuelta nosotros dos. Si tuviese que dar una definición de la felicidad, diría lo siguiente: la felicidad se basta a sí misma, no necesita testigos. «Todas las familias felices se parecen entre sí, pero cada familia desdichada ofrece un carácter peculiar», reza la primera frase de *Ana Karenina*, de Tolstói. Sólo me atrevería a añadir que las familias desdichadas, y sobre todo los matrimonios desdichados, nunca pueden estar solos. Cuantos más testigos tengan, mejor. La desdicha busca siempre compañía. La desdicha no soporta el silencio, sobre todo los silencios incómodos que se producen cuando se está a solas.

Así pues, Claire y yo nos sonreímos en el bar cuando nos trajeron las cervezas, a sabiendas de que nos esperaba una larga velada en compañía del matrimonio Lohman, de que ése era el mejor momento de la noche y que, a partir de entonces, las cosas sólo podrían ir a peor.

No me apetecía cenar en un restaurante. Nunca me apetece. Una cita en los próximos días es la antesala del infierno; la noche en cuestión, el infierno mismo. Empieza ya de buena mañana delante del espejo con el «¿qué me pongo?» y el «¿me afeito o no?». A fin de cuentas, todo eso dice mucho de uno, tanto unos vaqueros salpicados de rotos y manchas como una camisa bien planchada. Si vas con barba de un día, es que has sido demasiado perezoso para afeitarte; con barba de dos días te preguntan infaliblemente si la susodicha barba de dos días forma parte de tu nueva imagen, y con barba de tres días estás a un paso de la degradación total. «¿Va todo bien? ¿No estarás enfermo?» Hagas lo que hagas, no eres libre. Afeitarse también es una declaración: salta a la vista que la cena te parece tan importante que te has tomado incluso la molestia de afeitarte, piensan los demás. En realidad, si te afeitas es como si ya te hubiesen metido el primer gol.

Además, en ocasiones como ésta siempre tengo a Claire para recordarme que no se trata de una velada cualquiera. Claire es más lista que yo. No lo digo como una reflexión feminista barata ni para caer bien a las mujeres. Jamás me oirán afirmar que las mujeres «en general» son más listas que los hombres, o más sensibles e intuitivas, o que «aprovechan todas las oportunidades que les brinda la vida» ni otras sandeces por el estilo que, dicho sea de paso, se oyen más en boca de hombres presuntamente sensibles que de las propias mujeres.

Claire es, sencillamente, más lista que yo, y para ser sincero, añadiré que me costó algún tiempo admitirlo. Es cierto que ya durante los primeros años de nuestra relación me parecía inteligente, pero le atribuía una inteligencia normal, el grado de inteligencia que cabía esperar en la mujer que saliera conmigo. Al fin y al cabo, yo no habría aguantado ni un mes con una tonta, ¿no? El caso es que Claire resultó tan inteligente que al cabo de un mes seguía con ella. Y ahora, casi veinte años después, también.

Bien, quedamos pues en que Claire es más lista que yo, pero en ocasiones como ésta siempre me pide mi opinión sobre lo que debe ponerse, qué pendientes le sientan mejor, si se recoge el pelo o no. Los pendientes son para las mujeres lo que el afeitado para los hombres: cuanto más grandes sean, más importante y festiva es la noche. Claire tiene unos pendientes para cada ocasión. Algunos dirán que tanta inseguridad sobre el atuendo no es signo de inteligencia, pero yo sostengo todo lo contrario. Es justamente la tonta la que cree que puede arreglárselas sola. «¿Qué sabrá un hombre de esas cosas?», pensaría la tonta, y, acto seguido, erraría la elección.

Alguna vez he intentado imaginarme si Babette le pregunta alguna vez a Serge Lohman si le parece bien el vestido que se ha puesto. O si no lleva el pelo demasiado largo, o qué le parecen los zapatos. ¿No son algo bajos? ¿O, al contrario, tienen demasiado tacón?

Pero en esa imagen hay algo que falla, algo que no cuadra. «No; vas bien así», le oigo decir a Serge con aire ausente, sin poner los cinco sentidos. En realidad, le interesa bien poco y, además, aunque su mujer llevara el vestido inadecuado, los hombres se volverían a mirarla igualmente. A ella todo le sienta bien, ¿de qué se queja?

No era un bar de diseño ni se veían tipos a la última; Michel diría que no molaba. La inmensa mayoría eran personas corrientes. Ni muy mayores ni muy jóvenes, había un poco de todo, pero básicamente gente corriente. Como debería ser en todos los bares.

Estaba lleno. Claire y yo estábamos junto a la puerta del servicio de caballeros, pegados el uno al otro. Ella tenía la cerveza en una mano y con los dedos de la otra me pellizcaba suavemente la muñeca.

—No sé —dijo—, pero últimamente me da la impresión de que Michel está algo raro. Bueno, raro no. No está como siempre. Lo veo más reservado. ¿No te parece?

Michel es nuestro hijo. La próxima semana cumple los dieciséis. No, no tenemos más hijos. No fue intencionado traer al mundo sólo uno, pero llegó un punto en que ya era tarde para tener otro.

—Ah, ¿sí? —repuse—. Es posible.

No debía mirar a Claire: nos conocíamos demasiado bien, los ojos me delatarían. Por eso fingí echarle un vistazo al local, como si me fascinase ver a tantas personas corrientes enfrascadas en animadas conversaciones. Me alegraba de haberme mantenido en mis trece y haber quedado con los Lohman directamente en el restaurante; me imaginé a Serge entrando por la puerta batiente, con una sonrisa que animaría a la gente corriente a continuar con lo que estuvieran haciendo y a no prestarle mayor atención.

—¿A ti no te ha comentado nada? —preguntó Claire—. Quiero decir, contigo habla de cosas distintas que conmigo. ¿Tal vez se trate de alguna chica? ¿Algo que prefiera contarte a ti?

Tuvimos que apartarnos un poco porque la puerta del servicio de caballeros se abrió, y nos quedamos más cerca el

16

uno del otro. Noté cómo el vaso de Claire tintineaba contra el mío.

—¿Se trata de alguna chica? —insistió.

Ojalá fuese eso, pensé sin poderlo evitar. Un asunto de faldas. Sería maravilloso, maravillosamente normal, los típicos líos de adolescentes. «¿Puede quedarse Chantal / Merel / Roos a dormir esta noche?» «¿Lo saben en su casa? Si a los padres de Chantal / Merel / Roos les parece bien, por nosotros no hay problema. Siempre y cuando pienses en... tengas cuidado de... bueno, ya me entiendes, supongo que no necesito explicarte nada, ¿eh, Michel?»

En casa no faltaban las chicas, a cuál más guapa. Las encontraba sentadas en el sofá o a la mesa de la cocina, y me saludaban educadamente al verme llegar. «¿Cómo está usted, señor?» «No me llames señor, y tampoco me trates de usted.» Y por una sola vez me tuteaban y me llamaban «Paul», pues a los dos días volvían como si nada al «señor» y al «usted».

En ocasiones alguna llamaba por teléfono y, mientras le preguntaba si quería dejar algún recado para Michel, cerraba los ojos e intentaba poner rostro a aquella voz (rara vez decían su nombre, iban directamente al grano: ¿Está Michel?). «No, no hace falta, señor. Es que tiene el móvil apagado y por eso lo he llamado a casa.»

Una sola vez tuve la impresión, al entrar en casa, de que pillaba a Michel y Chantal / Merel / Roos haciendo algo, de que no estaban viendo *The Fabulous Life* en la MTV tan inocentemente como parecía, de que momentos antes estaban dándose el lote y al oírme llegar se habían compuesto la ropa y arreglado el pelo rápidamente. Algo en el rubor de las mejillas de Michel, un acaloramiento, pensé.

Pero, para ser franco, no estaba seguro. Quizá no pasaba nada y todas aquellas chicas guapas sólo veían en mi hijo a un buen amigo, un chico simpático y razonablemente guapo, alguien con quien podían ir a cualquier fiesta, un muchacho en quien se podía confiar porque no era de los que sólo piensan en eso.

—No, no creo que se trate de una chica —repuse mirándola a los ojos. Ése es el lado inquietante de la felicidad, que todo es como un libro abierto. Si seguía esquivando su mirada, ella sabría que había algo, ya fuese una chica o algo peor—. Me parece que tiene que ver con los estudios —añadí—. Esta semana ha tenido que entregar un montón de trabajos, yo diría que está cansado, nada más. Creo que había subestimado un poco lo duro que es el cuarto curso.

¿Sonaba creíble? Y sobre todo, ¿resultaba yo creíble? Los ojos de Claire se movieron rápidamente de mi ojo izquierdo al derecho, luego acercó la mano al cuello de mi camisa, como para corregir algún desaliño y así evitarme hacer el ridículo en el restaurante.

Sonrió y me plantó la mano en el pecho con los dedos separados; sentí dos yemas en la piel, justo a la altura del primer botón de la camisa, que llevaba abierto.

—Tal vez sea eso —dijo—. Es sólo que deberíamos tener cuidado de que no llegue un momento en que ya no nos cuente nada. Me refiero a que debemos estar atentos a no acostumbrarnos a eso.

—No, claro que no, pero a esta edad ya tiene derecho a algún secreto. No podemos pretender que nos lo cuente todo, quizá entonces se cierre en banda.

La miré a los ojos. Mi esposa, pensé. ¿Por qué no habría de llamarla así? Mi esposa. Le rodeé el talle con el brazo y la estreché contra mí. Aunque sólo fuera por esa noche. Mi esposa y yo, me dije. Mi esposa y yo desearíamos ver la carta de vinos.

—¿De qué te ríes? —me preguntó Claire. Mi esposa.

Miré nuestros vasos. El mío estaba vacío, ella sólo se había bebido una cuarta parte. Mi esposa bebía más despacio que yo, y ésa era otra de las razones por las que la amaba, quizá esa noche más que ninguna otra.

—Nada —dije—. Pensaba... pensaba en nosotros.

Sucedió muy rápido: miré a Claire, mi esposa, probablemente con una mirada de afecto, o al menos algo pícara, y al instante noté un velo húmedo en los ojos.

Claire no debía notar nada bajo ningún concepto, así que oculté el rostro en su cabello. La abracé con más fuerza y aspiré: champú. Champú y algo más, algo cálido: el olor de la felicidad, pensé.

¿Cómo habría sido esa noche si, apenas una hora antes, me hubiese quedado abajo esperando el momento de irnos al restaurante, en vez de subir la escalera y entrar en el cuarto de Michel?

¿Cómo habría sido el resto de nuestras vidas?

El aroma de felicidad que aspiraba en el cabello de mi esposa, ¿habría olido siempre a felicidad y no, como ahora, al recuerdo de un pasado lejano, a algo que sabes que puedes perder en cualquier momento?

3

—¿Michel?

Me quedé en el umbral de su puerta. Él no estaba. O seamos sinceros: yo sabía que no estaría. Estaba en el jardín, reparando el pinchazo de la rueda trasera de su bicicleta.

Fingí no haberlo visto y actué como si creyera que estaba en su habitación.

—¿Michel? —Llamé a la puerta ligeramente entreabierta.

Claire estaba en nuestro dormitorio, revolviendo el ropero; faltaba menos de una hora para que fuéramos al restaurante y seguía dudando entre la falda negra con las botas negras o el pantalón negro con las zapatillas deportivas DKNY. «¿Qué pendientes me pongo? —me preguntaría al cabo de nada—. ¿Éstos o estos otros?» Yo le contestaría que los más pequeños le combinaban mejor, tanto con la falda como con el pantalón.

En ésas, ya había entrado en el cuarto de Michel e inmediatamente vi lo que buscaba.

Me gustaría dejar bien claro que nunca había hecho algo así. Nunca. Si Michel estaba chateando con el ordenador, yo me situaba siempre a su lado, medio de espaldas al escritorio para no ver la pantalla. Quería que notara en mi actitud que no tenía intención de espiarlo o leer disimuladamente por encima de su hombro lo que acababa de escribir.

20

A veces sonaba el tono aflautado de su móvil indicando que había recibido un mensaje. Michel se dejaba a menudo el teléfono tirado en cualquier sitio. No negaré que más de una vez estuve tentado de echarle un vistazo, sobre todo cuando él no estaba en casa. «¿Quién le habrá mandando un mensaje? ¿Qué pondrá?» Una sola vez tuve su móvil en la mano, su móvil viejo, un Sony Ericsson sin tapa. Sabía que faltaba una hora para que él volviera a casa del gimnasio y que sencillamente se lo había olvidado. «Tiene un mensaje nuevo», ponía en la pantalla, debajo de la imagen de un sobre. «Vaya, no sé qué me pasó, antes de darme cuenta, tenía tu móvil en las manos y había leído el mensaje.» Quizá no saliera nunca a la luz, pero quizá sí. Él no diría nada, pero seguro que sospecharía de mí o de su madre: una pequeña grieta que con el tiempo iría creciendo hasta convertirse en una gran brecha. Nuestra vida como familia feliz no volvería a ser la misma.

Sólo un par de pasos me separaban de su escritorio, situado frente a la ventana. Si me hubiera asomado un poco, lo habría visto en el jardín, reparando el pinchazo en la terraza embaldosada, delante de la puerta de la cocina, y si él hubiera levantado la vista habría descubierto a su padre tras la ventana de su habitación.

Cogí su móvil, un flamante Samsung negro, de encima del escritorio y levanté la tapa. No sabía su PIN, así que si lo tenía apagado no habría nada que hacer, pero en la pantalla apareció casi de inmediato una imagen algo borrosa del logotipo de Nike, probablemente fotografiado de alguna de sus prendas, los zapatos o la gorra negra que siempre llevaba calada hasta las cejas, incluso con temperaturas estivales y dentro de casa.

Busqué rápidamente el menú, que era más o menos igual que el de mi móvil, también Samsung, pero el modelo de seis meses atrás y, sólo por eso, irremisiblemente anticuado. Seleccioné *mis archivos* y a continuación *vídeos*. Antes de lo que pensaba, hallé lo que buscaba.

Miré y noté que la cabeza se me enfriaba despacio. Era la clase de frío que se siente al dar un bocado demasiado grande al helado o tomar con avidez una bebida helada.

Un frío que producía dolor, un dolor interno.

Lo miré de nuevo y seguí adelante: había más, pero así, de entrada, fui incapaz de calcular cuántos.

—¿Papá?

Su voz venía de abajo, pero lo oí subir las escaleras. Cerré deprisa el móvil y volví a dejarlo en el escritorio.

—¿Papá?

Era demasiado tarde para correr a mi dormitorio, coger una camisa o una americana del armario y plantarme delante del espejo; la única opción era salir de su cuarto de la forma más natural y convincente posible, como si hubiese entrado a buscar algo.

Como si hubiese entrado a buscarlo a él.

—Papá.

Estaba en lo alto de la escalera y miró el interior de su cuarto a mi espalda. Luego me miró a mí. Llevaba puesta la gorra Nike y el iPod Nano negro se balanceaba de la correa que le colgaba sobre el pecho; tenía los cascos alrededor del cuello. Eso había que reconocérselo: las modas lo traían sin cuidado; a las pocas semanas, ya había cambiado los auriculares de tapón blanco por unos normales, porque sonaban mejor.

Todas las familias felices se parecen, me vino a la mente por primera vez aquella tarde.

—Buscaba... —empecé—. Me preguntaba dónde te habías metido.

Michel estuvo a punto de morir al nacer. Todavía recordaba a menudo aquel cuerpecillo amoratado y arrugado en la incubadora, poco después de la cesárea. Su mera existencia era de por sí un milagro. La felicidad también era eso.

—Estoy reparando la rueda de la bici —dijo—. Venía a preguntarte si nos quedan válvulas en alguna parte.

—¿Válvulas? —repetí.

Yo soy de los que jamás reparan un pinchazo; no se me ocurriría ni por asomo, vaya. Sin embargo, mi hijo seguía creyendo en una versión distinta de su padre, una versión que sabía dónde estaban las válvulas.

—¿Qué hacías aquí arriba? —preguntó de pronto—. Has dicho que me estabas buscando. ¿Para qué?

Lo miré, miré sus ojos claros debajo de la gorra negra, ojos sinceros que —así me lo había figurado siempre— constituían una parte nada despreciable de nuestra felicidad.

—Para nada en especial —repuse—. Sólo te buscaba.

4

Por supuesto, todavía no habían llegado.

Sin desvelar demasiado acerca de su ubicación, puedo decir que el restaurante no se ve desde la calle porque lo tapan unos árboles. Ya llegábamos media hora tarde y, mientras nos encaminábamos hacia la entrada por el sendero de guijarros iluminado a ambos lados por antorchas eléctricas, mi esposa y yo nos planteamos la posibilidad de que por una vez fuésemos nosotros los últimos en llegar, y no los Lohman.

—¿Nos apostamos algo? —propuse.

—¿Para qué? Seguro que aún no han llegado.

Una chica con una camiseta negra y un delantal negro que le llegaba hasta los tobillos nos cogió los abrigos. Otra chica con idéntico atuendo estudió el libro de reservas, abierto en un atril.

Vi que fingía no conocer el nombre de Lohman, y encima lo hacía fatal.

—¿El señor Lohman, dice usted? —Arqueó una ceja y no se esforzó por ocultar la decepción que le producía no tener delante a Serge Lohman en persona, sino a un hombre y una mujer cuyas caras no le decían nada.

Podría haberla ayudado añadiendo que Serge Lohman estaba en camino, pero no lo hice.

El atril con el libro de reservas estaba iluminado desde arriba por una fina lamparita de color cobrizo: *art déco*, o algún otro estilo que volviese a estar de moda o hubiese dejado de estarlo. La chica llevaba el cabello, tan negro como la camiseta y el delantal, recogido en una cola delgada y muy tirante, como si combinara con el diseño del restaurante. También la chica que nos había cogido los abrigos llevaba el cabello ceñido en una cola idéntica. A lo mejor era la norma, pensé, una norma por razones higiénicas, como el uso de mascarillas en un quirófano; al fin y al cabo, ese restaurante se preciaba de que todos sus productos eran «biológicos»: la carne era carne, sí, pero de animales que habían tenido «una buena vida».

Por encima de aquel cabello negro y tirante, eché un rápido vistazo al restaurante, o al menos a las dos o tres primeras mesas del comedor que alcanzaba a ver desde mi posición. A la izquierda, cerca de la entrada y a la vista, se encontraba la cocina, y al parecer en ese mismo instante estaban flambeando algo, lo que iba acompañado de la inevitable exhibición de humo azulado y altas llamaradas.

Otra vez noté lo poco que me apetecía estar allí. A esas alturas, la repugnancia que sentía ante la velada que teníamos por delante era casi física —un ligero mareo, dedos sudorosos y un incipiente dolor de cabeza—, pero no lo suficiente como para sufrir una indisposición allí mismo o perder el conocimiento.

Me imaginé cómo reaccionarían las chicas de los delantales negros si un cliente cayera redondo al suelo al pasar frente al atril de las reservas: si intentarían esconderme deprisa y corriendo en el guardarropa o, cuando menos, ponerme fuera de la vista de los demás comensales. Es probable que me hicieran tomar asiento en un taburete detrás de los abrigos. Muy educadamente, pero con resolución, me preguntarían si llamaban a un taxi. ¡Que se largue! ¡Que se largue de aquí este hombre! Qué maravilloso sería dejar plantado a

Serge con sus problemas, qué aliviado me sentiría si pudiese dedicar la noche a otra cosa.

Barajé varias posibilidades. Podríamos regresar al bar y pedir un plato de comida para gente corriente; había visto escrito con tiza en una pizarra que el plato del día era costillas de cerdo con patatas fritas. «Costillas de cerdo con patatas fritas 11,50», seguramente ni una décima parte de la cantidad que tendríamos que aflojar allí por persona.

Otra posibilidad era volvernos directos a casa, desviándonos como mucho hasta el videoclub para alquilar un DVD y mirarlo después en la tele del dormitorio, desde nuestra amplia cama de matrimonio, con una copa de vino, galletitas y quesos (otro pequeño desvío hasta una tienda abierta a esas horas), y podríamos haber disfrutado de una velada ideal.

Me sacrificaría sin reservas, me prometí, dejaría que fuese Claire la que escogiese la película, aunque así tuviera garantizado un drama costumbrista. *Orgullo y prejuicio*, *Una habitación con vistas* o algo en la línea de *Asesinato en el Orient Express*. Sí, eso haría, decidí, me sentiría indispuesto y luego podríamos irnos a casa. Pero en cambio dije:

—Serge Lohman, la mesa junto al jardín.

La chica levantó la cabeza del libro y me miró.

—Pero usted no es el señor Lohman —dijo sin pestañear.

En aquel momento lo maldije todo: el restaurante, las chicas de los delantales negros, la velada arruinada de antemano, pero sobre todo maldije a Serge, que, en definitiva, era quien más había insistido en aquella cena, una cena a la que ni siquiera tenía la decencia de llegar puntual. Como tampoco llegaba puntual a cualquier otra parte; también en los auditorios de provincia la gente siempre tenía que esperarlo. El atareadísimo Serge Lohman debía de haberse retrasado un poco, la reunión se había alargado más de lo previsto y ahora estaba en un atasco; no conducía él mismo, claro, conducir era una pérdida de tiempo para alguien de su talento; conducía un chófer para que, de ese modo, Serge pudiese emplear su valioso tiempo en revisar temas más importantes.

—Desde luego que sí —repuse—. Mi nombre es Lohman.

Miré fijamente a la chica, que esta vez sí pestañeó, y me dispuse a pronunciar la frase siguiente. Había llegado el momento de adjudicarme la victoria, aunque se tratase de una victoria con sabor a derrota.

—Soy su hermano —dije.

5

—Hoy el aperitivo de la casa es champán rosado.

El maître —o el encargado, el director del local, el anfitrión, el jefe de comedor o como se llame al tipo en cuestión en esa clase de restaurantes— no llevaba un delantal negro sino un terno. Un traje verde claro de tres piezas con finas rayas azules; del bolsillo de la americana asomaba un pañuelo asimismo azul.

Tenía una voz suave, demasiado suave, que apenas se elevaba por encima del rumor del comedor. La acústica era mala, nos habíamos dado cuenta al sentarnos a nuestra mesa (¡junto al jardín!, había acertado); teníamos que hablar más alto de lo normal, o de lo contrario las palabras salían volando hacia el techo acristalado, mucho más alto que en otros restaurantes. Absurdamente alto, podría decirse, de no ser porque la altura estaba estrechamente relacionada con la anterior función del edificio: me parecía haber leído en alguna parte que había sido una fábrica de leche, o una estación de bombeo de alcantarillas.

El maître señalaba con el meñique algo que había sobre nuestra mesa. El cirio, pensé al principio —en lugar de una vela, o varias, todas las mesas tenían un cirio—, pero el meñique apuntaba al platito de aceitunas que, al parecer, él mismo acababa de dejar allí. O al menos yo no recordaba haberlo visto cuando retiró las sillas para que nos sentásemos. ¿Cuándo había puesto aquel platito? Me invadió una fugaz pero intensa sensación de pánico. Últimamente me sucedía cada vez más a menudo que, de pronto, desaparecieran jirones, retazos de tiempo, instantes vacíos durante los que, al parecer, mi mente estaba en otra parte.

—Aceitunas griegas, del Peloponeso, ligeramente aliñadas con la primera cosecha de aceite de oliva virgen del norte de Cerdeña y rematadas con romero de...

Mientras pronunciaba esta frase, el maître se había inclinado un poco más hacia nuestra mesa, pero aun así sus palabras apenas eran inteligibles; de hecho, el final de la frase se perdió por completo, de modo que no se nos reveló el origen del romero. Bueno, a mí me traía sin cuidado que se me privara de aquella información, por mí como si el romero procedía de la región del Ruhr o de las Ardenas; pero no hacía falta tanto rollo por un simple platito de olivas, y no me dio la gana de que se saliera con la suya por las buenas.

Y encima lo del meñique. ¿Por qué señalaba con el meñique? ¿Era más elegante? ¿Hacía juego con el traje de rayitas azules? ¿O es que el hombre tenía algo que ocultar? No había forma de verle los otros dedos, los tenía todo el rato doblados hacia la palma y quedaban fuera de la vista. Quizá tuviese algún eccema o síntomas de una enfermedad incurable.

—¿Rematadas?

—Sí, rematadas con romero. Rematadas quiere decir...

—Sé lo que quiere decir —repliqué secamente y quizá también demasiado alto, pues el hombre y la mujer de la mesa de al lado interrumpieron su conversación y nos miraron: un hombre con una barba enorme que casi le cubría toda la cara, y una mujer demasiado joven para él, que debía de rondar los treinta; su segunda esposa, pensé, o un ligue de una noche al que intenta impresionar trayéndola a un restaurante como éste—. Ya sé que no significa que las aceitunas hayan sido rematadas en el sentido de «asesinadas» o «abatidas a balazos» —continué, bajando un poco el tono.

Con el rabillo del ojo, vi que Claire había desviado la cabeza y miraba hacia fuera. No era un buen comienzo; la velada ya estaba arruinada de antemano y yo no debía arruinarla todavía más, y aún menos para mi esposa.

Pero entonces, el maître hizo algo con lo que yo no contaba: había esperado que se le abriera la boca de par en par, que empezara a temblarle el labio inferior y quizá que le subiesen los colores, y que, a continuación, balbuceara vagas excusas (algo que le obligasen a decir, un código de conducta para los clientes impertinentes y maleducados), pero se echó a reír. Y con una risa franca, no una risita fingida o de circunstancias.

—Le ruego me disculpe —dijo, llevándose la mano a la boca, con los dedos doblados aún hacia la palma como cuando señalaba las aceitunas, sólo el meñique seguía sobresaliendo—. Nunca se me había ocurrido verlo así.

6

—¿A qué viene ese traje? —le comenté a Claire después de que hubiésemos pedido el aperitivo de la casa y el maître se hubiese alejado de nuestra mesa.

Ella alargó la mano y me acarició la mejilla.

—Querido...

—No, en serio, me parece raro, está claro que es algo premeditado. No irás a decirme que no es premeditado...

Mi esposa me dedicó una sonrisa adorable, la clase de sonrisa que siempre me dedicaba cuando creía que me estaba exaltando por nada, y significaba que mi exaltación le parecía como mucho divertida, pero que no creyera yo ni por un segundo que iba a tomársela en serio.

—Y encima este cirio —proseguí—. ¿Por qué no un osito de peluche? ¿O una marcha silenciosa?

Claire cogió una oliva del Peloponeso y se la metió en la boca.

—Mmmm —dijo—. Deliciosa. Lástima que se note que el romero no ha tenido mucho sol.

Entonces fui yo quien le sonrió a ella; el romero —nos había seguido contando el maître— era de «cosecha propia» y provenía de un invernadero acristalado que había detrás del restaurante.

—¿Te has fijado en que todo el rato señala con el meñique? —añadí mientras abría la carta.

En realidad, mi primera intención había sido mirar los precios de los platos. Los precios en los restaurantes como ése siempre me han fascinado enormemente. Debo apuntar aquí que no soy tacaño por naturaleza, al contrario; no es que no me importe el dinero, pero estoy a años luz de la gente que considera una lástima «tirar el dinero» yendo a comer a un restaurante, cuando «si cocinas en casa, a menudo comes mucho mejor». No, esa gente no entiende nada de nada, ni sobre comida ni sobre restaurantes.

Mi fascinación es algo distinto, tiene que ver con lo que, para entendernos, llamaré la distancia infranqueable entre el plato y el precio que te va a costar: como si esas dos magnitudes —el dinero por una parte y la comida por la otra— no guardasen relación entre sí, como si existieran en dos mundos separados y paralelos y, en cualquier caso, nunca debieran aparecer juntas en una carta.

Así que pretendía leer los nombres de los platos y a continuación los precios correspondientes, pero mi vista se desvió hacia algo que había en la página izquierda del menú.

Miré, miré otra vez, y después escruté el restaurante en busca del traje del maître.

—¿Qué pasa? —preguntó Claire.

—¿Sabes lo que pone aquí?

Ella me dirigió una mirada interrogativa.

—Aquí pone: «Aperitivo de la casa, diez euros.»

—¿Sí?

—¿No te parece raro? Ese hombre nos dice: «Hoy el aperitivo de la casa es champán rosado.» ¿Qué piensas, entonces? Pues que te están ofreciendo el dichoso champán rosado gratis, ¿o soy yo quien no se entera? Si te ofrecen algo de la casa es que te lo dan, ¿no? «¿Podemos ofrecerle algo más de la casa?» En ese caso, no te cuesta diez euros, sino nada.

—No, espera un momento, no siempre es así. Si en la carta pone «bistec à la maison», o sea bistec de la casa, sólo quiere decir que ha sido preparado según la receta de la casa. No, no es un buen ejemplo... ¡El vino de la casa! Que el vino sea de la casa no quiere decir que te lo vayan a dar gratis.

—Vale, vale, eso es evidente. Pero aquí se trata de otra cosa. Sin darte tiempo para mirar la carta, alguien con un traje de tres piezas retira las sillas para que tomes asiento, te pone un platito de olivas delante de las narices y a continuación te dice algo sobre el aperitivo de la casa de hoy. Eso es algo que, como mínimo, se presta a confusión, ¿no? Parece que te lo estén regalando, no que te vayan a cobrar diez euros por él, ¿no? ¡Diez euros! ¡Diez! Démosle la vuelta: ¿habríamos pedido una copa de este soso champán rosado de la casa si antes hubiéramos visto en la carta que costaba diez euros?

—No.

—Pues a eso me refiero, a que te dan el timo con el rollo «de la casa».

—Ya.

Miré a mi esposa, pero ella me devolvió la mirada muy seria.

—No, no te estoy tomando el pelo —dijo—. Tienes toda la razón. No es lo mismo que el bistec de la casa o el vino de la casa. Ya te entiendo, y es raro, sí. Es como si lo hiciesen expresamente, para ver si picas.

—Sí, ¿verdad?

Me volví y a lo lejos atisbé el traje de tres piezas entrando apresuradamente en la cocina; le hice una señal con la mano, pero sólo la advirtió una de las chicas de delantal negro, que se acercó con presteza a nuestra mesa.

—Escucha una cosa —le dije, poniéndole la carta delante, y miré fugazmente a Claire (en busca de apoyo, amor o, por lo menos, una mirada de comprensión: a nosotros no nos tomaban el pelo con el aperitivo ese de la casa), pero ella tenía la vista clavada en un punto situado a mis espaldas: el punto donde yo sabía que se hallaba la entrada del restaurante.

—Ya están aquí —dijo.

7

Normalmente, Claire siempre se sienta de cara a la pared, pero esa noche lo habíamos hecho al revés.

—No, no, siéntate tú ahí por una vez —le había dicho yo cuando el maître retiró las sillas y ella hizo ademán de sentarse de cara al jardín sin pensarlo.

Por lo general, yo me siento de espaldas al jardín (o la pared, o la cocina abierta) por la sencilla razón de que me gusta verlo todo. Claire siempre se sacrifica. Sabe que a mí las paredes o los jardines no me dicen nada, que prefiero mirar a la gente.

—No pasa nada —repuso ella mientras el maître esperaba educadamente con las manos en el respaldo de la silla, la silla con vistas al restaurante que había retirado, en principio, para que se sentara mi esposa—. A ti te gusta más este sitio.

Claire no sólo se sacrifica por mí. Hay algo en ella, una especie de paz o riqueza interior, que hace que se contente con las paredes y las cocinas abiertas. O, como en este caso, con un poco de césped y un sendero de guijarros, un estanque rectangular y algunos setos al otro lado del ventanal que iba desde el techo acristalado hasta el suelo. Más allá, debía de haber árboles, pero la combinación de la oscuridad creciente y el reflejo en el cristal los hacía indistinguibles.

A ella le basta con ver eso, eso y mi cara.

—Esta noche no —insistí. Esta noche sólo quiero verte a ti, quise añadir, pero no tenía ganas de que lo oyera el maître del traje a rayas.

Aparte de mi deseo de aferrarme al rostro familiar de mi esposa estaba el hecho, no menos importante, de que eso me permitía ahorrarme en gran medida la entrada de mi hermano: el revuelo en la puerta, la previsible actitud servil del maître y las chicas de negro, las reacciones de los comensales... Pero, cuando llegó el momento, acabé volviéndome para mirar.

Naturalmente, todo el mundo reparó en la entrada del matrimonio Lohman, podría decirse incluso que se produjo un pequeño tumulto en las proximidades del atril: nada menos que tres chicas con delantales negros salieron a atender a Serge y Babette, el maître se mantuvo cerca del atril y apareció alguien más: un hombrecillo de pelo cano cortado al cepillo, que no vestía traje ni iba íntegramente de negro, sino con vaqueros y un jersey blanco de cuello vuelto, en quien creí adivinar al propietario del restaurante.

Sí, en efecto, era el propietario, pues se adelantó para estrecharles la mano a Serge y Babette. «Allí me conocen», me había dicho Serge unos días antes. Conocía al hombre del jersey blanco, alguien que no abandonaba su puesto en la cocina por cualquiera.

Pero los clientes aparentaron que no sucedía nada, probablemente la etiqueta de un restaurante donde el aperitivo de la casa costaba diez euros exigía no mostrar abiertamente que se reconocía a alguien. Parecía que se hubiesen inclinado unos centímetros más sobre sus platos, o que todos se esforzaran a la vez por seguir muy enfrascados en sus conversaciones y evitar a toda costa el silencio, pues también el rumor general aumentó perceptiblemente. Y mientras el maître (el jersey blanco había vuelto a desaparecer en la cocina) guiaba a Serge y Babette entre las mesas, en el salón se produjo un movimiento casi imperceptible: una súbita brisa sobre la tersa superficie de un estanque, una ráfaga de viento en un campo de maíz, nada más.

Serge lucía una amplia sonrisa y se frotaba las manos, mientras que Babette se rezagaba un poco. A juzgar por sus pasitos cortos y rápidos, llevaba unos tacones demasiado altos para seguirle el paso.

—¡Claire! —Serge alargó los brazos hacia ella; mi esposa ya se había medio levantado de la silla y se besaron tres veces en las mejillas.

No había más remedio que ponerse también de pie: permanecer sentado exigiría demasiadas explicaciones.

—Babette... —dije, cogiéndola por el codo.

Di por supuesto que para los tres besos obligados se limitaría a poner la mejilla contra la mía y besar al aire, pero sentí la suave presión de su boca, primero en una mejilla y luego en la otra; por último, presionó los labios, no, no contra mi boca, pero sí justo al lado. Peligrosamente cerca de mi boca, podríamos decir. Después nos miramos; como de costumbre, llevaba gafas, quizá un modelo distinto del de la vez anterior, al menos, yo no recordaba haberla visto con unas gafas de cristales tan oscuros.

Como ya he dicho, Babette pertenece a la categoría de mujeres a las que todo les sienta bien y, por tanto, también unas gafas así. Pero había algo, un no sé qué distinto, como un cuarto en el que, aprovechando tu ausencia, alguien ha tirado todas las flores: un cambio que a primera vista ni siquiera llama la atención, hasta que ves asomar los tallos en el cubo de la basura.

Definir a la esposa de mi hermano como una aparición era quedarse corto. Yo sabía que había hombres que se sentían intimidados y aun amenazados por su volumen corporal. No estaba gorda, no, no tenía nada que ver con la gordura o la delgadez, en su cuerpo todas las proporciones guardaban un perfecto equilibrio. Pero ciertamente todo en ella era grande y ancho: las manos, los pies, la cabeza; demasiado grande y ancho, en opinión de esos hombres, quienes acto seguido se lanzaban a elucubrar sobre lo grandes y anchas que tendría otras partes del cuerpo para, de ese modo, devolver la amenaza a proporciones humanas.

En el instituto tenía un amigo que medía más de dos metros. Me acuerdo de lo agotador que llegaba a ser estar siempre con alguien que te sacaba más de una cabeza, como si estuvieses literalmente bajo su sombra y te tocase menos sol. Menos sol del que me correspondía, pensé en alguna ocasión. Por supuesto, sufría el típico dolor en la nuca por tener que mirar hacia arriba continuamente, pero eso era lo de menos. En verano íbamos juntos de vacaciones. Mi amigo tampoco era gordo, sólo alto, pero yo notaba cualquier movimiento de sus brazos, piernas y pies, que sobresalían del saco de dormir y empujaban la lona de la tienda como un forcejeo por conquistar más espacio, un forcejeo del que me sentía en parte responsable y que me agotaba físicamente. A veces los pies le asomaban por la entrada de la tienda, y en esos momentos me sentía culpable de que no hiciesen tiendas más grandes para personas como mi amigo.

En presencia de Babette, siempre me esforzaba por hacerme más grande y más alto de lo que era. Me enderezaba para que ella pudiese mirarme a los ojos: a la misma altura.

—Tienes buen aspecto —dijo mientras me pellizcaba el brazo.

Para la mayoría de la gente, especialmente las mujeres, decir cumplidos sobre el aspecto de uno no significa nada, pero a lo largo de los años yo había aprendido que, en el caso de Babette, sí. Si alguien que apreciaba tenía mal aspecto, también se lo decía. Así pues, aquel «tienes buen aspecto» podía significar que verdaderamente era así, pero también que me estuviese animando, mediante un rodeo, a hacer algún comentario sobre su aspecto o, al menos, a prestarle más atención de la acostumbrada.

Por eso intenté mirarla bien a los ojos a través de las gafas, que reflejaban todo el restaurante: comensales, manteles blancos, cirios... sí, las decenas de cirios destellaban en aquellas lentes que, entonces me di cuenta, sólo eran realmente oscuras en el borde superior. Por abajo, apenas estaban tintadas, con lo que se distinguían bastante bien los ojos.

Los tenía enrojecidos y más abiertos de lo que podría considerarse normal: sin duda las huellas de un llanto reciente. No de unas horas atrás, no, un llanto de hacía bien poco, en el coche, de camino al restaurante.

Quizá había intentado eliminar los rastros más evidentes en el aparcamiento, pero no lo había conseguido del todo. Con aquellas gafas oscuras podía engañar al personal de los delantales negros, al maître del traje de tres piezas y al desenvuelto propietario del jersey blanco, pero a mí no.

Y en ese instante comprendí que Babette no pretendía engañarme. Se había acercado más de lo acostumbrado y me había besado cerca de la boca, yo no podía por menos que verle los ojos húmedos y sacar mis conclusiones.

Pestañeó y se encogió de hombros, un lenguaje corporal que sólo podía significar «lo siento».

Sin embargo, antes de que yo pudiera decir nada, Serge se adelantó y apartó un poco a su esposa para estrecharme la mano con firmeza. Antes no tenía un apretón de manos tan fuerte, pero en los últimos años había aprendido que debía saludar a «la gente del pueblo» con un firme apretón, ya que esa gente jamás votaría por una mano flácida.

—Paul —dijo.

Seguía sonriente, pero su sonrisa era totalmente huérfana de emoción. Se le notaba que pensaba «No dejes de sonreír». Aquella sonrisa procedía del mismo saco que el apretón de manos. Ambos debían procurarle la victoria electoral al cabo de siete meses. Por mucho que le arrojasen huevos podridos a la cabeza, la sonrisa debía permanecer intacta. Entre los restos de la tarta de nata que algún activista exaltado le estampara en la cara, los electores debían atisbar ante todo la sonrisa.

—Hola, Serge —dije—. ¿Todo bien?

Mientras tanto, por detrás de mi hermano, Claire se había hecho cargo de Babette. Se besaron —al menos mi esposa besó las mejillas de su cuñada—, se abrazaron y después se miraron a los ojos.

¿Veía Claire lo mismo que yo? ¿El mismo desaliento enrojecido detrás de aquellas gafas oscuras? Pero en ese preciso instante Babette se echó a reír efusivamente y acerté a ver cómo besaba el aire junto a las mejillas de Claire.

Nos sentamos. Serge en diagonal a mí, junto a mi esposa, mientras que Babette se dejó caer en la silla a mi lado, asistida por el maître. Una de las chicas de delantal negro ayudó a Serge, que antes de sentarse permaneció un instante más de pie para, con las manos en los bolsillos, echar un vistazo a todo el restaurante.

—Hoy el aperitivo de la casa es champán rosado —anunció el maître.

Aspiré hondo; demasiado al parecer, pues mi esposa me dirigió una mirada significativa. Rara vez ponía los ojos en blanco o empezaba a toser sin más, y menos aún me propinaba una patada en la espinilla por debajo de la mesa, cuando quería advertirme que estaba a punto de hacer el ridículo o ya lo había hecho.

No; era algo sutil en sus ojos, un cambio en la mirada que resultaba imperceptible para un tercero, algo que oscilaba entre la burla y una repentina seriedad.

«No lo hagas», decía su mirada.

—Mmm, champán —dijo Babette.

—Sí, excelente idea —aprobó Serge.

—Un momento —dije yo.

ENTRANTES

8

—Los cangrejos de río están aderezados con vinagreta de estragón y cebollino —nos instruyó el maître. Se había apostado junto al plato de Serge y señalaba con el meñique—. Esto son rebozuelos de los Vosgos. —El meñique saltó de los cangrejos de río a dos setas marrones, partidas longitudinalmente por la mitad: parecían arrancadas del suelo pocos minutos antes, pues en la parte inferior del tallo había algo pegado que, en mi opinión, sólo podía ser tierra.

Era una mano bien cuidada, había constatado yo mientras el maître descorchaba la botella de Chablis que había pedido Serge. Contrariamente a mis sospechas iniciales, no tenía nada que ocultar: cutículas impecables sin padrastros, uñas bien cortadas, ningún anillo; además, se la veía limpia y no se apreciaba el menor síntoma de enfermedad. Con todo, me pareció que aquella mano, al fin y al cabo la de un extraño, se acercaba demasiado a la comida, planeaba a apenas unos centímetros de los cangrejos de río, el meñique más cerca aún, casi rozando los rebozuelos.

No sabía si podría soportar aquella mano y aquel meñique encima de mi propio plato, pero más me valía contenerme para no estropear el buen ambiente reinante en la mesa.

Sí, eso haría, decidí en aquel mismo instante: me contendría. Me contendría del mismo modo que uno contiene la respiración bajo el agua, y fingiría que tener una mano desconocida encima del plato era lo más normal del mundo.

En realidad había otra cosa que empezaba a sacarme de quicio: la cantidad de tiempo que estábamos perdiendo con todo aquello. También para descorchar el Chablis el maître se lo había tomado con calma. Primero para colocar el enfriador de vinos —un modelo con dos barras que se colgaba de la mesa, como las sillitas de los bebés—, después para enseñar la botella y la etiqueta; a Serge, claro está, porque el vino lo había elegido él, con nuestra aprobación, eso sí, pero aun así aquella pose de conocedor de vinos me irritaba sobremanera.

No lograba acordarme de cuándo se había catapultado a sí mismo a experto en vinos. Por lo que recuerdo, sucedió de forma muy repentina: un buen día, se adelantó a coger la carta de vinos y farfulló algo acerca del «sabor terroso» de los vinos portugueses de la región de Alentejo. Aquello había sido un golpe de estado en toda regla, ya que a partir de entonces, la carta de vinos fue a parar irremisiblemente a manos de Serge.

Tras la exhibición de la etiqueta y el gesto aprobador de mi hermano, se procedió al descorche de la botella. De inmediato, quedó patente que el manejo del sacacorchos no era el punto fuerte del maître. Intentó camuflarlo levantando los hombros y restándole importancia a su pifia con una risita y una mueca, como si fuese la primera vez que le sucedía algo así, pero fue justamente esa mueca lo que lo delató.

—Bueno, parece que no quiere —dijo cuando la parte superior del tapón se rompió y el sacacorchos salió acompañado de trocitos sueltos de corcho.

El maître se enfrentaba ahora a un dilema. ¿Se atrevería a hacer un nuevo intento para sacar la otra mitad del corcho allí mismo, bajo nuestras miradas vigilantes? ¿U optaría por la solución más sensata y se llevaría la botella a la cocina para pedir ayuda profesional?

Por desgracia, la solución más sencilla, meter el mango de un tenedor o una cuchara por el gollete y empujar el recalcitrante corcho hacia abajo, era impensable. Seguramente caerían trocitos del mismo en las copas al servir el vino, pero ¿y qué? ¿Qué más daba? ¿Cuánto costaba aquel Chablis? ¿Cincuenta y ocho euros? Esa cantidad no significaba nada. A lo sumo, que por la mañana seguramente encontrarías ese mismo vino por 7,95 en los estantes del Albert Heijn.

—Discúlpeme —terció entonces—. Voy a buscar otra botella.

Y antes de que alguno de nosotros pudiese replicar nada, ya se alejaba rápidamente entre las mesas.

—En fin —dije—, al fin y al cabo es como en un hospital: ya puedes rezar a Dios para que sea la enfermera la que te saque sangre y no el propio médico.

Claire soltó una carcajada. Babette la imitó y luego comentó:

—Ay, a mí me ha dado pena.

Sólo Serge permaneció pensativo, el rostro serio y la mirada al frente. Casi había un amago de tristeza en su expresión, como si le hubiesen quitado algo: su juguete preferido, la interesante cháchara sobre vinos, cosechas y uvas terrosas. La chapuza del maître también incidía indirectamente sobre él, Serge Lohman, que había escogido el Chablis del tapón podrido. Con lo que había deseado que todo discurriera fluidamente: la lectura de la etiqueta, el gesto de aprobación, la muestra de vino que el maître le serviría para la cata. Sobre todo esto último. A aquellas alturas, ya me resultaba insoportable, no podía verlo ni oírlo: el olfateo, las gárgaras, el paladeo del vino, que mi hermano desplazaba por la lengua adelante y atrás hasta casi la faringe, y vuelta otra vez. Yo solía desviar la vista hasta que acababa.

—Ahora sólo cabe esperar que las demás botellas no tengan el mismo defecto —dijo—. Sería una lástima, porque es un Chablis excelente.

Se notaba que estaba incómodo. También el restaurante había sido elección suya; allí lo conocían, el hombre del jersey blanco lo conocía y había salido de la cocina para saludarlo. Me pregunté qué habría sucedido si yo hubiese elegido el restaurante, otro restaurante donde él no hubiese estado nunca y donde un maître o un camarero tampoco hubiese descorchado la botella a la primera: apuesto a que habría sonreído condescendiente y negado con la cabeza. Sí, lo conocía bien, me habría dirigido una mirada que sólo yo habría sabido descifrar: este Paul siempre nos trae a los sitios más estrafalarios...

A otros conocidos políticos nacionales les gustaba cocinar, les daba por coleccionar cómics antiguos o tenían una barca restaurada por ellos mismos. A menudo, la afición escogida no encajaba con el perfil público del personaje y contradecía lo que todo el mundo creía hasta ese momento. Así, un espantoso sosaina, con el carisma de un cartapacio, era capaz de cocinar exquisitos platos franceses en su tiempo libre. A la semana había aparecido a todo color en la portada del dominical del periódico nacional más leído: las manoplas de cocina bordadas sostenían en alto una cazuela de carne mechada a la provenzal. Lo que más llamaba la atención en aquel sosaina, además del delantal estampado con un cuadro de Toulouse Lautrec, era su sonrisa absolutamente falsa, destinada a transmitir a los electores el placer que experimentaba al cocinar. Más que una sonrisa, era una angustiosa exhibición de dientes, la clase de sonrisa que pone un conductor cuando lo arrollan por detrás y sale indemne, una mueca que no conseguía camuflar el profundo alivio que obedecía al simple hecho de que la carne mechada a la provenzal no se le hubiese quemado del todo en el horno.

¿En qué estaría pensando Serge cuando eligió como hobby la enología? Tendría que preguntárselo algún día, me dije, quizá esa misma noche. Aquél no era el momento oportuno, pero aún teníamos una larga velada por delante.

Antes, en casa, Serge sólo bebía coca-cola, aunque en grandes cantidades: durante la cena se ventilaba fácilmente una botella familiar. Soltaba unos eructos tremendos, por lo que a veces lo castigaban a irse de la mesa; eructos que duraban diez segundos o más —surgían de algún lugar en las profundidades de su estómago como un retumbante trueno subterráneo— y que le valieron cierta popularidad en el patio del colegio. Entre los chicos, se entiende, ya que por entonces él ya sabía que a las niñas no les hacen gracia los eructos y los pedos.

El siguiente paso consistió en acondicionar un viejo trastero como bodega. Pusieron botelleros para almacenar el vino; «dejarlo madurar», decía él. Durante las comidas, empezó a dictar cátedra sobre cómo debían escanciarse los vinos. Babette asistía a ello con cierto divertimiento; quizá ella fue una de las primeras en calarlo, en no creérselo, ni a él ni a su afición. Recuerdo una tarde que lo telefoneé y Babette me informó de que no estaba. «Ha ido a catar vinos al valle del Loira», dijo, y hubo algo en su tono, en la forma de pronunciar «catar vinos» y «al Valle del Loira»; era el mismo tono que emplearía una mujer para comentar que su marido tiene que quedarse a trabajar hasta tarde cuando hace más de un año que está enterada del lío que tiene con la secretaria.

Ya he mencionado que Claire es más lista que yo. Pero nunca me reprocha que no esté a su altura. Me refiero a que nunca se muestra altanera, no suelta profundos suspiros ni pone los ojos en blanco si yo no entiendo algo a la primera. Naturalmente, sólo puedo conjeturar cómo habla de mí cuando no estoy presente, pero estoy seguro de que jamás emplearía el tono que percibí en la voz de Babette cuando dijo: «Ha ido a catar vinos al Valle del Loira.»

Convendría aclarar que también Babette es más lista que Serge. Podría añadir que no es que sea muy difícil, pero no lo haré: hay cosas que saltan a la vista. Me limitaré a reproducir lo que vi y oí durante nuestra cena en el restaurante.

9

—Las mollejas de cordero están marinadas en aceite de Cerdeña con rúcula —explicó el maître, que entretanto había ido a parar junto al plato de Claire y señalaba con el meñique unos minúsculos trozos de carne—. Los tomates proceden de Bulgaria.

Lo que más llamaba la atención del plato de Claire era el vacío inconmensurable. Ya sé que en los restaurantes selectos siempre se prima la calidad sobre la cantidad, pero hay vacíos y vacíos. Allí el vacío, la parte del plato en que no había nada de comida, rozaba la paradoja.

Era como si el plato vacío te estuviera retando a hacer algún comentario al respecto, a ir a la cocina a pedir explicaciones. «¡A que no te atreves!», decía, y se reía en tu cara.

Intenté recordar el precio: el entrante más barato costaba 19 euros, los platos principales oscilaban entre los 28 y los 47. Además, se podía elegir entre tres menús: el de 47, el de 58 y el de 79.

—Esto es queso de cabra caliente con piñones y nueces picadas.

La mano del meñique se hallaba ahora sobre mi plato. Reprimí la tentación de soltarle: «Ya lo sé, porque eso es exactamente lo que he pedido», y me concentré en el meñique. En toda la noche no lo había tenido tan cerca como entonces, ni siquiera mientras me servía el vino. Al final, el maître había optado por la solución más fácil y había regresado de la cocina con una nueva botella, ésta ya a medio descorchar.

Después de la bodega y la escapada al Valle del Loira, el siguiente paso fue un curso de seis semanas sobre vinos. No en Francia, sino en un aula vacía de una escuela nocturna. Había colgado el diploma en el pasillo de su casa, en un sitio que nadie podía pasar por alto. Una botella con el corcho a medio sacar podía contener algo muy distinto de lo que anunciaba la etiqueta, seguro que se lo enseñaron en una de las primeras clases. Podían haber adulterado el vino, haberlo bautizado con agua del grifo con mala intención o haber soltado un escupitajo por el gollete.

Pero era evidente que Serge Lohman no tenía ganas de otro follón después de lo del aperitivo de la casa y el corcho partido. Sin dirigir siquiera una mirada al maître, tras limpiarse los labios con la servilleta, había murmurado que el vino era «excelente».

En ese instante, desvié fugazmente la mirada hacia Babette. Sus ojos detrás de las gafas oscuras estaban fijos en su marido; apenas se notó, pero yo sabía que había enarcado una ceja al oírlo valorar aquel vino que salía de una botella medio descorchada. En el coche, de camino al restaurante, él la había hecho llorar, pero ahora ya no tenía los ojos tan hinchados. Tuve la esperanza de que dijese algo para hacérselo pagar. Era muy capaz de ello, Babette podía tener salidas muy sarcásticas. Aquel «Ha ido a catar vinos al Valle del Loira» sólo había sido una modalidad muy suave de su sarcasmo.

La animé en silencio. Cada familia desdichada ofrece un carácter peculiar. Bien mirado, quizá fuese mejor así, una fuerte discusión entre Serge y Babette que se les fuera de las manos antes incluso del plato principal. Yo intentaría calmar los ánimos, fingiría ser imparcial, pero para entonces ella sabría de sobra que contaba con mi apoyo.

Muy a mi pesar, Babette no dijo absolutamente nada. Fue casi evidente cómo se tragó el comentario —letal, sin duda— sobre el corcho. Con todo, sucedió algo que me hizo conservar la esperanza de que la explosión llegaría más tarde. Fue como la aparición de una pistola en una obra de teatro: si en el primer acto se muestra una, puedes apostar lo que quieras a que en el último acabarán disparando con ella. Es la ley del drama. Según esa misma ley, no aparecerá ninguna pistola si no está prevista su utilización.

—Esto son canónigos —continuó el maître.

Miré primero el meñique a un centímetro escaso de tres hojitas verdes retorcidas y un cuajo de queso de cabra fundido, y después toda la mano, que estaba tan cerca que, a poco que me inclinase, podría habérsela besado.

¿Por qué había pedido yo ese plato si no me gusta el queso de cabra? Por no hablar de los canónigos. En este caso, las exiguas porciones jugaban a mi favor, ya que también mi plato estaba esencialmente vacío, no tanto como el de Claire, pero podría deshacerme de las tres hojitas de un solo bocado o limitarme a dejarlas tal cual, lo que en realidad venía a ser lo mismo.

Los canónigos siempre me recordaban la jaula del hámster, o marmota, que teníamos en el colegio, en el alféizar de la ventana del aula. Porque era positivo aprender cosas de los animales, o saber cuidar de ellos, supongo. Ya no recuerdo si las hojitas que le metíamos entre las rejas por las mañanas eran de canónigos, pero en cualquier caso se parecían mucho. El hámster o marmota las mordisqueaba con sus dientes veloces y se pasaba el resto del día inmóvil en un rinconcito de la jaula. Una mañana, apareció muerto, al igual que la tortuguita, los dos ratoncitos blancos y los insectos palo que lo habían precedido. Qué lección debíamos sacar de tan alta tasa de mortalidad era un tema que no se trataba en clase.

La respuesta a por qué tenía delante de las narices un plato de queso de cabra con canónigos era más sencilla de lo que podría suponerse a primera vista. Cuando vinieron a tomar nota de los entrantes, fui el último en escoger. Previamente, no habíamos comentado lo que iba a pedir cada uno, o quizá sí lo hicimos y yo no me percaté. El caso es que me había decidido por el *vitello tonnato*, pero, para mi espanto, la elección de Babette recayó en el mismo plato.

Hasta ahí no pasaba nada, podía cambiar rápidamente a mi segunda opción: las ostras. Pero en penúltimo lugar, justo después de Claire, le tocó a Serge. Y cuando Serge pidió ostras, me puso en un brete. No quería pedir un entrante ya pedido por otro, pero pedir lo mismo que mi hermano estaba absolutamente descartado. En un plano puramente teórico podría haber vuelto al *vitello tonnato*, pero eso sólo en un plano puramente teórico. No quedaba bien, pues parecería que yo no fuera lo bastante original para pedir un entrante propio al cien por cien, y además, a ojos de Serge, incurriría en la sospecha de querer urdir un pacto con su esposa. Cosa que era cierta, sólo que no debía suceder tan abiertamente.

Ya había cerrado la carta y la había dejado junto al plato, pero entonces la abrí de nuevo. Deslicé la vista por los entrantes a toda prisa, simulé una mirada pensativa, como buscando el plato elegido para señalárselo al maître, pero por supuesto era demasiado tarde.

—¿Y para usted, señor? —preguntó él.

—El queso de cabra fundido con canónigos —dije.

Me salió demasiado fluido, demasiado perentorio para resultar creíble. Para Serge y Babette no pasaba nada anormal, pero al otro lado de la mesa vi el estupor en el rostro de Claire.

¿Me protegería de mí mismo? ¿Me diría: «Pero si el queso de cabra no te gusta nada...»? No estaba seguro. En aquel momento había demasiadas miradas apuntándome para hacerle un gesto negativo con la cabeza, pero no podía arriesgarme. Así que dije:

—He oído que el queso de cabra procede de una granja de esas para niños. De cabritas que están siempre al aire libre.

Por fin, después de explayarse acerca de todos los detalles del *vitello tonnato* de Babette, un *vitello tonnato* que en un mundo ideal habría sido mío, el maître se alejó y pudimos reanudar nuestra conversación. Aunque «reanudar» no es la palabra más adecuada, dado que ninguno de nosotros parecía tener la menor idea de qué estábamos hablando antes de la llegada de los entrantes. Es algo que en los llamados restaurantes selectos sucede más a menudo de lo deseable: uno acaba perdiendo completamente el hilo de la conversación por culpa de tantas interrupciones, como la exhaustiva explicación sobre todos y cada uno de los piñones que tienes en el plato, el eterno acto de descorchar la botella y la manía de llenarte continuamente las copas tanto si lo pides como si no.

Sobre esto último quiero decir lo siguiente: he viajado y he visitado restaurantes de muchos países, y en ningún otro lugar —y lo digo literalmente— te sirven vino sin que lo pidas. En esos países lo consideran de mala educación. Sólo en Holanda se pasan por tu mesa cada dos por tres y no se limitan a servirte, sino que además dirigen miradas pensativas a la botella cuando ésta amenaza con quedar vacía. «¿No va siendo hora de que pidan otra?», se lee en esas miradas. Conozco a alguien, un viejo amigo, que trabajó bastante tiempo en restaurantes de lujo neerlandeses. En una ocasión, me contó que, en realidad, toda la táctica tiene como objetivo hacer pasar por el gaznate del cliente tanto vino como sea posible, un vino que en la carta marcan a un precio al menos siete veces superior al que le pagan al importador, y por eso dejan pasar también tanto rato entre el entrante y el segundo plato. El objetivo es que la gente acabe pidiendo más vino de puro aburrimiento, para matar el tiempo. Por regla general, suelen ir bastante rápido con los entrantes, decía mi amigo, si no, la gente empieza a quejarse y dar la lata y concluyen que se han equivocado de restaurante; pero entre el entrante y el segundo ya han bebido lo suficiente para no darse cuenta del tiempo que pasa. Conocía casos en que el plato ya llevaba mucho rato listo, pero, mientras los comensales no empezasen a protestar, la comida seguía en la cocina; sólo cuando la conversación cesaba y los clientes empezaban a pasear la vista por el comedor, se apresuraban a calentar los platos en el microondas.

¿De qué estábamos hablando antes de que nos trajesen los entrantes? No es que mereciese mucho la pena, seguro que no tenía demasiada importancia, pero precisamente por eso resultaba irritante. Sabía bien lo que se había dicho entre la pifia con el corcho y el momento de pedir la comida, pero no guardaba el menor recuerdo de lo que había precedido la llegada de los platos.

Babette se había apuntado a un nuevo gimnasio, hablamos de ello durante un rato: del peso, la necesidad de hacer ejercicio y qué deporte le iba mejor a cada uno. A Claire le interesaba lo del gimnasio y Serge había declarado que él no soportaba la música machacona que ponían en la mayor parte de esos centros. Por eso había empezado a practicar footing, dijo, para estar un rato a solas, corriendo al aire libre, como si esa idea fuese de su cosecha. Se había olvidado muy oportunamente de que yo llevaba años saliendo a correr y que él jamás había desaprovechado una ocasión de hacer comentarios jocosos sobre «los trotecillos de mi hermano menor».

Sí, habíamos estado hablando de eso, demasiado rato para mi gusto, pero era un tema inofensivo, un comienzo nada inusual para una cena normal. Pero después... que me aspen si lo sé. Miré a Serge, a mi esposa y por último a Babette. En ese instante, mi cuñada pinchaba con el tenedor una loncha de *vitello tonnato*; la cortó a trocitos y se la llevó a la boca.

—Ay, ya no recuerdo dónde nos habíamos quedado —dijo, deteniendo el tenedor justo delante de su boca abierta—. ¿Al final fuisteis a ver la última de Woody Allen o no?

10

Me parece un signo de debilidad que la conversación se decante demasiado pronto hacia las películas. Me refiero a que las películas son más bien algo para acabar la velada, cuando verdaderamente ya no queda mucho que decir. No sé muy bien por qué, pero siempre noto un vacío en el estómago cuando la gente empieza a hablar de películas; como cuando está anocheciendo y tú acabas de levantarte.

Lo peor es cuando te cuentan la película de cabo a rabo con todo detalle. Ves que se ponen cómodos y se pasan tranquilamente un cuarto de hora hablando; un cuarto de hora por película, quiero decir. Les trae sin cuidado que tengas la intención de ir a ver el filme en cuestión o que ya lo hayas visto; pasan por alto esa nimiedad, inmersos como están en la primera escena. Al principio, finges algo de interés por cortesía, pero pronto renuncias a la cortesía y te pones a bostezar ostensiblemente, a mirar el techo y a removerte en la silla. No escatimas esfuerzos para conseguir que el charlatán cierre la boca de una vez, pero no sirve de nada, ya se halla demasiado lejos para percibir esas señales; en realidad, son adictos a sí mismos y a sus propias chorradas sobre cine.

Creo que mi hermano fue el primero en sacar a colación el último trabajo de Woody Allen.

—Una obra maestra —dictaminó, sin informarse antes de si nosotros (esto es, Claire y yo) también la habíamos visto.

Babette asintió con vehemencia. Habían ido a verla el fin de semana anterior y por una vez los dos parecían estar de acuerdo.

—Una obra maestra —confirmó ella—. De verdad, tenéis que ir a verla.

Claire dijo que ya habíamos ido.

—Hace ya dos meses —precisé, lo que de hecho era una información superflua, pero tenía ganas de decirlo; no iba dirigida a Babette sino a mi hermano, para que viese que andaba bastante atrasado con sus obras maestras.

En ese instante, llegaron varias chicas con delantales negros a servirnos los entrantes, seguidas del maître y su meñique, y perdimos el hilo de la conversación, hasta que Babette lo retomó al preguntarnos si al final habíamos visto la última de Woody Allen o no.

—Me pareció una película fantástica —dijo Claire mientras bañaba un «tomate secado al sol» en un pequeño charco de aceite de oliva y se lo llevaba a la boca—. Incluso a Paul le gustó. ¿Verdad, Paul?

Eso sí lo hace Claire a menudo: involucrarme en algún asunto de tal manera que no me deja escapatoria. Ahora los demás sabían que me había gustado, y ese «incluso a Paul» equivalía a «incluso a Paul, al que por lo general no le gusta ninguna película y menos aún si es de Woody Allen».

Serge me miró; todavía tenía algo del entrante en la boca, estaba masticando, pero eso no le impidió dirigirme la palabra.

—Una obra maestra, ¿a que sí? No, en serio, es fantástica. —Siguió masticando y tragó—. Y esa Scarlett Johansson, me puede traer el desayuno cuando quiera. ¡Menuda tía!

Oír que una película que a ti te ha parecido razonablemente buena es calificada de obra maestra por tu hermano mayor es como tener que ponerte su ropa usada: la ropa usada que a él ya le ha quedado pequeña, pero desde tu perspectiva lo más importante es que está usada. Mis opciones eran limitadas: por una parte, convenir en que la película de Woody Allen era una obra maestra equivaldría a ponerse la ropa usada, y por tanto quedaba totalmente descartado; por la otra, no existía un grado superlativo para «obra maestra», como mucho, podría intentar demostrar que Serge no había entendido la película, que le parecía una obra maestra por las razones equivocadas, pero eso significaría darle vueltas y más vueltas al tema, demasiado evidentes para Claire y probablemente también para Babette.

En realidad, sólo me quedaba una salida: poner por los suelos la película de Woody Allen. Sería muy sencillo, ya que presentaba suficientes puntos débiles que, si bien no importaban demasiado si la película te gustaba, podías esgrimir en caso de necesidad para criticarla. Al principio, Claire fruncía el cejo pero, con un poco de suerte, después comprendería mi objetivo: que mi traición a nuestra opinión favorable sobre la película estaba al servicio de la lucha contra la cháchara vana e insustancial sobre el cine en general.

Iba a coger mi copa de Chablis con la intención de beber un sorbo con aire pensativo antes de poner en práctica mi plan cuando se me ocurrió otra salida posible. ¿Qué había dicho aquel imbécil sobre Scarlett Johansson? Que esa «tía» podía llevarle el desayuno cuando quisiera. No sabía lo que Babette pensaba sobre esa clase de comentarios masculinos, pero Claire se mosqueaba en cuanto los hombres se ponían a hablar de «culos bonitos» y «un buen par de tetas». No me percaté de su reacción cuando mi hermano dijo lo de que Scarlett Johansson le trajera el desayuno porque en ese momento lo estaba mirando a él, pero en realidad no me hacía falta.

Últimamente, me daba la impresión de que a veces Serge perdía perspectiva, que se creía en serio que las Scarletts

Johansson de este mundo estarían encantadas de llevarle el desayuno. Yo sospechaba que Serge miraba a las mujeres del mismo modo que a la comida, en especial la comida caliente de cada día. Ya era así de joven, y en realidad no ha cambiado nada. «Tengo hambre», dice cuando tiene hambre. Aunque se encuentre en plena naturaleza, lejos del mundo habitado, o conduciendo por la autopista entre dos salidas. «Sí —le respondo yo entonces—, pero ahora no tenemos nada para comer.» «Pero tengo hambre ahora —insiste él—. Tengo que comer algo ya mismo.» Era un poco penosa aquella estúpida determinación suya que lo hacía olvidarse de todo lo demás —de su entorno, de la gente que lo acompañaba—, para centrarse exclusivamente en un único objetivo: saciar el hambre. En momentos así me recordaba a un animal que tropieza con un obstáculo: un pájaro que no comprende que el cristal de la ventana es un material duro y sigue estrellándose contra él una y otra vez.

Y cuando por fin se nos presentaba la oportunidad de comer, daba lo mismo lo que fuese. Serge comía como uno llena el depósito del coche: masticando con rapidez y eficiencia el panecillo de queso o el pastel relleno de crema de almendras, para que el combustible llegase al estómago lo antes posible; porque sin combustible no se puede ir a ninguna parte. La pasión por el arte culinario propiamente dicho no le sobrevino hasta mucho más tarde. Sucedió como con la enología: llegado cierto momento, consideró que era lo apropiado. Pero la rapidez y la eficiencia no han cambiado un ápice: a día de hoy, sigue siendo siempre el primero en acabar.

Daría una fortuna por ver y oír, al menos una vez, lo que sucede en el dormitorio de Serge y Babette. Aunque otra parte de mí se opone rotundamente a ello y daría la misma fortuna por no tener que presenciarlo jamás.

«Necesito follar.» Y entonces Babette le dice que le duele la cabeza, que tiene la regla o, sencillamente, que esa noche no quiere saber nada de su cuerpo, sus brazos, sus piernas, su cabeza, su olor. «Pero es que necesito follar ahora.» Intuyo que mi hermano folla igual que come, que se cuela dentro de su mujer tal como se zampa uno de esos enormes bocadillos de croqueta, y después el hambre queda saciada.

—Así que te pasaste todo el rato mirándole las tetas a Scarlett Johansson —dije, más groseramente de lo que había pretendido—. ¿O te referías a otra cosa con lo de obra maestra?

Sobrevino uno de esos silencios portentosos que sólo se oyen en los restaurantes: una conciencia repentinamente más nítida de la presencia de los demás, el ruido y tintineo de los cubiertos de las treinta mesas restantes, unos segundos de calma total durante los cuales los sonidos de fondo pasan a primer plano.

Lo primero que rompió el silencio fue la risa de Babette; miré a mi esposa, que me observaba atónita, y después miré de nuevo a Serge, que también intentaba reírse, aunque sin sentimiento y, por si fuera poco, con la boca llena.

—Vamos, Paul, no te hagas el santo —logró decir—. La verdad es que está muy buena. Un hombre tiene ojos en la cara, ¿no?

«Tía buena.» A Claire tampoco le gustaba demasiado esa expresión. Ella siempre decía «un hombre guapo», jamás «un tío bueno», y no hablemos ya de «un culo bonito». «Esa moda de decir continuamente "qué culo tan bonito" me parece de lo más forzado en boca de una mujer —había comentado en alguna ocasión—. Es lo mismo que verlas fumar en pipa o escupir en el suelo.»

En lo más profundo de su ser, Serge siempre había sido un patán, un maleducado: el mismo maleducado al que echaban de la mesa por soltar eructos.

—A mí también me parece que Scarlett Johansson es una mujer muy hermosa —dije—. Pero parecía que para ti eso fuese lo más importante de la película, corrígeme si me equivoco.

—Bueno, va de ese tipo, ¿cómo se llama?, el inglés que es profesor de tenis y se obsesiona con ella. Al final tiene que matarla a tiros para poder cumplir su objetivo.

—Pero ¡bueno! —exclamó Babette—. ¡No cuentes de qué va, haces que pierda toda la gracia para quien aún no la ha visto! —Volvió a producirse un silencio en el que mi cuñada nos miró sucesivamente a Claire y a mí—. ¡Oh, qué tonta, estoy en las nubes, pero si ya la habéis visto!

11

Los cuatro nos echamos a reír, fue un momento de distensión, pero demasiada distensión no es buena, no podíamos descuidarnos. El caso era que el propio Serge Lohman tenía también «un culo bonito». Ese comentario se oía con frecuencia en boca de muchas mujeres, y él era muy consciente de que les chiflaba, lo que en sí mismo no tenía nada de malo. Salía bien en las fotografías, poseía un atractivo rústico que gustaba a algunas mujeres; un poco simple para mi gusto, pero hay gente que prefiere el mobiliario sencillo, una mesa o una silla hechas enteramente de «materiales auténticos»: madera de desguace procedente de viejas puertas de establos del norte de España o del Piamonte.

Antes, siempre pasaba lo mismo entre Serge y sus novias. Al cabo de unos meses lo tenían más que calado: su atractivo tenía un lado aburrido y cuadriculado y ellas se cansaban pronto de mirar su «cara bonita». Babette fue la única que lo aguantó un poco más, de hecho, lleva ya unos dieciocho años aguantándolo, lo que podría tildarse de milagro: han sido dieciocho años de peleas y, bien mirado, no son en absoluto compatibles, pero a menudo parecen de esas parejas para quienes los roces continuos constituyen el único motor de su matrimonio, donde cada pelea preludia el momento en que volverán a reconciliarse en la cama.

Sin embargo, a veces me daba la impresión de que todo era mucho más sencillo, que Babette había firmado por algo, por una vida junto a un político de éxito, y que sería una pena dejarlo a esas alturas, después de todo el tiempo invertido. Del mismo modo que uno no deja un libro malo por la mitad sino que acaba de leerlo con desgana, así permanecía Babette junto a Serge: quizá el desenlace la compensaría.

Tenían dos hijos propios: Rick, de la misma edad de Michel, y Valerie, una niña de trece años ligeramente autista y con la belleza translúcida de una sirena. Y luego estaba Beau, cuya edad real se desconocía, pero que probablemente estaba entre los catorce y los diecisiete. Beau era de Burkina Faso y fue a parar a casa de Serge y Babette gracias a un «proyecto de desarrollo», un proyecto en el que uno ayudaba a financiar a un estudiante del Tercer Mundo, ya fuese con material escolar u otras necesidades básicas, y después lo «adoptaba». Al principio era a distancia, mediante cartas, fotografías y postales, pero después se hacía de verdad, en persona. En esos casos, los niños elegidos permanecían algún tiempo con las familias de acogida holandesas y, si todo iba bien, podían quedarse. O sea, una especie de arrendamiento con opción de compra. O como un gato al que recoges en la protectora de animales: si te araña el sofá y va meándose por toda la casa, lo devuelves y listo.

Recuerdo algunas de las fotos y postales que Beau enviaba desde el lejano Burkina Faso. En una instantánea que se me quedó grabada, aparecía delante de una construcción de ladrillos rojos con un tejado de chapa corrugada, un chiquillo negro como el betún con un pijama a rayas que semejaba una camisa de dormir y le llegaba hasta las rodillas, y sandalias de goma en los pies. «*Merci beaucoup mes parents pour notre école!*», aparecía escrito con elegante caligrafía de maestro al pie de la foto.

«¿No es un cielo?», había comentado Babette en aquella ocasión. Fueron a Burkina Faso y, una vez allí, quedaron prendados enseguida, como Serge y Babette solían formularlo.

Le siguió un segundo viaje, rellenaron los formularios y unas semanas más tarde Beau aterrizó en Schiphol. «Pero ¿seguro que sabéis en lo que os estáis metiendo?», les había preguntado Claire cuando la adopción aún andaba en el estadio de las postales. Sin embargo, aquello sólo provocó reacciones airadas. ¿Acaso no estaban ayudando a alguien? Nada menos que a un niño que en su propio país jamás tendría las oportunidades que se le brindarían en Holanda. Sí, sabían muy bien en lo que se metían, bastante gente había en el mundo que sólo pensaba en sí misma.

Era imposible acusarlos de egoísmo puro. Por entonces, Rick tenía tres años y Valerie unos meses. No eran los típicos padres adoptivos que no pueden tener hijos propios. Estaban acogiendo a un tercer hijo en su familia de forma totalmente desinteresada; no a un hijo de su propia sangre, sino a un chiquillo sin posibilidades al que ofrecían una nueva vida en Europa.

Pero ¿qué era, entonces, esta adopción? ¿En qué se estaban metiendo realmente?

En vista de que habían dejado bien claro que no se les podía hacer esa pregunta, tampoco formulamos las demás. ¿Es que Beau no tenía padres? ¿Acaso era huérfano? ¿Había unos padres que consentían en dejar ir a su hijo, o se trataba de un chiquillo completamente solo en el mundo? Debo decir que en el tema de la adopción Babette se mostró más fanática que Serge. Desde el principio fue «su proyecto», algo que tenía que llevar a buen puerto a toda costa. Y se esforzó al máximo por dar al hijo adoptivo el mismo cariño que prodigaba a los propios.

Incluso la palabra «adopción» acabó convirtiéndose en tabú. «Beau es sencillamente nuestro hijo —aseguraba Babette—. No hay la menor diferencia entre ellos.» Y Serge asentía aquiescente: «Lo queremos tanto como a Rick y Valerie.»

Naturalmente, cabe la posibilidad de que ya entonces mi hermano lo pensase, no pretendo emitir un juicio al respecto o acusarlo de haber hecho lo que hizo de forma premeditada, pero al final resultó que el niño negro de Burkina Faso al que querían tanto como a sus propios hijos no le vino nada mal. Era muy distinto de sus conocimientos enológicos, pero funcionaba de la misma forma. Le daba cierta imagen: Serge Lohman, el político que adoptó un hijo en África.

Empezó a posar más a menudo con la familia. Quedaba bien. Serge y Babette en el sofá con los tres hijos a sus pies. Beau Lohman era la prueba viviente de que ese político no era de los que obraban en beneficio propio a la mínima oportunidad, de que al menos una vez no lo había hecho. Sus otros dos hijos habían sido engendrados de forma natural, por consiguiente no había la menor necesidad de adoptar a un niño de Burkina Faso. Ése era el mensaje: quizá Serge Lohman tampoco obraría en beneficio propio en otros asuntos.

Una camarera nos llenó las copas a Serge y a mí; las de Babette y Claire aún estaban medio llenas. Era una chica guapa, tan rubia como Scarlett Johansson. Se tomó su tiempo para servirnos; sus movimientos delataban que era bastante inexperta y probablemente llevaba poco en el restaurante. Primero sacó la botella de la cubitera y la secó concienzudamente con una servilleta blanca enrollada en el gollete y que colgaba del borde de la cubitera; y el escanciado tampoco fue muy garboso: la chica se hallaba junto a la silla de Serge, en un ángulo demasiado cerrado, por lo que le propinó un codazo a Claire en la cabeza.

—Le ruego me disculpe —dijo ruborizándose.

Por supuesto, Claire respondió que no tenía la menor importancia, pero la chica estaba tan alterada que llenó la copa de Serge hasta el borde. Tampoco es que aquello fuese tan grave, aunque para un catador de vinos sí lo era.

—Eh, eh. ¿Me quieres emborrachar o qué?

Retiró la silla hacia atrás medio metro, como si, en vez de llenarle la copa, la chica le hubiese derramado la botella en el pantalón. Ella se puso más colorada aún y parpadeó, creí que a punto de echarse a llorar. Al igual que las demás chicas de los delantales negros, llevaba el cabello recogido en una cola tirante, cumpliendo con las normas, pero al ser rubia, el efecto que causaba era menos severo que en las chicas morenas.

Tenía un rostro adorable y no pude por menos que imaginarla quitándose la goma y sacudiendo el cabello, más tarde, cuando concluyese su jornada laboral en el restaurante, su horrible jornada laboral, como le explicaría a una amiga (o tal vez un amigo). «¿Sabes lo que me ha pasado hoy? Es tan irritante, ¡siempre lo mismo! Ya sabes cuánto me agobia la dichosa etiqueta a la hora de servir el vino. Bueno, pues esta noche me ha vuelto a salir todo mal. Y si sólo fuese eso, aún, pero ¿sabes con quién?» La amiga o el amigo negarían con la cabeza y dirían: «No, ni idea, ¿Con quién?» Para aumentar la expectación, la muchacha permanecería en silencio unos instantes. «¡Con Serge Lohman!» «¿Con quién?» «¡Serge Lohman! ¡El ministro! Bueno, tal vez no sea ministro aún, pero ya sabes a quién me refiero, ayer mismo decían en las noticias que ganará las elecciones. Fue espantoso, y encima le di un codazo en la cabeza a la mujer que estaba sentada a su lado.» «Ah, ya sé quién es... ¡Caray! ¿Y qué pasó?» «Bueno, nada, se mostró muy amable, pero deseé que se me tragara la tierra.»

Muy amable... Sí, Serge se mostró muy amable; tras haber retirado la silla hacia atrás medio metro y alzado la cabeza, miró por primera vez a la muchacha. Y en una fracción de segundo su expresión cambió de forma casi imperceptible: de una fingida indignación y agravio por el tratamiento tan poco profesional que le daban a su Chablis a una comprensiva tolerancia. En resumidas cuentas, vi cómo se derretía. El parecido con la recién mencionada Scarlett Johansson no pudo pasarle inadvertido. Vio a una «tía buena», una tía buena ruborizada y torpe y enteramente a su merced, y le dedicó su sonrisa más encantadora.

—Pero no te preocupes —dijo, y levantó la copa, con lo que derramó un poco de vino en su plato de ostras medio vacío—. Ya me lo acabaré.

—Le ruego me disculpe, señor —repitió la chica.

—Descuida. ¿Cuántos años tienes? ¿Ya puedes votar?

Al principio creí haber oído mal. ¿Realmente estaba siendo testigo de aquella escena? Pero, en ese instante, mi hermano se volvió hacia mí y me guiñó un ojo ostentosamente.

—Tengo diecinueve años, señor.

—Bueno, pues si cuando llegue el momento votas al partido apropiado, haremos la vista gorda con tu destreza para servir vinos.

La muchacha se ruborizó de nuevo, su rostro se puso aún más colorado que antes y, por segunda vez en pocos minutos, pensé que iba a romper a llorar. Miré fugazmente a Babette, pero nada en ella delataba que reprobase la conducta de su marido. Al contrario, más bien parecía divertida: el político Serge Lohman, conocido en todo el país, cabeza de lista del mayor partido de la oposición, según los sondeos futuro primer ministro, estaba flirteando abiertamente con una camarera de diecinueve años y la hacía sonrojar; quizá le parecía divertido, quizá así se demostraba una vez más el encanto irresistible de su marido, o quizá a Babette simplemente le parecía bien ser la esposa de un hombre como mi hermano. En el coche, de camino hacia el restaurante, él la había hecho llorar. Pero ¿qué podía cambiar eso? ¿Lo dejaría ella en la estacada después de dieciocho años? ¿A falta de seis meses para las elecciones?

Intenté entablar contacto visual con Claire, pero ella estaba concentrada en la rebosante copa de Serge y en la torpeza de la camarera. Se tocó fugazmente la cabeza, en el punto donde la chica la había golpeado con el codo, quién sabe si más fuerte de lo que parecía a primera vista, y preguntó:

—¿Volveréis a Francia este verano? ¿O aún no habéis hecho planes?

12

Serge y Babette tenían una casita en la Dordoña, adonde iban cada año con los niños. Eran de esos holandeses que consideran que todo lo francés es «tan especial», desde los croissants hasta la baguette con camembert, pasando por los coches franceses —tenían uno de los modelos más caros de Peugeot—, la *chanson* francesa y el cine francés. Aún no se habían percatado de que la población autóctona de la Dordoña aborrece a los holandeses. En las paredes de muchas casas de veraneo aparecían consignas antiholandesas escritas con cal, pero según mi hermano aquello era obra de una «insignificante minoría». Al fin y al cabo, en tiendas y restaurantes todo el mundo era la mar de amable, ¿no?

—Bueno... depende —contestó Serge—. Todavía no es del todo seguro.

El año anterior, Claire, Michel y yo nos habíamos pasado a verlos de camino a España. Por primera y última vez, como dijo Claire cuando reanudamos el viaje al cabo de tres días. Mi hermano y su mujer habían insistido tanto en que los visitásemos que casi resultaba embarazoso seguir dándoles largas.

La casa se hallaba en un lugar muy bonito, en lo alto de un cerro, escondida entre árboles, y a través de la espesura se veía brillar a lo lejos, en el valle, un meandro del río Dordoña. Hizo mucho bochorno los días que pasamos allí, no corría ni una brizna de aire, el calor ni siquiera se podía aguantar a la sombra, junto a los recios y frescos muros traseros de la casa. Escarabajos enormes y moscardones gigantes zumbaban ruidosamente entre las hojas o golpeaban las ventanas con estampidos tan fuertes que hacían vibrar los cristales.

Nos presentaron al «albañil» que les había hecho la cocina abierta, a la «madame» de la panadería, al propietario de un «restaurante muy normal de la ribera del Dordoña, al que sólo van las gentes del lugar». «*Mon petit frère*», me presentaba Serge a todo el mundo. Parecía sentirse a sus anchas con los franceses, al fin y al cabo todos eran personas corrientes, y en Holanda la gente corriente era su especialidad, ¿por qué iba a ser distinto allí?

Lo que al parecer él no acababa de ver era que toda esa gente corriente le estaba sacando bastantes cuartos a él, al holandés con su segunda residencia y su dinero, y que, en buena parte por eso, observaban unas normas básicas de cortesía. «Son tan agradables... —decía Serge—. Tan normales... ¿Dónde se puede encontrar gente así en Holanda?» Pasaba por alto, o sencillamente no quería ver, que el «albañil» había soltado un escupitajo verde de tabaco de mascar en las baldosas de su terraza después de informarle del precio de una partida de tejas auténticas de la región para el alero de la nueva cocina. O que la madame de la panadería estaba deseando volver a despachar a los clientes que esperaban mientras Serge le presentaba a su *petit frère*, y que esos mismos clientes intercambiaban guiños y miradas que decían mucho acerca del desprecio que los holandeses les inspiraban. Y que el jovial dueño del pequeño restaurante que se inclinaba sobre nuestra mesa para informarnos en tono conspirador que acababa de recibir unos caracoles de viña de un campesino que normalmente no le servía pero ese día sí, exclusivamente para Serge y su «simpática familia» a un «precio especial», una delicia que no tendríamos oportunidad de degustar en nin-

69

guna otra parte, en cambio no mostraba el menor empacho al repartir a sus clientes franceses una simple carta con el *relais du jour*, un menú del día barato de tres platos que costaba la mitad que una sola ración de caracoles. En cuanto a la cata de vinos del restaurante, me abstendré de hacer comentarios.

Claire y yo nos quedamos tres días con ellos. En esos tres días visitamos un *château* donde tuvimos que hacer una hora de cola entre cientos de turistas —holandeses la mayoría— antes de poder visitar, escoltados por un guía, doce estancias achicharrantes con antiguas camas de baldaquinos y poltronas. El resto del tiempo lo pasamos en el asfixiante jardín. Claire intentaba leer un poco, pero a mí me parecía que hacía demasiado calor hasta para abrir un libro, la blancura de las páginas me lastimaba los ojos. Aunque resultaba bastante complicado no hacer nada; Serge siempre andaba trajinando, haciendo algunos trabajillos en la casa para los que no contrataba a nadie. «La gente de por aquí te respeta más si haces las cosas tú mismo —aseguraba—. Eso se nota.» De modo que se pegaba cuarenta viajes con una carretilla llena de tejas, recorriendo los quinientos metros que separaban la carretera provincial, donde le dejaban el material de la cocina que estaban construyendo. No paraba ni un segundo, sin darse cuenta de que con tanta energía estaba birlando una parte importante de las horas de mano de obra del «albañil».

También se encargaba personalmente de cortar la leña para el hogar; a veces, casi parecía una foto para su campaña electoral: Serge Lohman, el candidato del pueblo, con carretilla, sierra y gruesos leños, un hombre corriente como todo el mundo, con la diferencia de que pocos hombres corrientes pueden permitirse una segunda residencia en la Dordoña. Probablemente por eso jamás había permitido la entrada a su «finca» —como la llamaba— a un equipo de filmación. «Éste es mi rincón —decía—. Mío y de mi familia. A nadie más le importa.»

Cuando no acarreaba tejas ni cortaba leña, Serge se dedicaba a coger bayas o moras para que Babette hiciera mermelada. Ella, con un pañuelo de campesina liado a la cabeza, se pasaba el día entero repartiendo aquel mejunje caliente y de aroma dulzón en una caterva de botes de conserva. A Claire no le quedó más remedio que preguntarle si necesitaba ayuda, del mismo modo que yo me había sentido obligado a arrimar el hombro con las tejas.

—¿Quieres que te eche una mano? —le pregunté a Serge después de su séptimo viaje con la carretilla.

—Bueno, pues no te diré que no —fue su respuesta.

Aquella noche, en la cama, cuando por fin pudimos estar solos, el uno junto al otro, aunque no muy cerca porque hacía demasiado calor, Claire me preguntó:

—¿Cuándo nos vamos de aquí? —Tenía los dedos teñidos de azul por las moras, y una variante más oscura se atisbaba también en el cabello y las mejillas.

—Mañana —repuse—. Ay, no, pasado mañana.

La última noche que pasamos allí, Serge y Babette habían invitado a algunos amigos a cenar en el jardín. Todos eran amigos y conocidos holandeses, no había ni un solo francés, y todos tenían una casa de veraneo por los alrededores.

—No os preocupéis —dijo Serge—. Será un grupito pequeño. Todos son muy simpáticos, de verdad.

Diecisiete holandeses, aparte de nosotros tres, se reunieron aquella noche en el jardín con platos y vasos. Había una actriz algo madura (sin trabajo y sin marido, según me informó Claire a la mañana siguiente), un escuálido coreógrafo jubilado que sólo bebía agua mineral Vittel en botellas de medio litro que él mismo se había traído, y una pareja de escritores homosexuales que no cesaban de reñir.

En una mesa, Babette había preparado un buffet con ensaladas, quesos franceses, embutidos y baguettes. Mientras, Serge se ocupaba de la barbacoa. Llevaba un delantal a cuadros rojos y blancos y estaba asando hamburguesas y pinchos de carne con pimientos y cebollas. «El arte de la barbacoa consiste en hacer un buen fuego —me había dicho un par de horas antes de la cena con el grupito—. Lo demás es coser y cantar.» Se me asignó la tarea de recoger ramitas secas. Serge bebió más de lo acostumbrado. Había dejado una garrafa de vino sobre la hierba, al lado de la barbacoa; tal vez estaba más nervioso por el éxito de la velada de lo que quería demostrar. «En Holanda, a estas horas todo el mundo estará comiendo patatas con salsa, ¿verdad que sí? —dijo—. ¡Esto sí que es vida, muchacho!», añadió, y señaló con el largo tenedor los árboles y arbustos que ocultaban el jardín a la vista de curiosos inoportunos.

Todos los holandeses con los que hablé aquella noche contaban la misma historia, a menudo incluso con las mismas palabras. No envidiaban a los compatriotas que, por falta de dinero u otras razones, se habían quedado en Holanda. «Aquí, en Francia, vivimos como Dios», afirmó una mujer que, según decía, había trabajado durante años en la «industria del adelgazamiento». Por un momento, pensé que estaba de broma, pero hablaba muy en serio, como si fuera una frase de su cosecha.

Miré alrededor, a aquellas figuras con copas de vino en las manos, iluminadas por el resplandor amarillento de varios braseros y antorchas que Serge había distribuido estratégicamente por el jardín, y volví a oír la voz del viejo actor en un anuncio de la tele de hacía cuánto, ¿diez, veinte años?: «Sí, en Francia es posible vivir como Dios. Con una buena copa de coñac y un auténtico queso francés...»

Volví a oler a Boursin, como si en aquel instante alguien hubiera untado una tostada con el más asqueroso queso pseudofrancés y me lo hubiese puesto bajo las narices. Y fue por la combinación del alumbrado y el tufo del Boursin por lo que recuerdo aquella cena como un anuncio publicitario anticuado y caduco: un anuncio de veinte años atrás o más, de un pseudoqueso que de francés no tenía nada, como tampoco lo tenía aquel jardín, en pleno corazón de la Dordoña, donde todos jugaban a Francia, pero donde los franceses de verdad brillaban por su ausencia.

En cuanto a las pintadas antiholandesas, todos se encogían de hombros. «¡Gamberros!», dijo la actriz en paro, y un publicista que había vendido «su chiringuito» para instalarse definitivamente en la Dordoña aseguraba que las consignas iban dirigidas fundamentalmente a los campistas holandeses, que traían de casa toda la comida en sus caravanas y no dejaban ni un céntimo en los pequeños comercios locales.

—Nosotros no somos así —arguyó—. Comemos en sus restaurantes, vamos a sus bares a tomarnos un pernod y leemos sus periódicos. Sin personas como Serge y otros, muchos albañiles y fontaneros de por aquí estarían en el paro desde hace mucho.

—¡Por no hablar de los viticultores! —añadió mi hermano alzando su copa—. ¡Salud!

Un poco más allá, en la parte más oscura del jardín, pegado contra los arbustos, el escuálido coreógrafo besaba al más joven de la pareja de escritores. Atisbé una mano que desaparecía debajo de una camisa y desvié la mirada.

¿Y si los autores de las consignas no se limitaran a las pintadas?, pensé. Probablemente no haría falta mucho esfuerzo para ahuyentar a aquella pandilla de cobardes. Los holandeses se cagan en los pantalones ante la primera amenaza violenta. Podrían empezar por romper algunos cristales, y si eso no funcionaba, proceder a la quema de algunas casas de veraneo. No demasiadas, porque el objetivo era que esas casas pudiesen ser habitadas después por quienes más derecho tenían a ellas: las parejas francesas, jóvenes y recién casadas que ahora, en vista de que el precio de la vivienda se había puesto por las nubes, tenían que quedarse años y años en casa de sus padres. Los holandeses habían fastidiado bien el mercado inmobiliario local y se estaban pagando cifras astronómicas hasta por una ruina. Luego, con la ayuda de albañiles franceses relativamente baratos reconstruían la ruina para que permaneciera vacía la mayor parte del año. Desde luego, era un milagro que se hubieran producido tan pocos incidentes, que la población autóctona se hubiese limitado a pintar consignas.

Paseé la mirada por el jardín. Alguien había puesto un CD de Edith Piaf. Babette había elegido un vestido negro, holgado y transparente para la fiesta, y entonces dio unos pasos vacilantes y ebrios al compás de *Non, je ne regrette rien...* Si romper cristales e incendiar casas no diese los resultados deseados, habría que elevar la lucha a otro nivel, me dije. Por ejemplo, hacer salir a algún necio holandés de su casa so pretexto de presentarle a un viticultor francés barato y luego darle una buena paliza en un campo de maíz; no me refiero a unos cuantos guantazos, sino a algo más contundente, con bates de béisbol y mayales.

O si veían a algún holandés solo, en alguna curva de la carretera, con una bolsa del *supermarché* repleta de baguettes y vino tinto, podían dar un volantazo al coche. Casi por accidente. Luego siempre podrían aducir que apareció de pronto delante del capó, o no decir absolutamente nada, dar al holandés por muerto como a un conejo atropellado en la cuneta, y una vez en casa limpiar las eventuales salpicaduras del parachoques y el guardabarros. Mientras captasen el mensaje, todo estaba permitido: ¡No pintáis nada aquí! ¡Largaos a vuestro país! ¡Idos a vuestra tierra a jugar a Francia con las baguettes, los quesos y el vino tinto, pero aquí no!

—Paul... Paul... —En medio del jardín, con la túnica agitándose peligrosamente cerca de un brasero, Babette extendió los brazos hacia mí. Bailar. Bailar sobre el césped con la esposa de mi hermano. Como Dios en Francia. Miré alrededor y junto a la mesa de los quesos divisé a Claire, que en ese preciso instante me vio.

74

Estaba charlando con la actriz en paro y me lanzó una mirada desesperada. En cualquier fiesta de Holanda, aquella mirada habría significado: «Vámonos a casa, por favor.» Pero allí no podíamos irnos a casa, estábamos condenados a aguantar hasta el final. Mañana. Mañana nos iremos. Pero los ojos de Claire seguían pidiendo auxilio.

Le hice un gesto a mi cuñada dándole a entender que en ese momento me era imposible, pero que podía estar bien segura de que más tarde por supuesto que bailaría con ella sobre el césped, y me encaminé hacia la mesa de los quesos. «*Allez, souriez, milord...! Chantez, milord!*», cantaba Edith Piaf. Por supuesto, me dije, entre aquellos centenares de holandeses con sus casas de veraneo en la Dordoña habría alguno más terco, algún obstinado que enterraría la cabeza en la arena y se negaría a que le entrara en la mollera que allí eran unos extranjeros indeseados. Que, pese a que todas las evidencias mostraban lo contrario, seguiría, erre que erre, empeñado en que todo aquello —los cristales rotos y los incendios, las palizas y los compatriotas atropellados— no era sino la obra de una minoría insignificante. Quizá habría que despertar de su sueño a aquellos cabezotas de una forma más radical.

Pensé en *Perros de paja* y *Deliverance*. Siempre pienso en esas películas cuando estoy en el campo, pero allí, en la Dordoña, en lo alto de aquel cerro donde mi hermano y su mujer habían construido su «paraíso francés», como ellos lo llamaban, más aún. En *Perros de paja*, los habitantes de un pueblo, que al principio se limitan a gastar bromas pesadas a una pareja de recién llegados que cree haber comprado una bonita casa en la campiña escocesa, acaban tomándose una venganza terrible. En *Deliverance* son unos rústicos campesinos norteamericanos los que alteran un fin de semana de *rafting* de unos empresarios urbanitas. Ninguna de las dos películas se ahorra la violación y el asesinato.

La actriz me miró de arriba abajo antes de dirigirme la palabra.

—Su esposa me estaba diciendo que mañana nos dejan.
—Su voz tenía algo de dulzura fingida, como el edulcorante
de una coca-cola light o el relleno de los bombones para dia-
béticos que, según el envoltorio, no engordan. Miré a Claire,
que brevemente elevó los ojos al cielo tachonado de estrellas—. Y para irse a España, ni más ni menos.

Pensé en una de mis escenas favoritas de *Perros de paja*.
¿Cómo sonaría aquella voz falsa si su dueña fuese arrastrada
hasta un cobertizo por unos cuantos albañiles franceses borrachos, tan borrachos que no acertasen a ver la diferencia
entre una mujer y una casa derrumbada de la que sólo que-
daran en pie las cuatro paredes? ¿Se sabría esta mujer su papel aún en el momento en que los albañiles se dispusiesen a
empezar los trabajos de mantenimiento atrasados? ¿Perdería
la afectación su voz cuando la despellejasen capa a capa?

En ese instante se oyó cierto alboroto en un extremo del
jardín, no en el rincón oscuro donde el coreógrafo y el escri-
tor más joven se estaban dando el lote, sino más cerca de la
casa, en el camino que llevaba a la carretera provincial.

Eran unos cinco hombres. Vi de inmediato que eran
franceses, aunque me resultaría difícil explicar por qué lo
supe; por sus ropas, quizá, que eran algo campestres sin ser
tan desaliñadas como la ropa de los holandeses que jugaban
a Francia. Uno de los hombres llevaba una escopeta de caza
al hombro.

Quizá fuese cierto que los niños habían dicho algo, que
habían pedido permiso para abandonar la fiesta e «ir al pueblo», como insistió nuestro Michel al día siguiente. Por otra
parte, nadie los había echado en falta en las últimas horas.
La hija de Serge, Valerie, se había pasado la mayor parte de la
tarde en la cocina, delante del televisor; luego vino a darnos
las buenas noches y su tío Paul también recibió sendos besos
en las mejillas.

Ahora, Michel estaba entre dos franceses, la cabeza ga-
cha, el cabello oscuro que se había dejado crecer durante el

verano colgándole lacio. Uno de los hombres lo tenía cogido por el brazo. Al hijo de Serge, Rick, lo tenían igualmente agarrado, aunque algo más suelto, sólo tenía la mano de un francés sobre el hombro, como si ya no supusiera ningún peligro.

El más difícil de mantener a raya era Beau, el hijo adoptado de Burkina Faso que, gracias a aquel programa de apoyo a su escuela de chapas corrugadas, había ido a parar, previa escala en los Países Bajos, entre los holandeses de la Dordoña. Daba patadas y golpes, hasta que los otros dos franceses le retorcieron los brazos a la espalda y acabaron por echarlo al suelo, la cara contra el césped del jardín de mi hermano.

—*Messieurs...! Messieurs...!* —oí gritar a Serge mientras se dirigía hacia el grupo a grandes zancadas. Pero para entonces ya se había echado al coleto bastante vino tinto y le costaba visiblemente caminar derecho—. *Messieurs! Qu'est-ce qu'il se passe?*

13

Fui al lavabo, pero cuando regresé aún no nos habían servido el segundo plato. En cambio, sí había una nueva botella de vino en la mesa.

El diseño del lavabo también estaba cuidado al detalle. Cabía preguntarse incluso si las palabras «lavabo» o «servicio» podían designar aquel resultado. Por todas partes se oía gorgoteo de agua, no sólo en el largo urinario de acero inoxidable, sino también en los espejos de cuerpo entero enmarcados en granito. Se diría que estaba en la línea de todo lo demás: las camareras de las colas tirantes y los delantales negros, la lámpara *art déco* encima del atril, la carne biológica y el traje a rayas del maître, aunque no quedaba nada claro qué línea se pretendía seguir. Sucedía en parte como con algunas gafas de diseño, gafas que no aportan nada a la personalidad de quien las lleva pero consiguen acaparar toda la atención: ¡soy una gafa, no te atrevas a olvidarlo!

En realidad no necesitaba ir al servicio, sólo quería ausentarme unos minutos, ausentarme de nuestra mesa y de la cháchara sobre películas y destinos veraniegos, pero cuando me situé frente al urinario y, más que nada por guardar las formas, me abrí la bragueta, el gorgoteo del agua y unas suaves y susurrantes notas de piano me provocaron de repente unas acuciantes ganas de orinar.

Y fue en ese instante cuando oí abrirse la puerta y un nuevo visitante entró en los servicios.

No soy de los que no pueden evacuar cuando tienen a alguien cerca, pero sí necesito algo más de tiempo, sobre todo porque me cuesta empezar. Me maldije por haber ido al urinario en vez de encerrarme en una de las cabinas.

El nuevo visitante carraspeó varias veces y se puso a canturrear algo que me resultaba vagamente familiar, una melodía que a los pocos segundos identifiqué como *Killing me softly*.

Killing me softly, de... ay, joder, ¿cómo se llamaba aquella mujer? ¡Roberta Flack! Rogué a Dios que el hombre se metiera en una cabina, pero con el rabillo del ojo vi que se acercaba al urinario, a apenas un metro de distancia de mí. Hizo los movimientos de rigor y al poco se oyó el sonido de un abundante y potente chorro que salpicaba los riachuelos de agua que bajaban por el acero inoxidable.

Era la clase de chorro pagado de sí mismo que quiere ante todo demostrar su salud inquebrantable, y que probablemente mucho tiempo atrás, en el colegio, había pertenecido al niño que podía mear más lejos, el que llegaba al otro lado de la acequia.

Miré de soslayo y vi que el dueño del chorro era el hombre de la barba, aquel que estaba sentado en la mesa contigua con una acompañante demasiado joven para él. En ese momento él también miró de soslayo, así que nos saludamos con la cabeza, como es costumbre entre dos tíos que mean a un metro escaso de distancia. Entre la barba, su boca se torció en una sonrisa. Una sonrisa triunfal, no pude por menos de pensar, la típica sonrisa de un hombre con un chorro potente, la de alguien que se alegra de que haya hombres a quienes orinar les cueste más que a él.

Pues ¿acaso un chorro potente no es también un signo de virilidad? ¿Acaso tener un chorro potente no otorga a su dueño un derecho de preferencia en el reparto de mujeres?

¿Y un goteo debilucho no indica, por el contrario, que por ahí abajo hay algo encubierto? ¿Corría peligro la supervivencia de la especie humana si las mujeres no prestaban atención a la advertencia de aquel penoso goteo y a la hora de elegir no se dejaban convencer por el saludable sonido de un chorro vigoroso?

En el urinario no había tabiques, sólo tenía que bajar un poco la mirada para ver la polla de aquel barbudo. A juzgar por el ruido que armaba debía de ser una polla grande, concluí, una de esas pollas desvergonzadas, con venas gruesas y azuladas marcadas en una piel oscura, bien irrigada pero bastante áspera: la clase de polla con que uno puede sentir la tentación de ir a pasar las vacaciones a un camping nudista o, en cualquier caso, comprarse la talla más pequeña del bañador más ajustado y de la tela más fina posible.

Como ya he dicho, mi presencia en el lavabo obedecía a que en cierto momento me había empezado a sentir abrumado. De los destinos de vacaciones y la Dordoña habíamos pasado al tema del racismo. Mi esposa había apoyado mi punto de vista de que camuflar e ignorar el racismo contribuía más a empeorar el mal que a remediarlo. Había salido en mi ayuda de improviso y sin mirarme: «Creo que lo que Paul quiere decir...» Así había empezado, parafraseando lo que ella creía que yo quería decir. En boca de cualquier otro, aquello habría parecido denigrante, paternalista o puntilloso, como si no se me considerase capaz de verter mis propias opiniones en frases inteligibles. Pero en boca de Claire, aquel «creo que lo que Paul quiere decir» significaba ni más ni menos que los demás eran un tanto lentos de entendederas, demasiado lerdos para comprender algo que su marido acababa de expresar de forma clara y meridiana, y que ella estaba empezando a perder la paciencia.

Después habíamos vuelto a hablar un rato más de cine. Claire había dicho que *Adivina quién viene esta noche* era la película más racista que jamás se había hecho. La historia es bien conocida: la hija de una pareja blanca de clase acomodada (Spencer Tracy y Katharine Hepburn) lleva a su prometido a casa. Para consternación de sus padres, su novio resulta ser un negro (Sidney Poitier). A medida que avanza la cena, se va descubriendo el pastel: el negro es un buen negro, un negro inteligente con un traje impecable, un negro que enseña en la universidad. Intelectualmente, está muy por encima de los padres blancos de su prometida, tipos corrientes de clase media alta, llenos de prejuicios contra los negros.

—Y precisamente en esos prejuicios es donde se oculta la vena racista —había dicho Claire—. Porque los negros que los padres conocen de la televisión y los barrios a los que no se atreven a ir son pobres y gandules, violentos y criminales. Pero, afortunadamente, su futuro yerno es un negro adaptado que viste con el impoluto traje con chaleco de los blancos para asemejarse todo lo posible a uno de ellos.

Durante su exposición, Serge la estuvo observando con la mirada de un oyente interesado, pero su postura delataba que le costaba escuchar a las mujeres que no podía clasificar de entrada en categorías claras como «tetas», «bonito culo» o «me puede traer el desayuno cuando quiera».

—No fue hasta mucho más tarde cuando empezaron a aparecer en las películas los primeros negros inadaptados —siguió Claire—. Negros con gorras de béisbol y coches para chulear: negros violentos de los bajos fondos. Pero al menos eran ellos mismos. Al menos habían dejado de ser una burda imitación de los blancos.

En ese momento mi hermano tosió para aclararse la garganta. Se enderezó en la silla y acercó la cabeza a la mesa, como si buscara el micrófono. Sí, eso era lo que parecía, me dije, ahora todos sus movimientos eran los del político nacional y, según los sondeos, futuro líder de nuestro país, que se dispone a dar una respuesta a aquella señora del público en un auditorio de provincias.

—¿Y qué tienen de malo los negros adaptados, Claire? —preguntó—. Me refiero a que, oyéndote hablar así, se diría que prefieres que se queden como están, aunque eso signifique también que sigan matándose en sus guetos por unos gramos de coca, sin la menor perspectiva de mejora.

Miré a mi esposa y mentalmente la animé a darle el golpe de gracia a mi hermano; Serge se lo había puesto en bandeja, como suele decirse. Era sencillamente terrorífico, casi increíble, que fuese capaz de colar de ese modo el programa electoral de su partido en una discusión normal y corriente sobre la gente y sus diferencias. Mejora... Una palabra nada más: pura palabrería dirigida a la masa.

—No estoy hablando de mejorar nada, Serge —dijo Claire—. Hablo de la imagen que nosotros (holandeses, blancos, europeos) tenemos de otras culturas. De lo que nos da miedo. Si se te acerca un grupo de tipos de piel oscura, ¿no cruzarás antes a la otra acera si llevan gorras de béisbol y unas Air Nikes que si van elegantemente vestidos? ¿Como tú y como yo? ¿O como diplomáticos? ¿U oficinistas?

—Jamás huyo al otro lado de la calle. Creo que todo el mundo debe ser juzgado por igual. Acabas de decir que tenemos miedo. En eso estoy de acuerdo. Si dejáramos de tener miedo por un momento, podríamos aprovechar para entendernos mejor los unos a los otros.

—Serge, no estamos en ningún debate ni soy alguien a quien tengas que convencer con palabras tan huecas como mejora y comprensión. Soy tu cuñada, la mujer de tu hermano. Estamos en una reunión informal, entre amigos. En familia.

—Hablamos de tener el derecho a ser un hijo de puta —tercié.

Se produjo un breve silencio, el silencio proverbial en que se habría oído el vuelo de una mosca de no ser porque el bullicio del restaurante lo impedía. Sería una exageración decir que todas las cabezas se volvieron hacia mí, como se lee de vez en cuando, pero sí que llamé la atención. Babette soltó una risita. «¡Paul!», exclamó.

—No, es que me he acordado de un programa televisivo de hace años —dije—. Ya no recuerdo cómo se llamaba.

—Me acordaba perfectamente, pero no tenía sentido mencionarlo, no haría sino desviarnos del tema; el nombre podría incitar a mi hermano a hacer algún comentario sarcástico con el propósito de echar por tierra de antemano mi verdadero mensaje. «No tenía ni idea de que vieras ese tipo de programas», o algo por el estilo—. Iba sobre los homosexuales. Entrevistaban a una señora que tenía por vecinos a una pareja gay, dos chicos jóvenes que vivían juntos y que, de vez en cuando, se ocupaban de los gatos de la mujer. Pues bien, ella aseguraba que eran un cielo. Lo que en realidad quería decir era que, aunque sus vecinos fuesen homosexuales, el hecho de que se hiciesen cargo de sus gatos demostraba que eran personas como tú y como yo. Aquella mujer apareció en el programa irradiando cierto aire de suficiencia, encantada con la idea de que a partir de ese momento todo el mundo sabría lo tolerante que era. Que sus vecinos eran un cielo a pesar de hacerse guarradas entre ellos. Cosas reprobables, de hecho, enfermizas y antinaturales. Perversidades, en resumidas cuentas, que sin embargo quedaban disculpadas por el cuidado desinteresado que prodigaban a sus gatos.

Hice una pausa. Babette sonrió. Serge había enarcado las cejas un par de veces. Y Claire parecía divertida; así solía mirarme cuando sabía adónde quería ir a parar.

—Para comprender lo que esa mujer aseguraba sobre sus vecinos —continué, más que nada porque los demás no decían nada y seguían mirándome expectantes—, habría que plantear la situación al revés. Si los dos homosexuales encantadores no se hubiesen dignado dar de comer a los gatos y, al contrario, les hubiesen tirado piedras o arrojado trocitos de solomillo envenenado, hubiesen sido sencillamente unos asquerosos maricones. Eso es lo que, en mi opinión, Claire quiere decir con lo de *Adivina quién viene esta noche*: que el simpático Sidney Poitier también era un joven encantador. El director de esa película no era mejor que la señora del programa. En realidad, Sidney Poitier tenía ahí un papel ejemplar. Debía servir de ejemplo para todos aquellos negros molestos, los negros que estorban. Los negros peligrosos, los ladrones, los violadores y los camellos. Si os ponéis un traje tan elegante como el de Sidney y os comportáis como el yerno ideal, nosotros los blancos os recibiremos con los brazos abiertos.

14

El hombre de la barba se estaba secando las manos. Para entonces, yo ya me había cerrado la bragueta. Di a entender que acababa de orinar, a pesar de que no se hubiese oído nada, y me encaminé hacia la puerta. Ya tenía la mano en el pomo de acero inoxidable cuando el barbas me dijo:

—¿No le resulta un poco molesto, a su amigo, cenar en un restaurante, siendo tan conocido?

Sin soltar el pomo, me volví a medias hacia él, que seguía secándose las manos con varias toallitas de papel. Entre la pelambrera de la barba, la boca había vuelto a esbozar una sonrisa, aunque esta vez no fuese triunfal sino sólo un despliegue de dientes pusilánime. Mi comentario no tiene mala intención, aclaraba la sonrisa.

—No es mi amigo —repuse.

La sonrisa se esfumó. También las manos se detuvieron.

—Mis disculpas —dijo—. Como los he visto sentados juntos... ¿Sabe?, mi hija y yo nos hemos propuesto no mirar; nos parece lo más correcto.

No respondí. La revelación de que se trataba de su hija me sentó mejor de lo que estaba dispuesto a admitir. A pesar de su chorro ostentoso, el barbas no había sido capaz de conseguir que una mujer treinta años más joven que él picase el anzuelo. Tiró los papeles en la papelera de acero inoxidable. Era un modelo de tapa basculante y le costó un poco meterlo todo de golpe.

—Me preguntaba —añadió—, me preguntaba si sería posible... Bueno, mi hija y yo creemos que se avecina un cambio en nuestro país. Ella está estudiando Ciencias Políticas y... bueno, me preguntaba si después podría hacerse una fotografía con el señor Lohman. —Sacó una reluciente cámara extraplana del bolsillo de la chaqueta—. Será sólo un momento. Comprendo que están ustedes en una cena privada; no deseo molestarles. Mi hija... mi hija no me lo perdonaría si se enterara de que me he atrevido a pedírselo. Ha sido la primera en decir que no hay que quedarse mirando a un político conocido en un restaurante. Que no se lo debe importunar en los escasos momentos privados que tiene. Y sobre todo que uno no debe pretender fotografiarse con él. Pero aun así, sé que le haría mucha ilusión. Salir en una foto con Serge Lohman, quiero decir.

Me quedé mirándolo. Me pregunté cómo sería tener un padre al que no le pudieses ver la cara por culpa de su barba descomunal. Si llegaría un día en que la hija de ese padre acabaría perdiendo la paciencia o sencillamente se acostumbraría a ello, del mismo modo que uno se acostumbra a un empapelado feo.

—No hay problema —le dije—. Al señor Lohman le gusta tener contacto con sus votantes. Ahora mismo estamos en medio de una conversación importante, pero míreme de vez en cuando. Cuando le haga una señal, significará que es el momento adecuado para una foto.

15

Cuando regresé del lavabo, en la mesa reinaba el silencio: un silencio tenso que me hizo suponer que me había perdido algo crucial.

Había vuelto al comedor junto al barbas, él delante de mí, de modo que no me percaté del silencio hasta que llegué a la mesa.

O no, lo que primero me llamó la atención fue otra cosa: la mano de mi esposa que, cruzada sobre la mesa, apretaba la de Babette. Mi hermano miraba su plato vacío.

Y no fue hasta después de sentarme en la silla que me percaté de que Babette estaba llorando. Era un llanto mudo, con sacudidas casi imperceptibles en los hombros y un temblor en el brazo, el de la mano que Claire le tenía cogida.

Busqué y logré contacto visual con mi mujer. Ella enarcó las cejas y le echó una mirada harto elocuente a mi hermano, que entonces levantó la vista del plato, me miró con ojos borreguiles y se encogió de hombros.

—Bueno, Paul, llegas a tiempo —dijo—. Tal vez habría sido mejor que te quedaras un rato más en el lavabo.

Babette apartó bruscamente la mano de debajo de la de mi mujer, agarró la servilleta y la arrojó sobre su plato.

—¡Qué cabrón eres! —le espetó a Serge echando la silla hacia atrás.

Un momento después avanzaba impetuosa entre las mesas en dirección a los lavabos, o a la salida, pensé. Aunque me pareció poco probable que fuese a dejarnos plantados de ese modo. Sus gestos y la velocidad contenida con que se alejaba entre las mesas sugerían que esperaba que alguno de nosotros fuese tras ella.

Y, efectivamente, mi hermano hizo el amago de levantarse, pero Claire le puso la mano en el brazo.

—Déjame a mí, Serge —le dijo, poniéndose en pie.

También ella se alejó apresuradamente entre las mesas. Entretanto, Babette había desaparecido de la vista, por lo que me quedé sin saber si había ido a los lavabos o había optado por el aire fresco.

Mi hermano y yo intercambiamos una mirada. Intentó esbozar una ligera sonrisa, pero lo consiguió sólo a medias.

—Es que... —empezó—. Ella ha... —Miró alrededor y después acercó su cabeza a la mía—. No es lo que imaginas —musitó en voz tan baja que apenas logré oírlo.

Tenía algo en la cabeza. En la cara. Era sin duda la misma cabeza (y la misma cara), pero como si estuviese suspendida en el aire, sola, sin nada que la uniera al cuerpo, ni siquiera un pensamiento coherente. Me hizo pensar en un personaje de dibujos animados al que acaban de quitar de una patada la silla en que está sentado. El personaje permanece unos instantes suspendido en el aire antes de darse cuenta de que ya no tiene la silla debajo.

Si, con esa cara, me dije, se dedicase a repartir folletos a la gente corriente en el mercado pidiéndoles el voto para las próximas elecciones, todo el mundo pasaría de largo sin siquiera mirarlo. Esa cara hacía pensar en un flamante coche que, recién salido del concesionario, da la vuelta a la esquina y se pega una torta contra el primer poste que encuentra. Nadie querría un coche así.

Serge se cambió de silla, ocupando la de Claire, para quedar frente a mí. Sin duda, en ese momento percibía a través del pantalón el calor dejado por el cuerpo de mi mujer. Ese pensamiento me puso furioso.

—Así podremos hablar mejor —dijo.

No respondí. Os diré sin rodeos que así era como prefería ver a mi hermano: braceando. No tenía la intención de lanzarle ningún salvavidas.

—Últimamente tiene algunas molestias con, bueno, siempre me ha parecido una palabra un poco rara —admitió—. La menopausia. Parecía algo que nunca llegaría a pasarles a nuestras esposas.

Guardó silencio. Probablemente esperaba que en ese silencio yo hiciese algún comentario sobre Claire. Sobre Claire y la menopausia. Él había dicho «nuestras esposas». Pero no era asunto suyo. Lo que le sucediera o dejase de sucederle a mi mujer era privado.

—Son las hormonas —continuó—. A veces tiene calor y tenemos que abrir todas las ventanas, y al instante siguiente se echa a llorar así, por las buenas. —Volvió la cabeza, su cara aún visiblemente desconcertada, en dirección a los lavabos y la salida, y a continuación me miró—. Quizá sea bueno que hable un ratito con otra mujer. Ya sabes, entre ellas se entienden mejor. En situaciones así, yo lo hago todo mal.

Sonrió. No le devolví la sonrisa. Levantó los brazos de la mesa y se soltó las manos. Después apoyó los codos y juntó las yemas de los dedos. Volvió a mirar fugazmente hacia atrás.

—Pero ahora tenemos que hablar de otra cosa, Paul —dijo.

Noté algo frío y duro en mi interior, algo frío y duro que ya llevaba allí toda la tarde, y que, en una fracción de segundo, se hizo más frío y más duro aún.

—Tenemos que hablar de nuestros hijos —dijo Serge Lohman.

Asentí con la cabeza. Miré de soslayo un momento y asentí de nuevo. El hombre de la barba ya había mirado algunas veces en nuestra dirección. Para asegurarme, asentí una tercera vez. El hombre de la barba hizo otro tanto a modo de respuesta.

Vi como dejaba los cubiertos, inclinaba la cabeza hacia su hija y le susurraba algo. Ella alcanzó rápidamente el bolso y empezó a rebuscar en su interior. Mientras, su padre sacó la cámara del bolsillo de la chaqueta y se levantó de la silla.

SEGUNDO

16

—Uvas —dijo el maître.

Su meñique se hallaba a menos de medio centímetro de un minúsculo racimo de frutos redondos que al principio yo había tomado por bayas: grosellas o algo así. No soy muy entendido en bayas, sólo sé que la mayoría no son comestibles para las personas.

Las «uvas» estaban al lado de una hoja de lechuga violeta oscuro, separadas por cinco centímetros de plato vacío del segundo en sí: filete de gallina de Guinea envuelto en finas lonchas de tocino alemán. En el plato de Serge tampoco faltaba el racimo de uvas y la hoja de lechuga, pero mi hermano se había decantado por el turnedó. Sobre el turnedó no hay gran cosa que explicar salvo que es un trozo de carne, pero como algo había que decir, el maître nos había ofrecido una breve explicación sobre el origen del plato. Sobre la «granja ecológica» donde las bestias pacían en libertad hasta ser sacrificadas.

Observé impaciencia en la expresión de Serge, que tenía hambre como sólo él la puede tener. Reconocí los síntomas: la punta de la lengua se lamía el labio superior como la lengua de un perro famélico de dibujos animados, y se frotaba las manos en un gesto que a ojos de un extraño podía pasar por una expresión de deleite, pero que no lo era en absoluto. Él no se deleitaba en absoluto; había un turnedó en su plato y tenía que zampárselo cuanto antes. Tenía que comer. ¡Ya mismo!

Sólo para fastidiar a mi hermano le pregunté al maître por el racimo de uvas.

Babette y Claire no habían regresado aún, pero eso a Serge no le había supuesto el menor problema.

—Ahora vendrán —había dicho cuando cuatro camareras de delantales negros habían llegado portando los segundos con el maître pisándoles los talones.

El maître había preguntado si preferíamos esperar a que regresaran nuestras esposas, pero Serge había desestimado la sugerencia de inmediato.

—Sirvan los platos —pidió mientras empezaba a deslizar la lengua por el labio superior y se frotaba las manos, incapaz de contenerse por más tiempo.

El meñique del maître había señalado en primer lugar mi filete de gallina de Guinea envuelto en una loncha de tocino alemán, y luego había pasado a la guarnición: un montoncito de «discos de lasaña de berenjena con ricotta» ensartado en un palillo de cóctel, que más parecía un sándwich club en miniatura, y una mazorca de maíz ensartada en un resorte que, probablemente, servía para coger la mazorca sin mancharse los dedos, pero tenía algo ridículo, o no, ridículo no es la palabra, sino más bien algo que pretendía ser divertido, como un guiño del cocinero o algo por el estilo. El resorte era cromado y sobresalía un par de centímetros por ambos extremos de la mazorca, reluciente de mantequilla. Las mazorcas de maíz no me dicen nada, siempre me ha parecido repulsivo roerlas: es poco lo que comes y mucho lo que se te queda entre los dientes, por no hablar de la mantequilla que te gotea por la barbilla. Además, nunca he conseguido desembarazarme de la idea de que el maíz es, fundamentalmente, comida para cerdos.

94

Después de que el maître nos hubiera descrito las condiciones ecológicas de la granja donde habían sacrificado la vaca de la que habían sacado el turnedó de Serge y nos hubiese anunciado que volvería después para informarnos acerca de los platos de nuestras señoras, yo le señalé el racimo de bayas.

—¿Son grosellas, por casualidad? —pregunté.

Serge ya había hundido el tenedor en el turnedó y se disponía a cortar un trozo, la mano derecha planeaba sobre el plato con el afilado cuchillo dentado. El maître ya se había dado la vuelta para alejarse de nuestra mesa, pero se volvió para acercar el meñique al racimo de uvas. Miré a Serge.

Su rostro irradiaba ante todo impaciencia. Impaciencia y enojo por aquella nueva demora. No tenía inconveniente en empezar a comer en ausencia de Babette y Claire, pero hincarle el diente al bistec mientras una mano extraña merodeaba por nuestros platos le resultaba inaceptable.

—¿Qué diablos ha sido eso de las grosellas? —preguntó cuando el maître se hubo ido por fin.

Ya se había llevado a la boca un buen bocado de turnedó. Masticarlo no le llevó más de diez segundos. Después de tragar, miró al frente unos instantes, como aguardando a que la carne le llegase al estómago. Luego dejó el tenedor y el cuchillo en el plato.

Me puse en pie.

—¿Qué pasa ahora? —preguntó Serge.

—Voy a ver por qué tardan tanto.

17

Hice un primer intento en el lavabo de señoras. Con precaución para no espantar a nadie, abrí un poco la puerta.

—¿Claire?

Salvo por la ausencia de urinario, el recinto era idéntico al del lavabo de caballeros. Acero inoxidable, granito y sonidos de piano. La única diferencia era el jarrón con narcisos blancos situado en medio de los dos lavamanos. Pensé en el propietario del restaurante con su suéter blanco de cuello vuelto.

—¿Babette? —Llamar a mi cuñada era una pura formalidad, un pretexto para justificar mi presencia allí si verdaderamente había alguien, lo que, al parecer, no era el caso.

Pasando por delante del guardarropa y las chicas del atril, me encaminé hacia la salida. Fuera hacía un calor agradable, la luna llena estaba suspendida entre las copas de los árboles y olía a plantas aromáticas, un olor que no supe identificar pero que me recordó vagamente al Mediterráneo. Un poco más allá, donde acababa el parque, atisbé las luces de los coches y un tranvía. Y más lejos aún, entre los arbustos, las ventanas iluminadas del bar donde en aquel preciso instante la gente corriente estaba dando buena cuenta de sus costillas de cerdo.

Anduve por el sendero de grava con las antorchas eléctricas y giré a la izquierda por el camino que bordeaba el restaurante. A la derecha había un pequeño puente sobre una acequia que conducía a la calle del tráfico y el bar; a la izquierda, un estanque rectangular. Detrás, donde el estanque se disolvía en la oscuridad, vislumbré algo que a primera vista me pareció un muro, pero que al mirarlo mejor resultó ser un seto de la altura de una persona.

Volví a girar a la izquierda y dejé atrás el estanque; la luz del restaurante reverberaba en las aguas oscuras, desde allí se podía ver a los comensales. Seguí avanzando un poco más y entonces me detuve.

Pese a que nos separaban menos de diez metros, yo podía ver a mi hermano sentado a nuestra mesa, pero él a mí no. Mientras esperábamos a que nos sirvieran el segundo plato, yo había mirado muchas veces al exterior, pero desde la llegada de la oscuridad se distinguían cada vez menos cosas de fuera; desde mi sitio, sólo podía ver el restaurante reflejado en el cristal. Serge tendría que haber pegado la cara contra el ventanal y, quizá entonces, me habría visto; aun así, no estaba claro si atisbaría algo más que una silueta negra al otro lado del estanque.

Miré alrededor; a juzgar por lo que se vislumbraba en la oscuridad, el parque estaba desierto. No había ni rastro de Claire y Babette. Mi hermano había dejado los cubiertos y se limpiaba la boca con la servilleta. No alcanzaba a ver su plato, pero habría apostado a que estaba vacío: se lo había comido todo, la sensación de hambre era agua pasada. Se acercó la copa a los labios y bebió. Justo en ese momento, el hombre de la barba y su hija se levantaron de su mesa para marcharse. Se detuvieron brevemente al pasar cerca de nuestra mesa y vi cómo el hombre levantaba la mano, la hija sonreía a Serge y éste elevaba la copa a modo de saludo.

Sin duda querían agradecerle una vez más la foto. Serge había sido todo gentileza, sin pestañear siquiera había pasa-

97

do de ser un comensal en un momento de privacidad a su papel de cara conocida a nivel nacional: una cara conocida que se había mantenido siempre fiel a sí misma, un hombre corriente, una persona como tú y como yo, alguien al que se podía abordar en todas partes y a todas horas porque no se ponía a sí mismo en un pedestal.

Probablemente fui el único en detectar la arruga de enfado que se le marcó entre las cejas cuando nuestro vecino de mesa le dirigió la palabra:

—Le ruego que me disculpe, pero su... su... este señor de aquí me ha asegurado que no sería ninguna molestia que... —La arruga apenas duró un segundo, y enseguida apareció el Serge Lohman a quien todo el mundo podía votar, el candidato a primer ministro que se sentía a sus anchas entre la gente corriente.

—¡Claro, claro! —exclamó en tono cordial cuando el barbas le mostró la cámara y señaló a su hija—. ¿Y cómo te llamas? —preguntó a la muchacha.

No era una chica especialmente bonita, la clase de chica que haría brillar pícaramente los ojos de mi hermano: no era una chica por la que se desviviría, como había hecho antes con la camarera torpe con aire de Scarlett Johansson. Pero tenía una cara dulce, una cara inteligente, me corregí, demasiado inteligente para querer salir en una foto con mi hermano.

—Naomi —respondió ella.

—Ven a sentarte a mi lado, Naomi —dijo Serge, y, cuando la chica lo hubo hecho, le pasó el brazo por los hombros. El barbas reculó un par de pasos.

—Una más por si acaso —dijo después de que la cámara hubiese destellado, y volvió a pulsar el botón.

El momento fotográfico causó una gran agitación. En las mesas cercanas la gente fingió que jamás se había producido; sin embargo, como había sucedido cuando Serge llegó al restaurante, ahora también ocurría algo por el hecho de no ocurrir nada, no sé expresarlo con mayor claridad. Es como cuando ha habido un accidente en la carretera y pasas de largo rápidamente porque no quieres ver sangre, o bueno, no exageremos, pongamos un animal atropellado en la cuneta: ves el pobre bicho muerto desde lejos, pero ya no vuelves a mirarlo. No tienes ganas de ver la sangre y las vísceras medio desparramadas. Y por eso desvías los ojos, miras al cielo, por ejemplo, o un arbusto en flor en medio del prado, miras a cualquier parte salvo a la cuneta.

Serge se había mostrado muy cordial: con el brazo alrededor de los hombros de ella, había acercado a la chica un poco más hacia sí y después había ladeado la cabeza, tanto que casi tocaba la de ella. Sin duda sería una bonita foto, sin duda la hija del barbas no podría haber deseado una foto mejor. Con todo, yo tenía la impresión de que Serge se había mostrado menos cordial de lo que lo hubiera sido si en lugar de esa chica hubiera tenido a su lado a Scarlett Johansson (o a una doble de Scarlett Johansson).

—Un millón de gracias —dijo el padre—. No queremos importunarlo más. Es una cena privada.

La chica (Naomi), que no había abierto la boca para nada, echó la silla hacia atrás y se situó junto a su padre.

Pero no se iban.

—¿Le sucede con frecuencia? —preguntó el barbas en tono bajo y confidencial, inclinándose ligeramente hacia delante, con lo que su cabeza quedó justo encima de la mesa—. Que la gente se le acerque como si nada y le pida que pose para una foto.

Mi hermano lo observó, la arruga en el entrecejo había vuelto. ¿Y ahora qué querían de él?, decía la arruga. El barbas y su hija ya habían tenido su momento cordial, ahora debían irse a la mierda.

Por una vez, no pude por menos que darle la razón. Ya había asistido a menudo a eso, a cómo la gente se pegaba a Serge Lohman. No sabían despedirse, querían que durase más. Sí, casi siempre deseaban algo más, una foto o una firma no bastaban, querían algo exclusivo, un trato exclusivo: buscaban algo que los distinguiera de todos los que habían pedido una foto o una firma. Querían una historia. Una historia que poder contarle a todo el mundo al día siguiente: «¿Sabes a quién nos encontramos ayer por la noche? Sí, ese mismo. Tan simpático, tan normal... Creímos que después de habernos hecho la foto preferiría que lo dejásemos tranquilo, pero ¡qué va! Nos invitó a su mesa e insistió en que tomásemos una copa con él. Eso no lo hacen todos los famosos, pero él sí. Al final estuvimos hasta bastante tarde.»

Serge miró al barbudo, la arruga entre las cejas se había acentuado, aunque para un desconocido podía pasar por el gesto de alguien al que le molesta mirar directamente a la luz. Deslizó el cuchillo sobre la mesa, alejándolo del plato para volver a acercarlo. Yo sabía cuál era el dilema al que se enfrentaba, lo había visto con frecuencia, más de lo que habría deseado: mi hermano quería que lo dejasen en paz, ya había mostrado su lado más amable —echándole el brazo por los hombros a la hija, dejándose inmortalizar por el padre—, el de un hombre corriente y humano —quien votara a Serge Lohman estaría votando por un primer ministro corriente y humano—. Pero ahora que el barbas seguía allí, esperando a que le dieran más palique gratis del que poder presumir el lunes delante de sus colegas, Serge debía contenerse. Un comentario mordaz o ligeramente sarcástico podía echarlo todo a rodar, el crédito conseguido se esfumaría, toda la ofensiva de encanto habría sido en balde. El lunes, el barbas contaría a sus colegas que Serge Lohman era un cabrón arrogante, un hombre al que se le habían subido los humos a la cabeza. Al fin y al cabo, él y su hija apenas lo habían molestado, sólo le habían pedido una foto y después lo habían dejado en paz para que prosiguiera su cena privada. Después de oír la historia, dos o tres de esos colegas ya no votarían a Serge Lohman, y sí, era muy posible que esos dos o tres colegas contaran a su vez la historia sobre el político arrogante e inabordable: el llamado efecto bola de nieve. Y, como suele suceder con los cotilleos, la historia iría adquiriendo proporciones cada vez más grotescas de segunda, tercera y cuarta mano. Como un reguero de pólvora, se extendería el rumor de que Serge Lohman había ofendido a alguien, a un padre normal y a su hija que muy educadamente le habían pedido una foto; en versiones posteriores, el candidato a primer ministro los habría echado de allí con cajas destempladas.

Pese a que se lo hubiese buscado él mismo, en aquel momento mi hermano me dio pena. Siempre me he mostrado comprensivo con las estrellas de cine y los cantantes que arremeten contra los *paparazzi* que los acechan a la salida de la discoteca, y les destrozan la cámara. Si Serge decidía lanzarse contra el barbas y atizarle un buen puñetazo en el morro, que quedaba fuera de la vista por aquella barba de enanito tan repulsiva como ridícula, contaría con todo mi apoyo. Le sujetaría los brazos a la espalda, me dije, para que Serge pudiera concentrarse en la cara e imprimir más fuerza a los puñetazos, pues al fin y al cabo tendría que abrirse paso entre la barba para lastimarle la cara de verdad.

La actitud que Serge adoptaba ante la atención del público era cuando menos ambigua. En las ocasiones en que se convierte en propiedad pública, durante los discursos en los auditorios de provincias, mientras responde las preguntas de sus «simpatizantes», ante las cámaras de televisión o los micrófonos de la radio, cuando reparte folletos en el mercado con su anorak y conversa con la gente corriente, o mientras, subido a la tribuna, recibe el aplauso, qué digo aplauso, la larga ovación del congreso del partido en pie (hasta lanzaron flores al podio, supuestamente de forma espontánea, aunque en realidad fue una maniobra de su estratega de campaña, en la que no se había dejado ningún detalle al azar)... en todos esos momentos, digo, Serge está radiante. No sólo de felicidad o autocomplacencia, ni porque los políticos que quieren progresar no tengan otro remedio que estar radiantes, porque en caso contrario se les acabaría la campaña electoral en un santiamén; no, Serge está radiante de veras, transmite algo.

No dejo de extrañarme y sorprenderme cada vez que veo cómo mi hermano, el patán torpe, el zoquete obtuso del «tengo que comer ahora» que se zampa un turnedó sin entusiasmo en tres bocados, el mentecato que pronto se aburre y cuyos ojos se despistan en cuanto se habla de algo que no es él mismo, cómo ese hermano mío sube al podio y bajo la luz de los reflectores y los focos de la televisión empieza, literalmente, a brillar; cómo, en definitiva, se convierte en un político carismático.

«Es su presencia —dijo en una ocasión la presentadora de un programa juvenil durante una entrevista para una revista femenina—. Cuando estás cerca de él, sucede algo.» Casualmente vi la emisión de ese programa juvenil, y resultaba evidente lo que Serge hacía. Para empezar, estaba todo el rato sonriendo, algo que ha tenido que aprender a hacer; aunque sus ojos no sonríen y así se nota que no es sincero. Pese a todo, sonreía, que eso gusta a la gente. Por lo demás, se pasó la mayor parte de la entrevista con las manos en los bolsillos, no con expresión aburrida o de estar de vuelta de todo, sino relajado, como si estuviese en el patio del colegio (lo del patio del colegio se acerca bastante, pues la filmación se hizo en una asociación juvenil bulliciosa y mal iluminada al término de una charla). Era demasiado mayor para pasar por un alumno, pero sí parecía el profesor enrollado: el profesor en quien se puede confiar, que también dice de vez en cuando «coño» o «mola», el profesor sin corbata que en el viaje de fin de curso a París también bebe un poco más de la cuenta en el bar del hotel. De vez en cuando, Serge sacaba la mano del bolsillo para ilustrar con gestos algún punto de su programa electoral, y entonces parecía que fuera a acariciarle el pelo a la presentadora y decirle que lo tenía muy bonito.

Pero ese comportamiento cambia en su vida privada. Tiene la misma mirada que toda la gente conocida: cuando va a algún lugar como ciudadano normal, jamás mira a los demás a los ojos, su mirada vaga sin posarse en ningún bicho viviente, mira los techos, las lámparas que cuelgan de esos techos, las mesas, las sillas, el cuadro en la pared o, preferiblemente, no mira nada. Entretanto sonríe con la sonrisa de quien sabe que todo el mundo lo está mirando, o que procura no mirarlo, lo que viene a ser lo mismo. A veces le resulta difícil separar la propiedad pública y las circunstancias privadas; en esos momentos, lo ves pensar que no es mala idea aprovecharse un poco del interés público durante su vida privada, como sucedía esa noche en el restaurante.

Miró al hombre de la barba y después a mí, la arruga desapareció. Guiñó un ojo y al instante metió la mano en el bolsillo de la chaqueta y sacó el móvil.

—Dispénseme —dijo mientras miraba la pantalla—. Debo atender esta llamada. —Esbozó una sonrisa de disculpa, pulsó una tecla y se llevó el móvil a la oreja.

No se había oído nada, ningún sonido normal de llamada, ningún tono especial con una melodía, pero podía ser, era posible: el exceso de ruido exterior habría impedido que el barbas y Naomi lo oyesen o, quién sabe, quizá tenía activado el aviso por vibración.

¿Quién podía asegurarlo? El barbas desde luego no. Para él, había llegado el momento de irse de vacío; naturalmente, podía poner en duda la llamada, tenía todo el derecho a pensar que le estaban tomando el pelo, pero la experiencia enseña que la gente no lo hace. Serge les estropeaba el final de la historia: se habían hecho una foto con el futuro primer ministro de Holanda y habían cruzado unas palabras con él, pero ahora estaba muy ocupado.

—Sí —dijo Serge al aparato—. ¿Dónde? —Ya no miraba al barbas y a su hija sino hacia fuera; para él ya se habían ido. Debo admitir que su actuación era muy convincente—.

Estoy cenando —añadió, y le echó un vistazo a su reloj; mencionó el nombre del restaurante—. Antes de las doce me será imposible —concluyó.

Así las cosas, me sentí en la obligación de mirar al hombre de la barba. Yo era el asistente del médico que acompaña al paciente hasta la puerta porque el doctor debe ocuparse del siguiente paciente. Hice un gesto, no de disculpa, sino dando a entender que podía retirarse con su hija sin sufrir el menor desprestigio.

—En momentos así es cuando te preguntas por qué haces todo esto —suspiró mi hermano cuando volvimos a estar a solas y hubo guardado el móvil—. ¡Por Dios, éstos son los peores! Los plastas. Si al menos la chica hubiese sido un poco guapa... —Me guiñó un ojo—. Oh, perdona, Paul, había olvidado que a ti justamente suelen gustarte éstas, las feas del baile.

Se rió de su propia broma, y yo lo imité mientras miraba hacia la puerta del restaurante para ver si Claire y Babette regresaban. Serge volvió a ponerse serio antes de lo previsto, se acodó sobre la mesa y juntó las yemas de los dedos.

—¿De qué estábamos hablando?

Y en ese momento vinieron a servirnos los segundos.

18

¿Y ahora? Ahora yo estaba fuera, mirando desde lejos a mi hermano, que seguía sentado a nuestra mesa más solo que la una. Era una gran tentación permanecer allí el resto de la velada, o cuando menos no volver.

Sonó un ruidito electrónico que al principio no acerté a identificar, seguido por otros que, juntos, parecían componer una melodía y me recordaron el tono de llamada de un móvil, pero no el mío.

No obstante, provenía del bolsillo interior de mi chaqueta, del derecho; yo soy zurdo y siempre llevo el móvil en el izquierdo. Deslicé la mano —la derecha— en el bolsillo y, junto a las llaves de casa, palpé algo duro que identifiqué como medio paquete de Stimorol y un objeto que sólo podía ser un móvil.

Antes de que mi mano resurgiera con el teléfono, que no había dejado de sonar, comprendí lo que había sucedido. A bote pronto, era incapaz de reconstruir cómo había ido a parar el móvil de Michel al bolsillo de mi americana, pero me veía confrontado con el incontestable hecho de que alguien estaba llamando a mi hijo al móvil. La llamada sonaba bastante alta ahora que el chisme ya no estaba confinado en las profundidades del bolsillo, tan alto que temí que fuese a oírse hasta en el parque.

—¡Mierda! —mascullé.

Por supuesto, lo mejor era dejarlo sonar hasta que saltara el buzón de voz, pero también quería silenciarlo de inmediato.

Miré la pantalla para ver quién llamaba, pero no fue necesario leer el nombre. La pantalla se iluminó en la oscuridad y, aunque los rasgos se veían algo borrosos, no me fue difícil reconocer el rostro de mi propia esposa.

Por una u otra razón, Claire estaba llamando a su hijo, y sólo había una forma de averiguar esa razón.

—¿Claire? —contesté.

Nada.

—¿Claire? —repetí.

Miré alrededor, pues no me pareció improbable que mi mujer apareciese de detrás de un árbol, que todo fuera una broma, aunque se tratase de una broma que en ese momento yo no pillaba en absoluto.

—¿Papá?

—¡Michel! ¿Dónde estás?

—En casa. Estaba... buscaba... pero ¿dónde estás tú?

—En el restaurante. Ya te lo hemos dicho. Pero ¿cómo...?

—¿Cómo es que tengo tu móvil?, quería preguntarle, aunque dadas las circunstancias no me pareció una buena pregunta.

—Pero ¿qué haces tú con mi móvil? —me preguntó; no parecía indignado sino más bien sorprendido, como yo.

Su habitación, aquella tarde, su móvil sobre la mesa... ¿Qué hacías aquí arriba? Has dicho que me estabas buscando. ¿Para qué? ¿Tenía yo su móvil en la mano en aquel momento o había vuelto a dejarlo encima de la mesa? Para nada en especial. Sólo te buscaba. ¿Era posible...? Pero eso significaba que entonces ya llevaba puesta la americana, y nunca llevo una americana para estar por casa. Intenté recordar por qué había subido con la americana puesta al cuarto de mi hijo.

—Ni idea —reconocí de la forma más natural posible—. Estoy tan sorprendido como tú. Bueno, nuestros

106

móviles se parecen un poco, pero no puedo imaginarme que...

—No lo encontraba por ninguna parte —me interrumpió Michel—, así que he llamado por si lo oía sonar por aquí.

La foto de su madre en la pantalla. Estaba llamando desde el teléfono fijo. En la pantalla de su móvil aparecía la foto de su madre cuando lo llamaban desde el teléfono de casa. No la de su padre, pensé de pronto. O la de los dos. En ese mismo instante, se me ocurrió lo ridículo que sería: una foto de sus padres, abrazados y sonrientes, sentados en el sofá del salón, un matrimonio feliz. Papá y mamá me llaman. Papá y mamá me quieren más que a nadie en este mundo.

—Lo siento, hijo. He sido tan tonto que me he metido tu móvil en el bolsillo. Tu padre se está haciendo viejo.

—Nuestra casa era mamá. Nuestra casa era Claire. Decidí no sentirme menospreciado, y eso me tranquilizó en cierta medida—. Ya no tardaremos mucho. Dentro de un par de horas te lo devuelvo.

—¿Dónde estáis? Ah, sí, habéis salido a cenar, ya me lo has dicho. En el restaurante del parque que hay enfrente de... —Dijo el nombre del bar de la gente corriente—. No está muy lejos de aquí.

—No te molestes. Ya te lo llevaré yo. Dentro de una hora como mucho. —¿Aún sonaba despreocupado? ¿Alegre? ¿O en mi tono se notaba acaso que prefería que no viniese al restaurante para recuperar su móvil?

—Es demasiado tiempo. Necesito... necesito algunos números, tengo que hacer una llamada.

¿Lo oí realmente titubear o sólo fue un fallo en la cobertura?

—Si me dices qué número necesitas, te lo puedo buscar...

No, me había equivocado completamente de tono. No pretendía ser el padre simpático y enrollado: un padre que puede ir fisgoneando en el móvil de su hijo porque, al fin y al cabo, entre padre e hijo «no hay secretos». Ya me daba por contento con que Michel siguiera llamándome papá y no «Paul». En todo ese asunto de los nombres había algo que me sacaba de quicio: niños de siete años que llaman «Joris» a su padre y «Wilma» a su madre. Era una confianza mal entendida que al final siempre acababa volviéndose contra los padres demasiado modernos. Sólo mediaba un pequeño paso del «Joris» y «Wilma» al «¿No te he dicho que lo quería con mantequilla de cacahuete, Joris?», tras lo cual, el bocadillo de crema de chocolate era despachado de vuelta a la cocina y desaparecía en el cubo de la basura.

Lo había visto muchas veces en mi propio entorno, padres que soltaban una risita estúpida cuando sus hijos les hablaban en ese tono. «Vaya, cada vez llegan antes a la pubertad», comentaban para disculparlos. No comprendían, o sencillamente les daba miedo comprender, que habían criado monstruos. Naturalmente, lo que en el fondo de su corazón esperaban era que, a sus hijos, Joris y Wilma les gustaran más tiempo que papá y mamá.

Un padre que husmea en el móvil de su hijo de quince años se acercaba demasiado a eso. En un abrir y cerrar de ojos, vería cuántas chicas aparecían en la agenda o si se había bajado fotos picantes como fondo de pantalla. No, mi hijo y yo sí teníamos algunos secretos el uno para el otro, respetábamos nuestra mutua intimidad, llamábamos a la puerta de nuestras respectivas habitaciones si ésta estaba cerrada. Y tampoco entrábamos y salíamos del cuarto de baño en cueros, sin una toalla en la cintura, porque no había nada que ocultar, como era habitual en las familias Joris-y-Wilma. No, esto último menos aún.

Pero yo ya había mirado el móvil de Michel. Había visto cosas que no estaban destinadas a mis ojos. Desde su punto de vista era peligrosísimo que yo siguiese en posesión de su móvil más tiempo del estrictamente imprescindible.

—No, no es necesario, papá. Voy a buscarlo.

—¿Michel? —repuse, pero él ya había colgado—. ¡Mierda! —maldije por segunda vez aquella noche, y en ese mismo instante vislumbré a Claire y Babette acercándose desde el alto seto. Mi esposa había rodeado los hombros de su cuñada con el brazo.

Sólo por unos segundos, sopesé la idea de retroceder y dejar que los arbustos me engullesen; pero entonces recordé para qué había salido al jardín: para buscar a Claire y Babette. Podía haber sido peor. Claire podía haberme visto con el móvil de Michel pegado a la oreja. Se habría preguntado a quién estaba llamando allí, fuera del restaurante, en secreto.

—¡Claire! —Agité los brazos y fui a su encuentro.

Babette aún se apretaba el pañuelo contra la nariz, pero ya no se veían lágrimas.

—Paul... —dijo mi esposa mirándome fijamente.

Luego volvió los ojos al cielo y a continuación fingió suspirar. Sabía lo que eso significaba porque la había visto hacerlo en otras ocasiones; entre ellas, la vez en que su madre se tomó una sobredosis de somníferos estando en la residencia. Es mucho peor de lo que pensaba, decían sus ojos y el suspiro.

Babette, que también me miraba, se apartó el pañuelo de la cara.

—Ay, Paul, querido Paul...

—Ya... ya nos han servido los platos —informé.

19

No había nadie en el lavabo de hombres.

Probé las puertas de las tres cabinas: ninguna estaba ocupada.

Id vosotras, les había dicho a Claire y Babette en la entrada del restaurante. Podéis empezar, yo iré enseguida.

Entré en el retrete más alejado de la entrada y eché el pestillo. Para guardar las formas, me bajé sólo los pantalones y me senté en la taza.

Saqué el móvil de Michel del bolsillo y lo abrí.

En la pantalla vi algo en lo que no había reparado antes, al menos no me había fijado mientras estaba en el jardín. En la parte inferior de la pantalla había aparecido una ventanita blanca:

2 llamadas perdidas
Faso

¿Faso? ¿Quién demonios podía llamarse Faso?

Parecía un nombre inventado, un nombre que no existiera realmente...

De pronto lo supe. ¡Pues claro! ¡Faso! Era el apodo que Michel y Rick habían puesto al hermanastro adoptado. A Beau. Por su país natal. Y por su nombre: Beau.

Beau Faso. B. Faso de Burkina Faso.

Empezaron con eso unos años atrás, en una fiesta de cumpleaños de Claire, o al menos fue la primera vez que los oí emplear ese apodo. ¿Quieres más, Faso?, le preguntó Michel mientras le tendía a Beau un cuenco de plástico rojo lleno de palomitas de maíz.

Y Serge, que rondaba por allí, también lo oyó.

—Por favor —dijo—. Basta ya. Se llama Beau.

—No pasa nada, papá —terció su hijo adoptivo, que parecía el menos molesto por el apodo.

—Sí que pasa —repuso Serge—. Te llamas Beau. ¡Faso! No sé, no me parece... sencillamente no me gusta. —Quizá quería decir que le parecía discriminatorio, pero se tragó las palabras en el último momento.

—Pero todo el mundo tiene un apodo, papá.

Todo el mundo. Eso era lo que Beau más deseaba: ser como todo el mundo.

Después de aquella ocasión, apenas había vuelto a oír a Michel y Rick emplear el mote en público, pero al parecer había perdurado, puesto que figuraba en la agenda del móvil de Michel.

¿Por qué habría llamado Beau/Faso a Michel?

Podía escuchar el buzón de voz para enterarme de si le había dejado algún mensaje, pero en ese caso Michel sabría que había estado husmeando en su móvil. Los dos teníamos Vodafone, me sabía de memoria las palabras de la mujer del buzón de voz. Después de escucharlo, el «tiene un mensaje nuevo» se convertía en «tiene un mensaje antiguo».

Seleccioné *menú*, fui a *mis archivos* y de ahí a *vídeos*.

Apareció un menú de selección: *vídeos, vídeos descargados* y *mis vídeos favoritos*.

Volví a pulsar este último, tal como había hecho en el cuarto de Michel hacía unas horas, una eternidad. O, más que una eternidad, un punto de inflexión: un punto de inflexión como cuando hablamos de antes o después de la guerra.

El fotograma del último vídeo grabado estaba enmarcado en una fina línea azul; éste era el que yo había visto hacía una eternidad. Seleccioné el anterior, pulsé *opciones* y después *reproducir*.

Una estación. El andén de una estación, una estación de metro, al parecer. Sí, una estación de metro descubierta en algún lugar del extrarradio, a juzgar por los bloques de casas que se veían al fondo. Quizá se trataba de Zuidoost o Slotervaart.

También podría poner las cartas boca arriba: reconocí la estación, supe de inmediato cuál era y a qué línea pertenecía. Pero no pienso pregonarlo a los cuatro vientos, de momento a nadie le serviría de nada que dijese el nombre.

La cámara descendió y empezó a seguir unas zapatillas blancas que avanzaban por el andén con cierta prisa. Al cabo de un rato, la cámara volvió a elevarse y se vio a un hombre, un hombre algo mayor, tal vez de unos sesenta años, calculé, aunque con esa clase de tipos es difícil saberlo; en cualquier caso, no se trataba del dueño de las deportivas blancas. Cuando la cámara se aproximó, vi su cara algo manchada y sin afeitar. Un mendigo probablemente, un indigente. Algo así.

Sentí el mismo frío que antes, cuando estaba en el cuarto de Michel, un frío que nacía en mi interior.

Junto a la cabeza del mendigo se veía ahora el rostro de Rick. El hijo de mi hermano sonrió a la cámara. «*Take one* —dijo—. *Action!*» Y sin advertencia previa le dio un bofetón al hombre en un lado de la cabeza, contra la oreja. Fue un golpe bastante fuerte, la cabeza se desplazó hacia un lado y el hombre se cubrió las orejas, como si intentase repeler el siguiente golpe.

—*You're a piece of shit, motherfucker!* —gritó Rick, no sin un leve acento, como un actor holandés en una película inglesa o americana.

La cámara se acercó aún más, hasta que el rostro sin afeitar del mendigo ocupó toda la pantalla. Parpadeó con sus ojos acuosos y enrojecidos, los labios farfullaron algo inaudible.

—Di: *Jackass* —se oyó otra voz, fuera de la imagen. La de mi hijo.

La cabeza del mendigo desapareció y volvió a verse a Rick. Mi sobrino miró a la cámara y ofreció una sonrisa deliberadamente estúpida.

—*Don't try this at home* —dijo, y volvió al ataque, al menos se vio cómo la mano hacía ademán de golpear de nuevo, aunque no llegó a oírse el impacto.

—Di *Jackass* —repitió la voz de Michel.

La cabeza del mendigo volvió a aparecer en la pantalla. A juzgar por el ángulo de la cámara —ya no se veían los edificios al fondo sino una superficie de hormigón gris y detrás los raíles—, a esas alturas el hombre había ido a parar al suelo. Le temblaban los labios, tenía los ojos cerrados.

—*Jack... Jackass* —dijo.

El vídeo se detuvo en ese punto. En el silencio posterior sólo oí el agua que corría por el urinario.

«Tenemos que hablar de nuestros hijos», había dicho Serge. ¿Cuánto hacía ya de eso? ¿Una hora? ¿Dos?

Hubiera querido quedarme allí sentado hasta la mañana siguiente, hasta ser descubierto por el personal de la limpieza.

Me levanté.

Titubeé al entrar en el comedor.

Michel podía presentarse en cualquier momento para recoger su móvil. Tras avanzar unos pasos y detenerme comprobé que no había llegado aún. En nuestra mesa sólo estaban Claire, Babette y Serge.

Me hice a un lado rápidamente para ocultarme detrás de un alto palmito. Espié entre las hojas y no me dio la impresión de que me hubiesen visto.

Prefería recibir a Michel allí, me dije, en el vestíbulo o en el guardarropa; incluso fuera, en el jardín. Sí, mejor en el jardín; saldría a buscarlo y le devolvería el móvil. A salvo de las miradas y probables preguntas de su madre y de sus tíos.

Me di la vuelta y, pasando por delante de la chica que estaba junto al atril, salí al exterior. No tenía ningún plan preconcebido. Tendría que decirle algo a mi hijo. Pero ¿qué? Decidí que primero esperaría a ver si él me contaba alguna cosa; me fijaría bien en sus ojos, en aquellos ojos francos a los que se les daba tan mal mentir.

Recorrí el sendero de las antorchas eléctricas y, como ya había hecho antes, giré a la izquierda. Lo más lógico era que Michel tomara el mismo camino que nosotros y cruzara el puente que había delante del bar. El parque tenía otra entrada, de hecho, la entrada principal, pero tomarla lo obligaría a pedalear más rato en la oscuridad.

Me detuve al pie del puente y miré alrededor. No había nadie más. Allí, la luz de las antorchas no era más que un débil resplandor amarillento, apenas más intenso que el de las velas.

La oscuridad también tenía una ventaja: como no podíamos vernos los ojos, Michel tal vez se sentiría más predispuesto a contarme la verdad.

¿Y luego qué? ¿Qué haría yo con esa «verdad»? Me llevé las manos a la cara y me froté los ojos. No quería tenerlos enrojecidos ni hinchados. Me puse la mano ahuecada delante de la boca, eché el aliento y olí. Sí, olía a alcohol, a cerveza y vino, aunque calculé que no habría bebido más de cinco copas en total. Esa noche me había propuesto contenerme, no quería darle a Serge la oportunidad de apuntarse ningún tanto a causa de mi modorra. Yo me conocía bien, sabía que en las cenas fuera mi capacidad de concentración era de duración limitada y que, una vez agotada, ya no me quedaría energía para replicarle cuando volviese a sacar el tema de nuestros hijos.

Miré al otro extremo del puente y a las lucecitas del bar, detrás de los arbustos, en la cera de enfrente. Un tranvía pasó sin detenerse en la parada, después se hizo de nuevo el silencio.

—¡Date prisa! —dije en voz alta.

Y fue en ese momento, al oír mi propia voz, o tal vez sería más apropiado decir al despertarme zarandeado por mi propia voz, cuando comprendí de pronto lo que debía hacer.

Saqué el móvil de Michel del bolsillo y levanté la tapa.

Seleccioné *mostrar*.

Leí los dos sms: en el primero aparecía un número de teléfono y el texto de que no habían dejado ningún mensaje; en el segundo decía que el mismo número había dejado «un mensaje nuevo».

Comparé la hora de ambos mensajes. Sólo habían pasado dos minutos entre el primero y el segundo y coincidían con un cuarto de hora atrás, cuando yo estaba hablando con mi hijo desde el parque.

Pulsé dos veces seguidas *opciones* y después *borrar*.

A continuación marqué el número del buzón.

Luego, cuando Michel tuviese su móvil de nuevo en su poder, no vería en la pantalla ninguna llamada perdida, me dije, y por tanto no habría razón alguna para que llamara al buzón de voz, al menos de momento.

«*Yo!*», oí después de que la familiar voz femenina del buzón hubiese anunciado que había un nuevo mensaje (además de otros dos mensajes antiguos) «*Yo!* ¿Vas a volver a llamarme o qué?»

«*Yo!*» Desde hacía cosa de medio año, Beau había adoptado un *look* afroamericano, con una gorra de los Yankees de Nueva York y la jerga correspondiente (en la que «*Yo!*» significa «¡Tú!»). Lo habían traído desde África y hasta hacía poco siempre había hablado un neerlandés impecable; no el neerlandés de la gente corriente, sino el que se emplea en los círculos en que se mueven mi hermano y su mujer: supuestamente sin acento, pero en realidad reconocible entre miles como el acento de la clase alta: el neerlandés que se oía en las pistas de tenis y en el bar del club de hockey.

Probablemente, un buen día Beau se había mirado al espejo y había decidido que África era sinónimo de triste y desvalido. Sin embargo, a pesar de su neerlandés impecable nunca podría llegar a ser un holandés. Era perfectamente comprensible que buscara su identidad en otra parte, al otro lado del Atlántico, en los barrios negros de Nueva York y Los Ángeles.

Con todo, ese numerito me desagradó profundamente desde el principio. Era lo mismo que siempre me había desagradado en el hijo adoptado de mi hermano: la actitud de santito, por llamarlo de algún modo; la astucia con que se aprovechaba del hecho de ser distinto de sus padres adoptivos, su hermano adoptivo, su hermana adoptiva y su primo adoptivo.

Hace años, cuando era pequeño, corría a las faldas de su «madre» mucho más que Rick o Valerie, a menudo hecho un mar de lágrimas. Entonces, Babette le acariciaba su cabecita negra y le decía palabras de consuelo, mientras buscaba alrededor al culpable de la pena de Beau.

Y casi siempre lo hallaba cerca.

—¿Qué le ha pasado a Beau? —le preguntaba a su hijo biológico en tono de reproche.

—Nada, mamá —oí decir a Rick en una ocasión—. Sólo lo estaba mirando.

—En el fondo no eres más que un racista —me había dicho Claire cuando le comenté el desagrado que sentía por Beau.

—¡En absoluto! Sería un racista si ese pedazo de hipócrita me cayese bien solamente por su color de piel y su origen. Discriminación positiva. Sería un racista si relacionara su hipocresía con conclusiones acerca de África en general y Burkina Faso en particular.

—Era broma —repuso Claire.

Una bicicleta llegó hasta el puente. Una bicicleta con luz. Sólo divisaba la silueta del ciclista, pero habría sido capaz de distinguir a mi hijo en la oscuridad entre un millón. La postura con que se inclinaba sobre el manillar, como un ciclista profesional, la ágil desenvoltura con que zigzagueaba sin mover el cuerpo apenas: eran la postura y los movimientos de... un depredador, pensé de pronto. Habría querido pensar «de un atleta». De un deportista.

Michel jugaba al fútbol y al tenis y desde hacía seis meses se había apuntado a un gimnasio. No fumaba, era muy comedido con el alcohol y en más de una ocasión había mostrado su rechazo a las drogas, ya fuesen blandas o duras. Llamaba «muermos» a los porretas de su clase, y Claire y yo estábamos encantados. Contentos de que nuestro hijo no mostrara problemas de conducta, que rara vez hiciera novillos y siempre llevase los deberes hechos. Era un estudiante excelente —aunque no se mataba estudiando, sólo se esforzaba lo justo— y nunca recibíamos quejas. Las notas eran por lo general «correctas», sólo en Educación Física siempre sacaba un diez.

«Tiene un mensaje antiguo», anunció la mujer del buzón de voz.

En ese momento, caí en la cuenta de que seguía con el móvil en la oreja. Michel ya estaba hacia la mitad del puente. Me di media vuelta para quedar de espaldas y eché a andar en dirección al restaurante; tenía que cortar la comunicación y meterme el móvil en el bolsillo.

«Esta noche va bien —se oyó la voz de Rick—. Lo haremos esta noche. Llámame. Adios.» Y, acto seguido, de nuevo la voz de la mujer del buzón informando de la hora y la fecha del mensaje.

Oí a Michel a mi espalda, las ruedas de su bicicleta crujiendo en la grava. Llegó a mi altura. ¿Qué veía? ¿Un hombre que paseaba tranquilamente por el parque con un móvil pegado a la oreja? ¿O veía a su padre? ¿Con móvil o sin él?

«Hola, cariño —dijo Claire en mi oído en el preciso instante en que mi hijo pasó de largo. Llegó al sendero de grava iluminado y bajó de la bicicleta. Miró alrededor y se dirigió al aparcamiento para bicis que había a la izquierda de la entrada—. Llegaré a casa dentro de una hora. Papá y yo iremos al restaurante a las siete y me aseguraré de que estemos fuera hasta las doce. De modo que tenéis que hacerlo esta noche. Papá no sabe absolutamente nada y preferiría que siguiera así. Adiós, tesoro. Hasta luego. Un beso.»

Michel había puesto la cadena a la bicicleta y se dirigía hacia la entrada del restaurante. La mujer del buzón mencionó la fecha (aquel día) y la hora (las dos de la tarde) del último mensaje.

Papá no sabe absolutamente nada.

—¡Michel! —llamé mientras me metía apresuradamente el móvil en el bolsillo.

Él se detuvo y se volvió. Lo saludé con la mano.

Y preferiría que siguiera así.

Mi hijo avanzó por el sendero de grava. Llegamos a la entrada al mismo tiempo. Allí había mucha luz, pero quizá necesitara toda esa luz, me dije.

—Hola —saludó. Llevaba la gorra negra de Nike, los auriculares le colgaban alrededor del cuello, el cable desaparecía debajo de la cazadora. Era una cazadora acolchada verde de Dolce & Gabbana que se había comprado hacía poco con la asignación que le dábamos para ropa, con lo que ya no le quedó dinero para calcetines y calzoncillos.

—Hola, hijo —dije—. He pensado que sería mejor salir a buscarte.

Él se me quedó mirando con sus ojos francos. Candorosa, así podría describirse su mirada. Papá no sabe absolutamente nada.

—Estabas hablando por teléfono —comentó.

No contesté.

—¿Con quién hablabas?

Procuró sonar lo más natural posible, pero percibí cierto apremio en su voz. Era un tono que jamás le había oído antes, y noté cómo se me erizaba el vello de la nuca.

—Te llamaba a ti —repuse—. Me preguntaba por qué tardabas tanto.

21

He aquí lo que sucedió. He aquí los hechos.

Una noche, hará un par de meses, tres chicos volvían a casa después de una fiesta en la cafetería del instituto donde dos de ellos estudiaban. Esos dos eran hermanos. Uno de los dos era adoptado.

El tercer chico iba a otro colegio. Era su primo.

A pesar de que el primo casi nunca tomaba alcohol, aquella noche había bebido algunas cervezas. Lo mismo que los otros dos. Los primos habían estado bailando con chicas. No eran sus novias, porque en ese momento no tenían, eran simplemente unas amigas. El hermano adoptado sí salía con una chica. Había pasado la mayor parte de la velada besándose con ella en un rincón apartado y oscuro.

La novia no los acompañó cuando los tres chicos se fueron, pues tenían que estar en casa a la una. La chica tenía que esperar a que su padre fuese a buscarla.

A pesar de que ya era la una y media, los chicos sabían que aquello no se salía de los límites tolerados por sus padres. Habían acordado que el primo se quedaría a dormir en casa de los hermanos porque sus padres habían ido a París por unos días.

Se les ocurrió tomar la última cerveza de camino a casa, pero, como estaban casi sin blanca, salieron en busca de un cajero automático. A unas calles de distancia —para entonces ya estaban a medio camino entre el instituto y la casa— encontraron uno. Era uno de esos habitáculos con la puerta acristalada y el cajero en el interior, a cubierto.

Uno de los hermanos, lo llamaremos el hermano biológico, entra a sacar dinero. El adoptado y el primo se quedan fuera esperándolo. Pero al cabo de un instante el hermano biológico vuelve a salir a la calle. ¿Ya está?, le preguntan los otros. No, tío, dice. Joder, me he pegado un susto de muerte. ¿Qué pasa?, preguntan los otros. Ahí dentro hay alguien, dice. Alguien durmiendo en un saco de dormir, joder, por poco le piso la cabeza.

Hay divergencia de opiniones sobre lo que sucede a continuación y, en especial, sobre quién es el primero en proponer el funesto plan. Los tres convienen en que el interior del cajero automático apesta. Un hedor insoportable: a vómitos y sudor y algo más que uno de los tres describe como tufo a cadáver.

Se trata de un dato relevante, ese hedor: una persona que apesta tiene menos probabilidades de ganarse las simpatías de los demás; la peste puede llegar a enturbiar el pensamiento. Por muy humanos que sean, esos olores consiguen difuminar la idea de que se trata de alguien de carne y hueso. No es excusa para lo que sucedió después, pero tampoco es cosa de obviarlo sin más.

Tres chicos quieren sacar dinero, no mucho, unos billetes de diez para tomar la última cerveza en un bar. Pero no pueden entrar allí con esa peste, es imposible aguantar diez segundos sin vomitar, es como si hubiese un vertedero de basura.

Pero hay una persona: una persona que respira, sí, que incluso ronca y carraspea en sueños. Vamos, buscaremos otro cajero, dice el hermano adoptado. Ni hablar, protestan los otros. Sería demasiado absurdo que uno no pudiese sacar dinero en ese cajero sólo porque alguien ha decidido meterse ahí a apestar y dormir la mona. Vayámonos de aquí, insiste el adoptado.

Pero a los otros les parece una cobardía, van a sacar dinero allí, no piensan recorrer quién sabe cuántas manzanas en busca de otro cajero. Ahora es el primo el que entra y empieza a tirar del saco de dormir. ¡Eh, eh, despierte! ¡Levántese!

Yo me largo, dice el hermano adoptado, esto no mola.

Venga ya, no te pongas así, le dicen los otros, acabamos pronto con esto y nos vamos a tomar una cervecita. Pero el adoptado repite que no le apetece, que está cansado y que ya no quiere la otra cerveza, y se va en la bicicleta.

El hermano biológico quiere retenerlo. ¡Espera!, grita a sus espaldas, pero el otro les hace un gesto de despedida con la mano y desaparece tras la esquina. Déjalo, dice el primo. Es un muermo. El chico modélico. Un muermo imbécil.

Esta vez entran los dos juntos. Uno tira del saco de dormir. ¡Eh, despierte! ¡Coño, qué peste!, exclama. El otro da una patada a los pies del saco de dormir. No es un tufo a cadáver, sino más bien a basura, basura llena de restos de comida, patas de pollo roídas, filtros de café mohosos. ¡Despierte! Ahora los dos primos se empecinan en lo mismo: sacarán dinero de ese cajero automático y de ningún otro sitio. Es evidente que han bebido un poco en la fiesta del instituto; tienen la misma obstinación que el conductor ebrio que asegura estar en condiciones de coger el coche, la del invitado que se te pega como una lapa el día de tu cumpleaños, que se toma otra cerveza («la última y basta») y te cuenta por séptima vez la misma historia.

Oiga, tiene que levantarse de aquí. Esto es un cajero automático. Siguen mostrándose correctos: a pesar de la peste, que los hace lagrimear, no pasan al tuteo. Sin duda, el desconocido, el invisible del saco de dormir, es mayor que ellos. Un hombre, seguramente un indigente, pero aun así un hombre.

122

Por primera vez se oyen sonidos que proceden del saco. Los típicos sonidos que cabría esperar dadas las circunstancias: movimientos, suspiros, un farfullo ininteligible. Vuelve a la vida. Parece sobre todo un niño que quisiera seguir durmiendo, que hoy no tiene ganas de ir al colegio, pero de pronto, después de los sonidos, se produce un movimiento: algo o alguien se incorpora, parece querer sacar del saco la cabeza u otra parte del cuerpo.

Los chicos no tienen ningún plan y ambos se dan cuenta, quizá demasiado tarde, de que no les apetece nada saber qué se esconde en el saco de dormir. Hasta ese momento no era más que un obstáculo, algo que entorpecía el paso, que exhalaba un hedor inhumano, que no debía estar ahí, pero ahora tendrían que ponerse a discutir con esa cosa (o esa persona) a la que han despertado de su sueño contra su voluntad: quién sabe con qué sueñan los indigentes apestosos, seguramente con un techo que los cobije, una comida caliente, una esposa e hijos, una casa con jardín, un perro adorable que mueva la cola y les salga al encuentro correteando por el césped con riego automático.

¡Iros a la mierda!

No es el improperio lo que los asusta en un primer momento, sino el sonido de la voz, que desmiente algunos de sus pronósticos. Esperaban que del saco de dormir surgiera algo barbudo y sudoroso, con el pelo pegado y la boca desdentada, salvo por unas pocas piezas ennegrecidas. Pero aquello parece más bien una mujer...

Y en ese instante vuelve a producirse un movimiento en el saco de dormir: una mano, otra mano, el brazo entero y luego una nuca. De entrada no se ve del todo bien, o en realidad sí, es por culpa de las clapas que tiene en el pelo: un pelo negro, salpicado de canas, a través del cual se entrevé el cuero cabelludo. Un hombre se queda calvo de otro modo. La cara se le ve mugrienta y barbuda, o no, más bien cubierta de vello, pero sin duda distinto que en un hombre. ¡Largaos, cacho cabrones! La voz suena estridente, la mujer agita los brazos como espantando moscas. Una mujer. Ambos primos se miran. Ha llegado el momento de desistir. Más tarde, los dos recordarán ese momento. El descubrimiento de que es una mujer lo que hay dentro del saco de dormir lo cambia todo. Vámonos, dice el hermano biológico. ¡Fuera de aquí! ¡Fuera, coño!, grita la mujer.

¡Cállate!, replica el primo. ¡Que cierres el pico te digo! Le da una buena patada al saco de dormir, pero el espacio es reducido, le cuesta mantener el equilibrio y resbala, lleva el pie demasiado lejos y la punta del zapato roza el saco y le da a la mujer en la nariz. Una mano de dedos grasientos e hinchados y uñas ennegrecidas se palpa la nariz. Hay sangre. ¡¡¡Cabrones!!!, grita la mujer, ahora tan fuerte y estridente que parece llenar todo el recinto. ¡Asesinos! ¡Sinvergüenzas! El hermano biológico tira del primo hasta la puerta. Ven, vamos. Salen y se quedan fuera. ¡Asquerosos de mierda!, resuena en el interior del cajero, no tan alto como antes, aunque lo suficiente para que se oiga desde la esquina. Pero es tarde, la calle está desierta, apenas se ve luz en tres o cuatro ventanas.

No quería hacerlo, dice el primo. Me he resbalado. ¡Joder, menuda bruja! Ya lo creo, dice el otro. ¡Que se calle de una vez, caray! Todavía se oyen ruidos en el interior del habitáculo, pero la puerta está cerrada y les llegan más amortiguados, un rezongo, un débil rezongo ofendido.

Y de pronto se echan a reír, más adelante se acordarán de cómo se miraron las caras indignadas y encendidas; de eso y del murmullo amortiguado al otro lado de la puerta acristalada y de cómo estallaron en carcajadas. La risa boba. No hay forma de parar, tienen que apoyarse contra la pared y luego el uno en el otro. Se abrazan, sus cuerpos convulsos por las carcajadas. ¡Par de sinvergüenzas! El hermano imita la voz chillona de la mujer. ¡Cabrones! El primo se pone en cuclillas, y luego se cae al suelo. ¡Vale ya, por favor! Me voy a morir.

Junto a un árbol hay unas cuantas bolsas negras y algunos trastos que al parecer han dejado ahí para el camión de la basura: una silla de escritorio con ruedas, la caja de cartón de un televisor de pantalla plana, una lámpara de escritorio y el tubo de un televisor. Aún están riendo cuando agarran la silla y regresan al cajero automático. ¡Puta sucia y asquerosa! Meten la silla como pueden en el reducido habitáculo y la empujan hacia el saco de dormir, donde la mujer se ha vuelto a acurrucar. El primo sostiene la puerta abierta mientras el otro va en busca de la lámpara de escritorio y dos bolsas de basura. La cabeza de la mujer vuelve a emerger del saco; realmente tiene el pelo pegado en mechones gruesos y grasientos, y se le ve barba, salvo que no sea más que roña. Intenta apartar la silla con el brazo, pero sólo lo consigue a medias. Por eso la primera bolsa de basura le da de lleno en la cara; la mujer inclina la cabeza y se golpea fuertemente contra la papelera que cuelga de la pared. En ese instante, el primo le arroja la lámpara. Es un modelo pasado de moda, de pantalla redonda y brazo extensible. La pantalla le da en la nariz. Quizá resulte un poco raro que la mujer ya no grite, que ambos primos ya no oigan su voz estridente. Se limita a dar cabezadas, algo aturdida cuando la segunda bolsa aterriza contra su cabeza. ¡Estúpida puta, vete a sobar a otra parte! ¡Búscate un trabajo! Eso, lo de «búscate un trabajo», desencadena otro ataque de risa. ¡Trabaja!, grita el hermano biológico. ¡Trabaja, trabaja, trabaja! El primo ha salido de nuevo a la calle y va hasta el árbol donde están las bolsas de basura. Aparta la caja del televisor de pantalla plana y ve un bidón. Es uno de esos bidones del ejército, un modelo verde de los que suelen verse en los jeeps. El primo lo coge del asa. Vacío. Normal, ¿quién dejaría un bidón lleno en la basura? No, no, ¿qué quieres hacer?, se alarma el hermano cuando ve llegar al primo con el bidón. Nada, tío, no pasa nada, está vacío, ¿qué te creías? La mujer ha vuelto en sí. Miserables, debería daros vergüenza, dice con una voz que de pronto suena curiosamente correcta, una voz que acaso pertenece a un pasado lejano, antes de que empezase su declive. Esto apesta, dice el primo, vamos a fumigar este lugar. Levanta el bidón. Sí, muy divertido, dice ella, ¿puedo seguir durmiendo ya? Se le ha secado la sangre de la nariz. El primo le lanza el bidón —quién sabe, quizá expresamente— cerca de la cabeza, guardando una distancia prudencial. Cae con un ruido de mil demonios, eso sí, pero en definitiva no es tan grave como las bolsas de basura y la lámpara.

Después, al cabo de unas semanas, en las imágenes del programa *Se busca* se aprecia perfectamente cómo después de arrojar el bidón los dos chicos salen de nuevo a la calle. Permanecen largo rato fuera. La mujer que hay en el interior del cajero automático no aparece en ningún momento en las imágenes de la cámara. El objetivo está enfocado hacia la puerta, hacia quienes entran para efectuar operaciones, muestra quién está sacando dinero, pero es una cámara fija, de modo que el resto del habitáculo queda fuera de imagen.

La noche que Claire y yo vimos las imágenes por primera vez, Michel se hallaba arriba en su cuarto. Estábamos sentados en el sofá de la sala, con el periódico y una botella de vino tinto, las sobras de la cena. Para entonces la historia ya había aparecido en todos los periódicos y varias veces en los noticiarios, pero era la primera vez que mostraban las imágenes. Eran movidas y borrosas, se veía enseguida que provenían de una cámara de vigilancia. Hasta entonces, la opinión pública se había limitado a decir que era una vergüenza. ¿Adónde iremos a parar? Una mujer indefensa... la juventud... castigos más severos. Sí, incluso había resurgido el debate sobre la restauración de la pena de muerte.

Eso fue hasta la emisión de *Se busca*. Hasta aquel momento, el incidente no había sido más que una noticia, impactante, eso sí, pero aun así una noticia que, como todas, estaba condenada a desgastarse: con el paso del tiempo, las aristas irían perdiendo nitidez, y no sería lo suficientemente importante para quedar grabada en nuestra memoria colectiva.

Pero las imágenes de la cámara de vigilancia lo cambiaron todo. Los chicos —los autores del crimen— adquirieron rostro, aunque debido a la mala calidad del registro y al hecho de que los dos llevasen sendas gorras caladas hasta las cejas fuesen rostros que no se pudieran reconocer fácilmente. Sin embargo, hubo algo que los espectadores sí vieron con claridad: que los chicos se lo habían pasado en grande, que se partían de risa mientras tiraban la silla, luego las bolsas de basura y la lámpara, y por último el bidón, a su víctima indefensa o, en cualquier caso, invisible. Se veía —distorsionado y en blanco y negro— cómo chocaban esos cinco después de arrojar las bolsas de basura y cómo, pese a no haber sonido, gritaban cosas, insultos sin duda, a la indigente que no aparecía en la pantalla.

Sobre todo se los veía reír. En ese momento fue cuando surgió la conciencia colectiva. El momento clave. Los chicos sonrientes reclamaban su lugar en nuestra memoria colectiva. En la lista de los diez primeros puestos, tal vez alcanzarían el octavo, probablemente detrás del coronel que disparaba sumariamente a la cabeza de un guerrillero del Vietcong, pero tal vez por delante del chino de las bolsas de plástico que intentaba detener los tanques en la plaza de Tiananmen.

Hubo además otro elemento importante: los chicos llevaban gorras, sí, pero eran de buena familia. Eran blancos. No sabría decir muy bien a qué se debía, resultaba difícil apuntar a algo en concreto, pero había algo en su ropa, en sus gestos. Eran chicos bien. No eran la clase de gamberros que le prenden fuego a un coche por una pelea racial. Tenían dinero de sobra, padres acomodados. Chicos como los que todos conocemos. Chicos como nuestro sobrino. Como nuestro hijo.

Todavía recuerdo con exactitud el momento en que me percaté de que no se trataba de chicos como nuestro sobrino o nuestro hijo, sino de nuestro hijo (y nuestro sobrino). Fue un momento frío e inmóvil. Sería capaz de evocar el segundo exacto en que mis ojos se desviaron de las imágenes del televisor y miraron de soslayo a Claire. Como la investigación aún sigue abierta, no airearé aquí qué fue exactamente lo que me reveló de golpe que estaba mirando a nuestro hijo arrojarle una silla de escritorio y bolsas de basura a una indigente. Riendo. No entraré en más detalles porque teóricamente todavía tengo la posibilidad de negarlo todo. ¿Reconoce usted a este chico como Michel Lohman? En esta fase de la investigación aún puedo negar con la cabeza. No sabría decirle... Las imágenes están muy distorsionadas, no me atrevería a jurarlo.

Siguieron más imágenes. Se trataba de un montaje, habían cortado las escenas en las que apenas sucedía nada. Los dos chicos seguían entrando en el habitáculo para arrojar más cosas.

Lo peor venía al final, la escena clave, por así decirlo: la imagen que dio la vuelta a medio mundo. Primero se veía cómo tiraban el bidón —un bidón vacío— y luego, después de salir y volver a entrar, lanzaban algo más; no se veía con claridad qué era: ¿Un mechero? ¿Una cerilla? Se veía un relumbrón, un relumbrón que de súbito lo sobreexpuso todo e hizo que por unos segundos no se viera nada. La pantalla se quedó en blanco. Cuando volvió la imagen, se vio cómo los chicos salían de allí pitando.

Ya no regresaron. En la última imagen de la cámara de seguridad no se veía gran cosa. No había humo ni llamas. La explosión del bidón no provocó un incendio. Sin embargo, esta ausencia era lo que precisamente la hacía tan aterradora; puesto que lo más importante ocurría fuera de la imagen, tenías que imaginarte el resto.

La indigente había muerto. Probablemente en el acto, en el mismo instante en que el vapor inflamable del bidón le estalló en la cara. O, como mucho, unos segundos después. Quizá había intentado salir del saco de dormir, quizá no. En las imágenes no se veía.

Como he dicho, miré a Claire. Si ella volvía la cabeza y me miraba, probablemente significaría que había visto lo mismo que yo.

Y en ese momento Claire volvió la cabeza y me miró.

Contuve el aliento, mejor dicho, tomé aliento para decir algo. Algo —no sabía exactamente qué palabras utilizaría— que cambiaría nuestras vidas.

Claire cogió la botella de vino y la sostuvo en alto. Sólo quedaba lo justo para llenar media copa.

—¿Quieres acabártela? —preguntó—. ¿O prefieres que abra otra?

22

Michel se había metido las manos en los bolsillos de la cazadora; era difícil saber si se había tragado mi mentira. Volvió la cabeza y la luz del restaurante le dio en la cara.

—¿Dónde está mamá? —preguntó.

Mamá, Claire. Mi esposa. Mamá le había dicho a su hijo que papá no sabía nada. Y que ella prefería que siguiera así.

Hacía un rato, en el bar, mi esposa me había preguntado si no me parecía que nuestro hijo se comportaba de forma un tanto extraña últimamente. Distante, fue la palabra que utilizó. Vosotros dos habláis de cosas distintas que Michel y yo, había dicho. ¿Quizá se trata de alguna chica?

¿Había fingido su preocupación por él? ¿Acaso sus preguntas sólo iban orientadas a averiguar qué sabía yo, y, más concretamente, si tenía idea de a qué se dedicaban nuestro hijo y nuestro sobrino en su tiempo libre?

—Mamá está dentro —dije—. Con... —Iba a decir «con tío Serge y tía Babette», pero de pronto se me antojó ridículo a la luz de los acontecimientos. Lo de «tío Serge y tía Babette» pertenecía al pasado: a un pasado lejano en el que aún éramos felices, pensé de súbito, y me mordí el labio. Debía procurar que no me temblara el labio y que Michel no me viese los ojos húmedos—. Con Serge y Babette. Acabamos de empezar el segundo plato.

¿Fueron imaginaciones mías o Michel se tanteó el bolsillo en busca de algo? ¿Su móvil quizá? No llevaba reloj y utilizaba el móvil para saber la hora. Me aseguraré de que estemos fuera hasta después de las doce, le había asegurado Claire en su mensaje. Así que tenéis que hacerlo esta noche. ¿Sentía Michel de pronto la necesidad de comprobar la hora después de saber que estábamos en el segundo plato? ¿De cuánto tiempo disponía hasta «después de las doce» para hacer lo que tuvieran que hacer?

El tono de alarma que me había parecido percibir en su voz medio minuto antes desapareció cuando preguntó por su madre. ¿Dónde está mamá? «Tío» y «tía» resultaban infantiles, sonaban a fiestas de cumpleaños y a preguntas como «¿Qué querrás ser de mayor?». Pero «mamá» era mamá. Mamá siempre sería mamá.

Sin pensarlo más, decidí que había llegado el momento. Me saqué su móvil del bolsillo. Él me observó la mano y entornó los ojos.

—Has mirado —dijo. Su voz ya no amenazadora, sino más bien cansada, resignada.

—Sí —repuse, y me encogí de hombros como hace uno al referirse a algo que ya no tiene remedio—. Michel... —empecé.

—¿Qué has visto? —Me arrebató el móvil, levantó la tapa y volvió a cerrarla.

—Bueno... el cajero automático... y también lo del mendigo en el andén... —Esbocé una sonrisa bastante estúpida y fuera de lugar, pero había decidido que ése sería mi planteamiento: hacerme un poco el tonto, el padre algo ingenuo que no se escandaliza porque su hijo maltrate a un mendigo o prenda fuego a una indigente. Sí, ingenuo era lo mejor, no me costaría mucho representar ese papel, pues en definitiva eso era: un ingenuo—. «Di: *Jackass*...» —añadí sonriendo aún.

—¿Lo sabe mamá? —preguntó.

—No —dije negando con la cabeza.

¿Qué es lo que sí sabe mamá?, habría querido preguntarle, pero era pronto para eso. Recordé la noche en que las imágenes del cajero automático salieron por primera vez en la televisión. Claire me había preguntado si me apetecía aquel resto de vino o si prefería que abriese otra botella. Después se fue a la cocina. La presentadora del programa había animado vivamente a los espectadores a que llamaran a cierto número si disponían de alguna información que pudiera conducir hasta los autores. «Por supuesto, también pueden dirigirse a la policía de su localidad», añadió mientras miraba con sus ojos nobles y conmocionados. «¿Adónde iremos a parar?», decían aquellos ojos.

Después de que Claire se hubiese ido a la cama con un libro, subí al cuarto de Michel. Bajo la puerta vi una rendija de luz. Recuerdo que permanecí un minuto entero de pie, en el pasillo, preguntándome muy seriamente qué pasaría si no decía nada. Si me limitaba a seguir viviendo como todo el mundo. Pensé en la felicidad, en las parejas dichosas y en los ojos de mi hijo.

Pero después pensé en todas las demás personas que habían visto el programa: los compañeros de clase de Rick y Beau que, en la fecha en cuestión, habían asistido a la fiesta del instituto y que tal vez habían visto lo mismo que yo. Pensé en la gente del barrio, de la calle: vecinos y tenderos que habían visto pasar a aquel muchacho algo callado, pero siempre cordial, arrastrando los pies con su bolsa de deporte, su cazadora acolchada y su gorra.

Por último pensé en mi hermano. No era muy espabilado precisamente, en cierto sentido hasta se lo podía considerar algo retrasado. Si las encuestas de opinión tenían razón, tras las próximas elecciones Serge se convertiría en nuestro primer ministro. ¿Lo habría visto él? ¿Lo habría visto Babette? Era imposible que alguien de fuera reconociera a nuestros hijos por las imágenes de aquella cámara de vigilancia, pensé, pero los padres tienen algo que los hace capaces de reconocer a sus hijos entre un millón: en una playa atestada de gente, en un parque infantil, en unas imágenes borrosas en blanco y negro...

—¿Michel? ¿Estás despierto? —llamé a la puerta. Él abrió.

—¡Cielo santo, papá! —exclamó al verme—. ¿Qué pasa?

Después, todo sucedió relativamente rápido, en cualquier caso, más rápido de lo que había previsto. En cierto modo pareció aliviado de que alguien más lo supiera.

—¡Dios! —repitió varias veces—. ¡Dios! Me resulta muy extraño estar aquí hablando de esto contigo.

Tal como lo dijo, parecía como si hablar del tema fuese extraño, pero el asunto en sí fuese normal: como si estuviésemos comentando con todo detalle sus intentos de ligar con una chica de la fiesta. Tenía toda la razón, claro: antes nunca había intentado hablar con él de cosas así. Lo más extraño fue que me di cuenta desde el principio de que yo actuaba con cierta reserva, como si diese libertad a mi hijo para que no me lo contara todo si le resultaba doloroso.

—No lo sabíamos —dijo—. ¿Cómo íbamos a saber que quedaba algo en aquel bidón? Estaba vacío, te lo juro.

¿Cambiaba algo el hecho de que su primo y él ignorasen que los bidones vacíos también pueden explotar? ¿O que se hicieran los tontos sobre algo que es de cultura general? Formación de gases, vapor de gasolina, jamás acercar una cerilla a un depósito vacío. ¿Por qué, si no, estaba prohibido utilizar el móvil en una gasolinera? A causa del vapor de gasolina y el riesgo de explosión.

¿O no?

Pero no mencioné nada de eso. Prácticamente no rebatí ninguno de los argumentos con que pretendía defender su inocencia. Pues, ¿hasta qué punto era realmente inocente? ¿Es uno inocente si le arroja una lámpara a la cabeza a alguien, y culpable si le prende fuego por accidente?

133

—¿Lo sabe mamá? —Sí, eso fue lo que preguntó. También entonces.

Negué con la cabeza. Permanecimos un rato en silencio, el uno frente al otro, los dos con las manos en los bolsillos. No pregunté nada más. No le pregunté, por ejemplo, en qué estaban pensando. Qué tenían en la cabeza su primo y él cuando empezaron a arrojarle cosas a la indigente.

Visto en retrospectiva, estoy convencido de que en aquel momento, en aquellos minutos de silencio durante los cuales permanecimos con las manos en los bolsillos, yo ya había tomado una decisión. Recordé la vez en que Michel había lanzado una pelota contra el escaparate de una tienda de bicicletas, él tenía ocho años por entonces. Fuimos juntos a hablar con el dueño para pagarle los desperfectos. Pero el dueño no se contentó con eso. Nos soltó un sermón sobre «esos sinvergüenzas» que día sí día también se ponían a jugar al fútbol delante de su tienda y chutaban la pelota contra el escaparate «adrede». Tarde o temprano tenían que romperlo, dijo, sólo era cuestión de tiempo. «Eso es precisamente lo que esos golfos quieren», añadió.

Yo tenía a Michel cogido de la mano mientras escuchaba al propietario de la tienda de bicicletas. Mi hijo de ocho años había bajado la vista y miraba el suelo con aire compungido mientras me apretaba los dedos de vez en cuando.

Fue aquella combinación lo que me encendió la sangre: el amargado dueño de la tienda que incluía a Michel entre los golfos y mi hijo, que se mostraba tan visiblemente culpable.

—¡Vamos, cállate de una vez! —le solté.

El hombre se hallaba detrás del mostrador y al principio pareció no dar crédito a sus oídos.

—¿Perdón?

—Me has oído perfectamente, imbécil. He venido aquí con mi hijo para ofrecerte dinero por el puto cristal, no para oír tus quejas sobre los niños que juegan al fútbol, pelma amargado. Al fin y al cabo, ¿qué ha pasado, capullo? Una pelota ha roto un cristal. Eso no te da derecho a llamar golfo a un niño de ocho años. Venía a pagarte los daños, pero ahora no pienso darte ni un céntimo. Ya te las arreglarás.

—Señor, no pienso tolerar que me insulte —repuso mientras hacía amago de rodear el mostrador—. Han sido esos granujas los que han destrozado el cristal, no yo.

Junto al mostrador había una mancha de bicicletas, un modelo clásico de pie, fijada por abajo a una plancha de madera. Me agaché y la cogí.

—Será mejor que no lo intentes —le dije con calma—. Hasta ahora sólo hay que lamentar el cristal.

Hubo algo en mi voz, aún lo recuerdo, que hizo retroceder al vendedor hasta quedar de nuevo detrás del mostrador. En efecto, mi voz había sonado excepcionalmente calmada. No estaba nervioso, no se apreciaba el menor temblor en la mano que sujetaba la mancha. Él me había llamado señor, y quizá yo lo parecía, pero no era ningún señor.

—Bueno, bueno —dijo—, no irá a hacer ninguna tontería, ¿eh?

La mano de Michel volvió a apretarme los dedos con más fuerza que las veces anteriores. Le devolví el apretón.

—¿Cuánto cuesta ese cristal?

Pestañeó varias veces.

—El seguro lo cubre —contestó—. Es sólo que...

—No he preguntado eso. He preguntado cuánto cuesta.

—Cien... ciento cincuenta florines. Doscientos contando la instalación y lo demás.

Para sacarme el dinero del bolsillo tuve que soltar la mano de Michel. Puse dos billetes de cien encima del mostrador.

—Aquí tienes —dije—. A esto he venido. No para que me dieses un sermón sobre los niños que juegan al fútbol.

Devolví la mancha a su sitio. Me sentí cansado y me embargó una sensación de remordimiento. Era la misma sensación de cansancio y remordimiento de cuando pierdes una pelota jugando al tenis: quieres devolverla, golpeas con fuerza pero no le das, el brazo que sostiene la raqueta no halla ninguna resistencia y corta el aire inútilmente.

En ese momento, tuve la certeza, y aún hoy la sigo teniendo, de que en lo más profundo de mi corazón lamenté que el vendedor de bicicletas hubiese reculado tan deprisa. Me hubiera sentido menos cansado si hubiera tenido oportunidad de emplear aquella mancha.

—Bueno, lo hemos resuelto bien, ¿verdad, campeón? —comenté mientras regresábamos a casa.

Michel había vuelto a darme la mano, pero no dijo nada. Cuando levantó la vista, advertí que tenía los ojos húmedos.

—¿Qué pasa, hijo? —le pregunté, y me agaché enfrente de él.

Entonces se mordió el labio y rompió a llorar.

—¡Michel! —dije—. Michel, escucha. No debes estar triste. Ese hombre es un mezquino. Eso es lo que le he dicho. Tú no has hecho nada malo, sólo has lanzado la pelota contra un cristal. Ha sido un accidente. Cualquiera puede tener un accidente, pero eso no le da derecho a hablarte de ese modo.

—Mamá —dijo entre sollozos—. Mamá...

Sentí que en mi interior algo se endurecía, o, mejor dicho, que algo vago e indefinido se desplegaba: una empalizada, los palos de una tienda de campaña, un paraguas al abrirse... Temí no ser capaz de ponerme de pie nunca más.

—¿Mamá? ¿Quieres ir con mamá?

Él asintió con vehemencia y se frotó las mejillas húmedas por las lágrimas.

—¿Quieres que vayamos ahora mismo con mamá? ¿Quieres que se lo contemos todo? ¿Lo que hemos hecho tú y yo?

—Sí —gimió.

136

Al levantarme me pareció oír cómo algo se rompía en mi columna vertebral, o más adentro aún. Lo tomé de la mano y reemprendimos la marcha. Al llegar a la esquina de casa, Michel me miró de soslayo; aún tenía la cara mojada y enrojecida por las lágrimas, pero había dejado de llorar.

—¿Te has dado cuenta de lo asustado que estaba ese tipo? —pregunté—. Apenas hemos tenido que hacer nada. Ni siquiera nos exigía que le pagásemos el cristal. Pero lo correcto era pagarlo. Cuando uno rompe algo, debe pagarlo, aunque se trate de un accidente.

Michel guardó silencio hasta que llegamos al portal de casa.

—¿Papá?

—¿Sí?

—¿De veras querías pegar a ese señor con la mancha?

Ya había metido la llave en la cerradura, pero me acuclillé de nuevo frente a él.

—Escúchame bien —dije—. Ese hombre no es un señor. Ese hombre no es más que un imbécil que no soporta a los niños que juegan. No se trataba de si yo quería atizarle en la cabeza con la mancha (aunque, de haber sido así, se lo habría buscado él mismo). No; se trataba de que él pensara que iba a pegarle, con eso bastaba.

Me miró seriamente; yo había elegido las palabras con cuidado porque no quería hacerlo llorar otra vez. Pero ya tenía los ojos casi secos, me escuchó con atención y después asintió despacio con la cabeza.

Lo rodeé con los brazos y lo estreché.

—¿Prefieres que no le contemos a mamá lo de la mancha? —dije—. ¿Quieres que sea nuestro secreto?

Asintió de nuevo.

Por la tarde, Claire y él fueron a la ciudad a comprar ropa. Aquella noche, en la mesa, estuvo más callado que de costumbre. Le guiñé un ojo una vez, pero él no me correspondió.

Cuando llegó la hora de que se fuera a la cama, Claire acababa de sentarse en el sofá para ver una película que le apetecía mucho.

—No te preocupes, ya lo acostaré yo —me ofrecí.

Los dos nos quedamos tumbados en su cama, charlando un rato de cosas inocentes. De fútbol y del nuevo videojuego para el que estaba ahorrando. Me había propuesto no volver a hablar del incidente en la tienda de bicicletas a menos que fuese él quien sacara el tema.

Al final le di el beso de buenas noches, y estaba a punto de apagar la luz de la lamparita cuando se volvió hacia mí y me echó los brazos al cuello. Me apretó con una fuerza que nunca había empleado en un abrazo, presionando la cabeza contra mi pecho.

—Papá —dijo—. Te quiero.

23

—¿Sabes qué será lo mejor? —le dije aquella noche en su cuarto, después de que me hubiese contado toda la historia y asegurado una vez más que ni Rick ni él habían planeado jamás quemar a nadie.

—Fue una broma —adujo—. Además... —Puso cara de asco—. Tendrías que haber olido aquella peste —añadió.

Asentí, ya había tomado una decisión. Hice lo que en mi opinión era lo correcto como padre: me puse en su lugar. Me puse en el lugar de mi hijo mientras volvía a casa con Rick y Beau después de la fiesta del instituto. Y cuando quisieron sacar dinero de un cajero automático y se encontraron con aquel panorama.

Me identifiqué con él. Procuré imaginarme cómo habría reaccionado yo ante aquel cuerpo embutido en un saco de dormir que entorpecía el paso; ante el hedor; ante el simple hecho de que alguien, una persona (me abstengo de emplear palabras como indigente o vagabundo), considere que el habitáculo de un cajero automático puede utilizarse como sitio para dormir; una persona que reacciona con indignación cuando dos jóvenes intentan convencerla de lo contrario; una persona que se pone de mal humor cuando la despiertan; en suma, ante aquel comportamiento colérico, una reacción propia de quienes creen tener derecho a algo.

¿No me había dicho Michel que aquella mujer tenía un acento «fino»? Un acento fino, una buena familia, un origen acomodado. Hasta el momento, se habían revelado muy pocos datos sobre su procedencia. Quizá existía alguna razón para ello. Quizá se trataba de la oveja negra de una familia adinerada cuyos miembros estaban acostumbrados a dar órdenes al servicio.

Y había algo más. Estábamos hablando de Holanda, no del Bronx; este suceso no ocurrió en un barrio de chabolas de Johannesburgo o Río de Janeiro. En Holanda existe una red de protección social. Nadie tiene necesidad de dormir en el habitáculo de un cajero.

—¿Sabes qué será lo mejor? —le había dicho yo—. De momento, lo dejaremos estar. Mientras no pase nada, no haremos nada.

Y mi hijo permaneció unos segundos observándome. Quizá ya se sentía un poco mayor para decirme «te quiero», pero en sus ojos vi, además de angustia, gratitud.

—¿Tú crees? —dijo.

24

Y ahora, en el jardín del restaurante, volvíamos a estar el uno frente al otro en silencio. Michel había levantado un par de veces la tapa de su móvil y luego se lo había guardado en el bolsillo.

—Michel... —empecé.

No me miró, volvió la cabeza en dirección al parque oscuro; su rostro también se sumió en la oscuridad.

—Tengo prisa —dijo—. Debo irme.

—Michel, ¿por qué no me contaste nada de los vídeos? ¿O al menos de ese vídeo, cuando todavía estabas a tiempo?

Se frotó la nariz con los dedos, restregó las zapatillas blancas contra los guijarros y se encogió de hombros.

—¿Michel?

Miraba al suelo.

—No importa —contestó.

Por un instante pensé en el padre que podría haber sido, que quizá debería haber sido, el padre que ahora diría: ¡Ya lo creo que importa! Pero a esas alturas era demasiado tarde para leerle la cartilla, esa oportunidad había quedado muy atrás: la noche de la emisión del programa, en su habitación. O quizá incluso antes.

Unos días atrás, poco después de que Serge me llamase para quedar en el restaurante, volví a ver el programa *Se bus-*

ca en Internet. Me dije que no era mala idea, que sería mejor estar preparado para lo que pudiera surgir durante la cena.

—Tenemos que hablar —había dicho Serge.

—¿De qué? —contesté yo. Me hice el loco, pensando que eso era lo mejor.

Al otro lado de la línea, mi hermano exhaló un profundo suspiro.

—No creo que tenga que explicártelo —dijo.

—¿Lo sabe Babette? —le pregunté entonces.

—Sí, por eso quiero que hablemos los cuatro. Esto nos incumbe a todos. Se trata de nuestros hijos.

Me llamó la atención que no me preguntara a su vez si Claire también lo sabía. Al parecer lo daba por sentado, o no le importaba. Después mencionó el nombre del restaurante, aquel restaurante donde lo conocían; dijo que la lista de espera de siete meses para conseguir mesa no supondría ningún problema.

¿Lo sabía Claire también?, pensé ahora mientras miraba a mi hijo, que parecía dispuesto a montar en su bicicleta y marcharse.

—Michel, espera un momento —dije. «Tenemos que hablar», habría dicho el otro padre, el padre que yo no era.

Así que había vuelto a ver la grabación de la cámara de seguridad, los chicos sonrientes que arrojaban una lámpara de escritorio y bolsas de basura a una indigente que quedaba fuera de la imagen. Y al final el relumbrón causado por la deflagración del vapor de gasolina, los chicos que se largaban rápidamente, los números de teléfono a los que se podía llamar o, en su caso, la policía local con que uno podía contactar.

Lo visioné una vez más, sobre todo la última parte del bidón y el lanzamiento de algo que, ahora lo sabía, era un encendedor. Un encendedor Zippo, la clase de encendedor cuya llama no se apaga hasta que cierras la tapa. ¿Qué hacían dos chicos que no fuman con un encendedor? Hubo preguntas que no llegué a formular, sencillamente porque me parecía superfluo saberlo todo, o tal vez porque sentía una necesidad imperiosa de no saber, pero ésa sí la formulé.

—Para poder dar fuego —contestó Michel sin titubear—. A las chicas —añadió al ver que yo seguía mirándolo con cara de bobo—. Las chicas te piden fuego, para un porro o para un Marlboro light; si no llevas nada en el bolsillo es una ocasión desperdiciada.

Como ya he dicho, visioné dos veces la última parte. Cuando se apagaba el relumbrón, los chicos desaparecían por la puerta de cristal. Se veía cómo la puerta se cerraba despacio, y las imágenes se detenían ahí.

Y durante la segunda vez, de pronto advertí algo en lo que no había reparado antes. Retrocedí hasta el momento en que Michel y Rick desaparecían por la puerta. Cuando ésta se cerró, pasé las imágenes a cámara lenta y luego más despacio aún, fotograma a fotograma.

¿Será necesario que describa las reacciones físicas que mi descubrimiento desencadenó? Imagino que hablarán por sí solas. El corazón desbocado, los labios y la boca resecos, la sensación de que me habían clavado un carámbano en la nuca, su extremo asomando por la última vértebra cervical, en el hueco donde no hay hueso ni cartílago, donde empieza el cráneo, todo eso en el instante en que congelé la última imagen de la cámara de seguridad.

Allí abajo, a la derecha, algo blanco. Algo blanco en lo que nadie repararía a primera vista porque todo el mundo supondría que ya había pasado lo peor. La lámpara, las bolsas de basura, el bidón... había llegado el momento de negar con la cabeza y murmurar palabras de reprobación: la juventud, el mundo, impotencia, asesinato, videoclips, juegos de ordenador, campos de trabajo, castigos más duros, pena de muerte.

La imagen estaba congelada y observé aquella cosa blanca. Fuera todo estaba oscuro, en el cristal de la puerta se reflejaba una parte del habitáculo: el suelo de baldosas grises, la máquina del cajero con las teclas y la pantalla, y la marca, mejor dicho el logo, del banco al que pertenecía.

En teoría, aquella cosa blanca podía ser un reflejo, el reflejo del fluorescente sobre un objeto en el interior del habitáculo, podía ser incluso algo que los chicos hubiesen lanzado a la indigente.

Pero sólo en teoría. La cosa blanca se hallaba fuera, aparecía en la imagen desde fuera, desde la calle. Un espectador cualquiera jamás habría reparado en ello, y menos aún en una emisión del programa *Se busca*. Había que congelar la imagen, o pasarla a cámara lenta, tal como había hecho yo, y aun así...

Había que saber lo que se estaba viendo. De eso se trataba. Y yo lo sabía porque reconocí de inmediato aquella cosa blanca.

Seleccioné *pantalla completa*. La imagen era más grande pero también más borrosa e informe. Me vino a la mente la película *Blow-Up*, de Antonioni, en la que un fotógrafo descubre una pistola en un arbusto al ampliar una fotografía: tras posteriores investigaciones, resulta ser el arma que se ha empleado en un asesinato. Pero allí, en el ordenador, no tenía sentido ampliar la imagen, así que la reduje de nuevo y cogí la lupa que tenía en el escritorio.

Con la lupa se trataba simplemente de situarse a la distancia justa. Tanto si me acercaba a la pantalla como si me distanciaba, la imagen se hacía más nítida. Más nítida y más grande.

Y de forma más nítida y más grande vi confirmado lo que ya había visto bien la primera vez: una zapatilla de deporte. Una zapatilla de deporte blanca como las que lleva un montón de gente; un montón de gente como mi hijo y mi sobrino.

No obstante, apenas dediqué un pensamiento —ni una décima de segundo— al hecho de que una zapatilla de deporte puede apuntar a miles de usuarios de zapatillas de deporte. Pero en cambio es difícil reducir miles de usuarios de zapatillas de deporte a un usuario específico.

Pero no fue a eso a lo que le estuve dando tantas vueltas, sino al mensaje, o, mejor dicho, al significado de una zapatilla de deporte al otro lado de la puerta acristalada del cajero automático. Más aún: a sus múltiples significados.

Volví a mirar bien, acercándome y separándome con la lupa. Tras esa observación más meticulosa atisbé un ligero cambio de color encima de la zapatilla, la oscuridad de la calle era ahí un poco menos intensa. Probablemente era la pierna, la pernera del pantalón del dueño de la zapatilla.

Habían vuelto. Ése era el primer significado. El segundo era que la policía, tras hablarlo quizá con el equipo del programa *Se busca*, había decidido cortar esas últimas imágenes.

Por supuesto, todo era posible. Por supuesto, podía ser que aquella zapatilla perteneciera a otra persona que no fuese Michel ni Rick, un transeúnte que pasó casualmente por allí medio minuto después de que los chicos hubiesen abandonado el lugar. Pero me pareció bastante improbable a esas horas de la noche y en esa calle de un barrio de las afueras. Además, de ser así, ese transeúnte habría sido un testigo, habría visto a los chicos. Un testigo importante al que la policía habría hecho un llamamiento en el programa para que acudiera a ellos.

Bien mirado, la zapatilla sólo tenía una explicación posible: aquella a la que yo ya había llegado al principio (lo demás —ampliar la zapatilla con la lupa y sacar la conclusión— no me había llevado más que unos segundos): habían vuelto. Michel y Rick habían vuelto para ver con sus propios ojos el resultado de sus actos.

Todo aquello ya era de por sí bastante inquietante, pero lo alarmante era que las imágenes no habían sido emitidas en *Se busca*. Intenté imaginar la razón para no mostrarlas. ¿Había algo con lo que se pudiese identificar mejor a Michel o Rick (o a ambos)? Pero eso sería razón de más para mostrarlas, ¿no?

¿Y si las imágenes carecían de importancia?, pensé esperanzado durante tres segundos. Un añadido superfluo que no aportaba nada al espectador. No, me corregí. No podían carecer de importancia. El mero hecho de que los chicos hubiesen vuelto era muy importante.

Así pues, se veía algo, algo que se podía omitir a los televidentes: algo que únicamente los del programa y la policía sabían.

De vez en cuando uno leía que la policía se reservaba algunos datos de una investigación al hacerla pública: el arma homicida o alguna pista que el asesino pudiese haber dejado en su víctima. Aquello lo hacían para evitar que algunos perturbados reclamasen la autoría del crimen o intentaran imitarlo.

Por primera vez en aquellas semanas transcurridas me pregunté si Michel o Rick habían visto las imágenes de la cámara de vigilancia. La noche de la emisión de *Se busca*, advertí a Michel. Le dije que habían sido filmados, pero que resultaba casi imposible reconocerlos. Por eso añadí que de momento no pasaba nada. En los días sucesivos tampoco volvimos a hablar de la cámara de vigilancia. Supuse que lo mejor era no volver sobre el asunto para no reavivar el secreto entre mi hijo y yo.

Esperaba que la tormenta amainase, que con el paso del tiempo la atención decayese, que otro suceso acaparase el interés de la gente y borrase el bidón de la memoria colectiva. Tenía que estallar una guerra en alguna parte, un atentado terrorista sería casi mejor, con muchos muertos, muchas víctimas civiles para que la gente pudiera negar con la cabeza. Con ambulancias yendo de un lado para otro, el acero retorcido de una estación de tren o de metro, un edificio de diez plantas con la fachada destrozada, sólo así la indigente del cajero automático podría pasar a un segundo plano, convertida en un incidente, un suceso insignificante en medio de los grandes sucesos.

Eso es lo que esperé durante las primeras semanas. Las noticias perderían actualidad; si no en un mes, sí en seis meses, o, como mucho, al cabo de un año. Para entonces, la policía estaría ocupada en casos más urgentes. Cada vez habría menos efectivos dedicados a esa investigación, y en cuanto al tipo obstinado que durante años se obsesiona con un crimen no resuelto, no me preocupaba: eso sólo ocurre en las series de televisión.

Pasados esos seis meses, ese año, podríamos volver a vivir como una familia feliz. Sin duda quedaría una cicatriz en alguna parte, pero una cicatriz no impide la felicidad. Y entretanto yo actuaría con la máxima normalidad posible. Haría cosas normales. Salir a cenar de vez en cuando, ir al cine, llevar a Michel a un partido de fútbol. Por las noches, durante la cena, estudiaba con atención a mi esposa. Espiaba el menor cambio en su comportamiento, algún indicio de que también ella sospechara que existía alguna relación entre las imágenes de la cámara de vigilancia y nuestra familia feliz.

—¿Qué pasa? —me preguntó una noche; al parecer, me había tomado demasiado en serio lo de estudiarla con atención—. ¿Qué miras?

—Nada —repuse—. ¿Estaba mirándote?

Claire se echó a reír; puso la mano sobre la mía y me pellizcó los dedos con suavidad.

En momentos como ése yo evitaba a toda costa mirar a mi hijo. No quería intercambiar con él ninguna mirada de comprensión, ni hacerle un guiño o dejarle entrever de otra forma que seguíamos compartiendo un secreto. Quería que todo fuese normal. Un secreto entre los dos nos daría ventaja sobre Claire, sobre su madre, mi esposa. En cierto modo, sería como excluirla, lo que para nuestra familia feliz supondría una amenaza mayor que todo el incidente del cajero automático.

Sin miradas de comprensión (y sin guiños) tampoco había secreto, razoné. Resultaría difícil quitarnos de la cabeza lo sucedido en aquel cajero, pero con el tiempo dejaríamos de pensar en ello, y el resto de la gente también. No obstante, lo que sí debíamos olvidar era el secreto, y cuanto antes empezásemos, mejor.

25

Ése era el plan. Al menos, hasta que volví a ver el programa *Se busca* y reparé en la zapatilla blanca.

El siguiente paso fue una corazonada. Quizá hubiese más material en otra parte, me dije. O mejor dicho: quizá hubiesen cometido una equivocación y fuera posible encontrar el material que faltaba en otro sitio.

Miré en YouTube. La probabilidad era muy pequeña, pero valía la pena intentarlo. Tecleé el nombre del banco al que pertenecía el cajero automático y a continuación «indigente», «muerte» y «sin techo».

La búsqueda arrojó treinta y cuatro resultados. Fui bajando por las vistas previas. Todas tenía más o menos la misma imagen: las cabezas con gorras de dos chicos sonrientes. Sólo cambiaban los títulos y la breve descripción del contenido de los vídeos. *Chicos holandeses, asesinato en el* (nombre del banco) era una de las más sencillas. En otra ponía: *Don't try this at home: deflagración mata a una indigente.* Todos los vídeos eran extremadamente solicitados, la mayoría habían sido reproducidos miles de veces.

Seleccioné uno al azar y volví a ver en un montaje más rápido el lanzamiento de la silla, las bolsas de basura y el bidón. Miré unos cuantos más. En uno que llevaba por título

Atracción turística definitiva de (nombre de la ciudad)*: ¡quema tu dinero!* alguien había añadido risas a las imágenes. Cada vez que arrojaban un objeto a la mujer, se oía una salva de carcajadas que adquirían proporciones histéricas con el relumbrón y concluían con un torrente de aplausos.

La mayor parte de los vídeos no tenían la imagen de la zapatilla, sino que acababan inmediatamente después del relumbrón y la huida de los chicos.

Ahora no sabría decir por qué seleccioné el siguiente. Aparentemente no se distinguía en nada de los otros treinta y tres. La vista previa también era más o menos la misma: dos chicos sonrientes con gorras, aunque en ese caso ya sostenían en alto la silla de escritorio.

Quizá fue por el título: *Men in Black III.* Para empezar, no se trataba de un título gracioso como los demás. Y además era el primer título —y el único, como luego pude constatar— que no se refería a los hechos, sino indirectamente a los autores.

Men in Black III empezaba con la escena en que tiraban la silla, seguida de las bolsas, la lámpara y el bidón. Pero había una diferencia esencial: cada vez que los chicos, o uno de ellos, aparecían en pantalla, las imágenes se ralentizaban y sonaba una música ominosa, una especie de zumbido más bien, un ruido profundo, un gorgoteo que suele asociarse a las películas de naufragios. El resultado era que toda la atención se centraba en Michel y en Rick, no en el lanzamiento de los trastos.

¿Quiénes son esos chicos?, parecían preguntar las imágenes a cámara lenta en combinación con aquella música aciaga. Ya sabemos qué hacen, pero ¿quiénes son?

El golpe de efecto estaba al final. Después del relumbrón y la puerta que se cerraba, la imagen se fundía. Me dispuse a pasar al vídeo siguiente, pero bajo la pantalla el contador ponía que *Men in Black III* duraba 2.58 minutos en total y sólo iba por 2.38.

Como he dicho, ya casi había cerrado el vídeo. Supuse que la pantalla permanecería negra veinte segundos más; la música seguía in crescendo. Como mucho, aparecerán algunos créditos, me dije.

¿Cómo habría transcurrido nuestra cena en el restaurante si hubiera dejado de mirar en aquel preciso instante?

En la ignorancia, es la respuesta. Bueno, en una ignorancia relativa. Podría haber vivido unos días más, quizá unas semanas o unos meses con mis sueños sobre las familias felices. Sólo tendría que haber juntado a mi familia con la de mi hermano durante aquella velada, asistir a cómo Babette intentaba ocultar sus lágrimas detrás de las gafas oscuras, a la falta de entusiasmo con que mi hermano se zampaba su trozo de carne en cuatro bocados, y después habría vuelto a casa con mi esposa, mi brazo en su cintura y, sin mirarnos, los dos habríamos sabido que, en efecto, todas las familias felices se parecen.

La pantalla pasó del negro al gris. Volvió a verse la puerta del habitáculo, esta vez desde fuera. La calidad de la grabación era bastante peor, más o menos la que tendría la cámara de un móvil, pensé.

La zapatilla de deporte blanca.

Habían vuelto.

Habían vuelto para comprobar lo que habían hecho.

«¡Mierda!», dijo una voz fuera de imagen (Rick).

«¡Joder!», dijo otra voz (Michel).

La cámara enfocó los pies del saco de dormir. Se veía un vapor azulado.

Muy despacio, la cámara fue recorriendo el saco.

«Larguémonos de aquí» (Rick).

«Bueno, al menos el olor ya no es tan asqueroso» (Michel).

«Michel... vamos...»

«Anda, ponte ahí. Di *Jackass*. Al menos tendremos eso.»

«Yo me largo...»

«¡Nada de eso, gilipollas! ¡Tú te quedas!»

La cámara se detuvo en la cabeza del saco. La imagen permaneció congelada y después se fundió en negro. En la pantalla apareció en letras rojas el siguiente texto:

Men in Black III
The Sequence
Coming Soon

Esperé unos días. Michel salía a menudo y siempre llevaba el móvil encima. No se me había presentado la oportunidad hasta esa tarde, poco antes de que saliéramos hacia el restaurante. Mientras él estaba en el jardín arreglando la rueda de su bicicleta, fui a su cuarto.

En realidad, daba por supuesto que él ya lo sabía. Esperaba, rogaba que él lo supiera. Tenía la débil esperanza de que ya no quedara nada más que ver después de las imágenes que habían colgado en Internet, que lo hubieran dejado ahí.

Pero no era así.

Hacía tan sólo unas horas había visto el resto.

26

—Michel —le dije a mi hijo, que ya se estaba dando la vuelta para marcharse, y que me había dicho que todo aquello no tenía importancia—. Michel, tienes que borrar esos vídeos. Hace tiempo que deberías haberlo hecho, pero ahora con más motivo.

Se quedó quieto. Volvió a restregar las Nike contra los guijarros.

—Papá... —empezó. Parecía querer decirme algo, pero se limitó a negar con la cabeza.

En los dos vídeos había podido oír y ver cómo daba órdenes a su primo, a veces incluso le gritaba. Eso era precisamente lo que Serge siempre había insinuado, y no me cabía duda de que esa noche volvería a repetirlo: que Michel ejercía una mala influencia sobre Rick. Yo siempre lo había negado, creía que era una simple estrategia para eludir su parte de responsabilidad en los actos de su hijo.

Desde hacía unas horas (aunque en realidad desde mucho antes) sabía que era verdad. Michel era el líder, el que tenía la sartén por el mango, Rick se limitaba a seguirlo. Y en el fondo me alegraba de que los papeles estuviesen repartidos así. Mejor así que no al revés, me dije. Jamás se habían metido con Michel en el colegio, siempre andaba rodeado de un montón de seguidores, chicos cuya máxima aspiración era codearse con mi hijo. Sabía por experiencia propia lo mucho que sufrían los padres de los chicos que eran chuleados en la escuela. Yo jamás había sufrido.

—¿Sabes qué deberíamos hacer? —continué—. Tirar ese móvil. En algún lugar donde nadie pueda encontrarlo. —Miré alrededor—. Aquí, por ejemplo. —Le señalé el puente por el que había venido en bicicleta—. Arrójalo al agua. Si quieres, este mismo lunes vamos a comprarte uno nuevo. ¿Cuánto tiempo hace ya que tienes éste? Diremos que te lo han birlado y renovamos el contrato. El lunes tendrás el último modelo de Samsung, o un Nokia si lo prefieres... —Adelanté la mano hacia él con la palma extendida—. ¿Quieres que lo haga yo?

Me miró. En sus ojos vi lo que llevaba viendo toda la vida, pero también algo que preferiría no haber visto: me miró como si me estuviese alterando por una nadería, como si no fuese más que un padre cargante que quiere saber a qué hora piensa volver su hijo de la fiesta.

—Michel, no estamos hablando de una fiestecilla cualquiera —dije más deprisa y más alto de lo que pretendía—. Se trata de tu futuro... —Una palabra tan abstracta: futuro, pensé, y al instante me arrepentí de haberla utilizado—. ¿Por qué coño tuvisteis que colgar esas imágenes en Internet? —No digas palabrotas, me reprendí. Cuando dices palabrotas te pareces a esos actores de tres al cuarto a los que tanto odias. Pero ya estaba hablando a grito pelado. Cualquiera que estuviese en la entrada del restaurante, cerca del atril o en el guardarropa podría oírnos—. ¿Os pareció que molaba? ¿Os creísteis unos tíos duros? Quizá no le dierais demasiada importancia, ¿eh? ¡*Men in Black III*! ¿A qué demonios estáis jugando?

Se había metido las manos en los bolsillos de la cazadora y había agachado la cabeza, por lo que apenas distinguía sus ojos bajo el borde de la gorra negra.

—No lo hicimos nosotros —musitó.

La puerta del restaurante se abrió, se oyeron risas y dos hombres y una mujer salieron a la calle. Los hombres vestían trajes de confección y llevaban las manos en los bolsillos del pantalón, la mujer lucía un vestido plateado que le dejaba casi toda la espalda al descubierto y un bolso a juego del mismo color.

—¿De veras le dijiste eso? —comentó dando unos pasitos tambaleantes con sus zapatos plateados de tacón de aguja—. ¿A Ernst?

Uno de los hombres sacó unas llaves del bolsillo y las lanzó al aire.

—¿Por qué no? —repuso; tuvo que estirar mucho el brazo para alcanzar de nuevo las llaves.

—¡Estás loco! —exclamó la mujer. Sus zapatos crujían sobre la grava.

—¿Quién está en condiciones de conducir? —preguntó el otro hombre, y los tres estallaron en carcajadas.

—Muy bien, repasemos la secuencia —dije en cuanto el grupo llegó al final del sendero y giró a la izquierda en dirección al puente—. Le prendéis fuego a una indigente y después lo grabáis en vídeo. En tu móvil. Igual que hicisteis con aquel borracho en la estación de metro. —Reparé en que el hombre que había recibido la paliza en el andén se había convertido en un borracho. Por obra de mis propias palabras. Quizá sí que un borracho se merece más una buena tunda que el que se toma dos o tres copitas al día—. Y luego aparece de pronto en Internet, porque eso es lo que queréis, ¿no? Cuanta más gente lo vea, mejor, ¿eh? —De pronto me pregunté si también habrían colgado el vídeo del borracho en YouTube—. ¿El borracho también sale? —pregunté.

Michel suspiró.

—¡Papá, no escuchas!

—Ya lo creo que escucho. Demasiado bien escucho. Yo...

—La puerta del restaurante se abrió de nuevo: un hombre trajeado se asomó, miró en ambas direcciones, se apostó unos pasos más allá, algo apartado de la luz, y encendió un cigarrillo—. ¡Mierda! —murmuré.

Michel se volvió hacia su bicicleta.

—¿Adónde vas? Todavía no he acabado.

Pero él siguió andando, sacó la llave del bolsillo y abrió el candado con un chasquido. Miré fugazmente al hombre que estaba fumando en la entrada.

—Michel —llamé en voz más baja pero apremiante—. No puedes irte así por las buenas. ¿Qué vais a hacer? ¿Hay más vídeos que yo no haya visto aún? ¿Tendré que buscar en YouTube o piensas contármelo ahora?

—¡Papá! —Se volvió bruscamente y me agarró del brazo. Me dio un buen tirón mientras decía—: ¿Quieres cerrar el pico de una vez?

Desconcertado, lo miré a los ojos. A aquellos ojos francos en los que ahora —ya no tenía sentido andarse con rodeos— atisbaba el odio. Me sorprendí desviando la mirada hacia el hombre que fumaba.

Sonreí a mi hijo; no la veía, pero sin duda la mía debía de ser una sonrisa estúpida.

—Ya lo cierro —dije.

Michel me soltó el brazo; se mordió el labio inferior y negó con la cabeza.

—¡Dios! ¿Cuándo vas a comportarte como una persona normal?

Sentí una fría puñalada en el pecho. Cualquier otro padre habría dicho algo como: ¿Quién no se está comportando como una persona normal? ¿Eh? ¿Quién? Pero yo no era un padre como los demás. Sabía a qué se refería mi hijo. Habría deseado estrecharlo contra mí, pero lo más probable es que se hubiese apartado, asqueado. Y yo sabía que no podría soportar un rechazo físico así, que acabaría prorrumpiendo en llanto y no habría forma de parar.

—Hijo mío —musité.

156

Tranquilízate, me dije. Y escucha. Eso fue lo que me volvió a la mente en ese instante: Michel diciéndome que no escuchaba.

—Soy todo oídos —dije.

Volvió a negar con la cabeza y cogió la bicicleta con resolución.

—¡Espera! —exclamé.

Me contuve, incluso me ladeé un poco para no darle la impresión de que quería entorpecerle el paso. Pero antes de darme cuenta tenía la mano en su brazo.

Michel miró la mano como si fuese un extraño insecto que hubiese aterrizado allí, luego me miró a los ojos.

Estábamos muy cerca de algo, intuí. Algo que ya no podría deshacerse jamás. Le solté el brazo.

—Michel, hay algo más —dije.

—Papá, por favor.

—Te han llamado.

Se me quedó mirando, no me habría sorprendido recibir un puñetazo, sus nudillos duros contra el labio superior, o más arriba, contra la nariz. Habría sangre, pero se aclararían algunas cosas. Se despejarían.

Pero no sucedió nada.

—¿Cuándo? —me preguntó con calma.

—Michel, debes perdonarme, no debería haberlo hecho, pero... ha sido por los vídeos, quería... intentaba...

—¿Cuándo? —Mi hijo bajó el pie que había apoyado en el pedal y se plantó firmemente en el suelo.

—Hace un rato, han dejado un mensaje. Lo he escuchado.

—¿De quién?

—De B... de Faso. —Me encogí de hombros y sonreí—. ¿No es así como lo llamáis? ¿Faso?

Lo vi perfectamente, no había confusión posible: el rostro de mi hijo se endureció. Había poca luz, pero habría jurado también que palideció súbitamente.

—¿Qué quería? —Sonó tranquilo. No, no tranquilo, más bien buscando aparentar indiferencia, casi tedio, como si la llamada de su primo adoptivo no revistiera la menor importancia.

Pero se delató a sí mismo. Lo importante debería haber sido el hecho de que su padre escuchara sus mensajes; no era normal, cualquier otro padre se lo habría pensado dos veces antes de hacer algo así. Y eso era precisamente lo que había hecho yo: pensármelo dos veces antes de hacerlo. Michel debería haberse puesto hecho un basilisco, debería haberme gritado: ¡Cómo te atreves a escuchar mis mensajes! Eso habría sido lo normal.

—Nada —repuse—. Dice que lo llames más tarde. —En ese tono tan propio de él, estuve a punto de añadir.

—Vale —dijo Michel, asintiendo brevemente con la cabeza—. Vale —repitió.

De pronto, me acordé de algo. Hacía un rato, cuando Michel llamó a su móvil y habló conmigo, me había dicho que necesitaba un número de teléfono. Que venía a buscar el móvil porque necesitaba un número. Ya me parecía saber qué número era, pero no se lo pregunté porque me acordé de otra cosa.

—Antes me has dicho que no te escuchaba, pero sí lo hacía —dije—. Cuando hablábamos del vídeo colgado en YouTube.

—Ajá.

—Has dicho que no lo hicisteis vosotros.

—Sí.

—Entonces ¿quién lo hizo? ¿Quién lo colgó ahí?

A veces uno contesta sus propias preguntas sólo con formularlas. Miré a mi hijo y él me devolvió la mirada.

—¿Faso? —dije.

—Sí.

27

Se produjo un silencio durante el cual sólo se oyeron los ruidos del parque y la calle que discurría al otro lado del agua: el breve aleteo de un pájaro entre las ramas de un árbol, un coche que arrancaba, el tañido de unas campanas; un silencio durante el cual mi hijo y yo nos miramos.

No podría afirmarlo con seguridad, pero me pareció advertir lágrimas en sus ojos. Su mirada no dejaba lugar a dudas. ¿Lo has entendido por fin?, decía.

Durante ese mismo silencio, mi móvil empezó a sonar en el bolsillo izquierdo. A sonar y vibrar. En los últimos años había perdido oído, por eso había elegido como tono de llamada el «teléfono antiguo», un sonido anticuado que recordaba a los viejos teléfonos negros de baquelita y que yo reconocía sobre los demás ruidos.

Lo saqué del bolsillo con la intención de rechazar la llamada cuando vi en la pantalla el nombre de quien llamaba: Claire.

—¿Sí?

Le hice una señal a Michel para advertirle que no se fuera todavía, pero él había apoyado los brazos cruzados en el manillar de la bicicleta, como si de pronto no tuviese prisa por irse.

—¿Dónde estás? —preguntó mi esposa en voz baja pero apremiante; los ruidos de fondo del restaurante sonaban con más fuerza que su voz—. ¿Por qué tardas tanto?

—Estoy aquí fuera.

—¿Qué haces ahí? Casi hemos acabado ya el segundo plato. Creía que vendrías enseguida.

—Estoy con Michel. —Habría querido decir con nuestro hijo, pero no lo hice.

Un silencio.

—Ahora mismo salgo —dijo Claire.

—No, espera un momento. Se va... Michel tiene que irse...

Pero ella ya había colgado.

Papá no sabe absolutamente nada y preferiría que siguiese así. Pensé en mi esposa, que al cabo de un segundo saldría por la puerta del restaurante, y en cómo la miraría. O, mejor dicho, si podría mirarla como lo había hecho unas horas antes, cuando estábamos en aquel bar de gente corriente, cuando ella me había preguntado si no me parecía que Michel se comportaba de una forma extraña últimamente.

En suma, me pregunté si todavía éramos una familia feliz.

Mi siguiente pensamiento se centró en el vídeo de la indigente quemada viva y de cómo había llegado a YouTube.

—¿Viene mamá? —preguntó Michel.

—Sí.

Quizá fuesen imaginaciones mías, pero me pareció percibir cierto alivio en la voz de Michel cuando preguntó por «mamá». Como si ya llevara demasiado tiempo allí fuera a solas con su padre. Su padre, que no era capaz de hacer nada por él. ¿Viene mamá? Sí, mamá viene. Debía proceder con rapidez. Debía protegerlo en el único terreno en que aún podía hacerlo.

—Michel —dije, volviendo a ponerle la mano en el brazo—. ¿Qué sabe Beau... Faso... cuánto sabe Faso del vídeo? ¿No se había ido a casa? Me refiero...

160

Él desvió fugazmente la mirada hacia la entrada del restaurante, como si esperara que su madre saliera en ese instante y lo liberase de aquella embarazosa reunión con su padre. También yo miré hacia la puerta. Había algo distinto respecto a la última vez que había mirado, pero de entrada no supe qué. El hombre que fumaba, pensé. El hombre que fumaba se había ido.

—Pues ya ves —dijo Michel. Pues ya ves. Eso era lo que solía decir también cuando perdía la chaqueta o se olvidaba la cartera en el campo de fútbol y nosotros le preguntábamos cómo había podido pasar algo así. Pues ya ves... Pues ya ves, se me ha olvidado. Pues ya ves, la he dejado ahí—. Le envié los vídeos a Rick por email. Y Faso los vio y los copió de su ordenador. Colgó un fragmento en YouTube y ahora nos amenaza con poner el resto si no le pagamos.

—¿Cuánto? —pregunté.

—Tres mil euros.

Lo miré.

—Quiere comprarse una moto —añadió.

28

—Mamá. —Michel le echó los brazos al cuello y hundió el rostro en su pelo—. Mamá —repitió.

Mamá había llegado. Miré a ambos. Pensé en las familias felices. En las muchas veces que había mirado a Michel y su madre y cómo nunca había intentado inmiscuirme entre los dos: también eso formaba parte de la felicidad.

Después de acariciar un rato la espalda y la nuca de Michel por debajo de su gorra negra, Claire me miró.

¿Cuánto sabes?, me preguntaron sus ojos.

Todo, le contestaron los míos.

Casi todo, me corregí al pensar en el mensaje que ella le había dejado a su hijo.

Entonces Claire cogió a Michel por los hombros y lo besó en la frente.

—¿A qué has venido, cariño? —preguntó—. Creía que habías quedado.

Los ojos de Michel buscaron los míos; en aquel instante, comprendí que Claire no sabía nada de los vídeos. Sabía mucho más de lo que yo había imaginado hasta entonces, pero nada de los vídeos.

—Ha venido a buscar dinero —tercié sin dejar de mirar a Michel. Claire enarcó las cejas—. Le pedí prestado algo de dinero y tenía que habérselo devuelto esta tarde antes de irnos, pero se me ha olvidado.

Michel entornó los ojos y arañó el suelo con las zapatillas de deporte. Mi esposa me observó en silencio. Eché mano al bolsillo.

—Cincuenta euros —proseguí, y le tendí el billete a Michel.

—Gracias, papá —dijo mientras se guardaba el dinero en la cazadora.

Claire dio un profundo suspiro y tomó a Michel de la mano.

—¿No tenías que...? —Me miró—. Deberíamos volver a entrar. Serge y Babette preguntaban por tu tardanza.

Abrazamos a nuestro hijo, Claire le dio tres besos en las mejillas y luego lo vimos pedalear por el sendero de grava en dirección al puente. Cuando llegó a la mitad del mismo me pareció que iba a volverse para saludarnos, pero se limitó a levantar la mano en el aire.

—¿Cuánto hace que lo sabes? —preguntó Claire cuando Michel desapareció de la vista entre los arbustos.

Pude reprimir mi primer impulso de replicar «¿Y tú?» y dije:

—Desde aquel programa en la televisión.

Me cogió de la mano como había hecho con Michel unos instantes atrás.

—¿Y tú? —añadí.

Me cogió también la otra mano. Me miró e intentó en vano esbozar una sonrisa; una sonrisa que pretendía hacernos retroceder a tiempos mejores.

—Debes saber que desde el primer momento actué pensando en ti, Paul —me aseguró—. No quería... pensé que quizá sería demasiado para ti. Tenía miedo de que... de que volvieses a... bueno, ya me entiendes.

—¿Desde cuándo? —pregunté en voz baja—. ¿Cuándo lo supiste?

Me apretó los dedos.

—Aquella misma noche —repuso—. La noche que fueron al cajero automático. —La miré con fijeza—. Michel me llamó después de lo sucedido. Me preguntó qué debían hacer.

29

Un día, cuando aún trabajaba, me interrumpí en mitad de una frase sobre la batalla de Stalingrado y paseé la vista por la clase.

Todas estas cabezas, pensé. Todas estas cabezas en las que todo desaparece.

—Hitler se encaprichó de Stalingrado —continué—, a pesar de que desde un punto de vista estratégico hubiera sido mejor abrirse paso directamente hacia Moscú. Fue por el nombre de la ciudad: Stalingrado, llamada así en honor de su gran adversario Iósif Stalin. Ésa era la ciudad que debían conquistar primero, por el efecto psicológico que tendría sobre Stalin.

Hice una pausa y volví a mirar a la clase. Algunos alumnos tomaban notas de lo que iba diciendo, otros me miraban. Había de todo, miradas interesadas y miradas vidriosas, más miradas interesadas, pensé, y en ese instante tomé conciencia de que en realidad eso ya no me importaba como antes.

Pensé en sus vidas, en todas aquellas vidas que seguirían su curso.

—Por consideraciones tan irracionales se gana una guerra —dije—. O se pierde.

«Cuando aún trabajaba»... todavía me resulta difícil pronunciar esa frase. Podría explicar aquí y ahora que en otro tiempo, en un pasado lejano, tuve otros planes para mi vida, sin embargo no lo haré. Esos otros planes existieron de veras, pero no le importan a nadie. «Cuando aún trabajaba» me gusta más que «Cuando aún daba clases», o que la frase preferida —la más espantosa— de la peor ralea, los ex docentes que aseguran tener vocación de maestros: «Cuando aún estaba en la enseñanza...»

Preferiría no tener que decir qué enseñaba. Tampoco eso le importa a nadie. No es más que una etiqueta. Ah, es profesor de..., dice la gente. Eso aclara un montón de cosas. Pero la respuesta a la pregunta de qué aclara exactamente te la dejan sin contestar. Enseño Historia. Enseñaba Historia. Ahora ya no. Hará unos diez años que lo dejé. Tuve que dejarlo, aunque en mi caso tanto el «lo dejé» como el «tuve que dejarlo» están igual de lejos de la verdad. A ambos lados de la verdad, eso sí, pero prácticamente a la misma distancia.

Empezó en aquel tren, el tren a Berlín. Lo llamaré el principio del fin: el principio del «(tuve que) dejarlo». Al calcularlo ahora veo que todo el proceso no duró más de dos o tres meses. Una vez iniciado, fue muy rápido. Como al que le diagnostican una enfermedad incurable y a las seis semanas ya no está.

Después de todo, me siento contento y aliviado; la verdad es que ya había pasado demasiado tiempo delante de una clase. Viajaba solo, sentado junto a la ventanilla de mi compartimento vacío, mirando hacia fuera. Durante la primera media hora sólo había visto abedules, pero ahora estábamos en las afueras de alguna ciudad. Observé las casas y los bloques de pisos, los jardines, a menudo al lado de los raíles. En uno de aquellos jardines había sábanas blancas tendidas; en otro, un columpio. Era noviembre y hacía frío. No se veía a nadie en los jardines. «Quizá deberías tomarte unas vacaciones —me había sugerido Claire—. Una semanita libre.» Me notaba cambiado, saltaba a la mínima y me irritaba por todo. Seguro que se debía al trabajo, al colegio. «A veces no sé ni cómo aguantas —dijo—. No te sientas culpable.» Michel no había cumplido aún los cuatro años y Claire dijo que se las arreglaría bien. Lo llevaba tres veces a la semana a la guardería y disponía de esos días para ella.

Pensé en Roma y Barcelona, en palmeras y terrazas, pero al final me decanté por Berlín, básicamente porque nunca había estado allí.

Al principio sentí cierta emoción. Hice una maleta pequeña, pensaba llevar lo menos posible: había hecho mío el lema «viajar ligero». La emoción me duró más o menos hasta llegar a la estación donde el tren con destino a Berlín ya esperaba en el andén. La primera parte aún fue bien. Contemplé cómo los edificios y fábricas desaparecían de mi vista sin lamentar mi decisión de irme. Incluso después de divisar las primeras vacas, acequias y los postes de la electricidad, todavía seguía interesado en lo que me deparaba el viaje. Y en lo que me depararía. Después, la emoción dejó paso a otra cosa. Pensé en Claire y Michel. En la distancia cada vez mayor que nos separaba. Vi a mi esposa con nuestro hijo en la puerta de la guardería, la sillita de la bicicleta donde sentaba a Michel y luego su mano encajando la llave en la cerradura de nuestra puerta.

Para cuando el tren entró en suelo alemán, ya había ido unas cuantas veces al vagón restaurante en busca de cerveza. Pero era demasiado tarde. Había alcanzado ese punto en que ya no hay marcha atrás.

En ese instante vi las casas y los jardines. Hay gente por todas partes, pensé. Tanta que hasta tienen que construir las casas al pie de las vías.

Desde la habitación del hotel llamé a Claire. Procuré que mi voz sonara normal.

—¿Qué pasa? —me preguntó ella enseguida—. ¿Va todo bien?

—¿Cómo está Michel?

—Bien. Ha hecho un elefante de plastilina en la guardería, pero quizá será mejor que te lo cuente él mismo. ¡Michel, papá al teléfono!

No, quise decir. No.

—Papá...

—Hola, campeón, ¿qué me cuenta mamá? ¿Has hecho un elefante?

—¿Papá?

Tenía que decirle algo más, pero no me salía nada.

—¿Estás resfriado, papá?

Los días siguientes me esforcé por pasar por un turista interesado. Paseé a lo largo de los restos del Muro, comí en restaurantes a los que, según la guía que llevaba, sólo iban los berlineses corrientes. Lo peor eran las noches. Me ponía delante de la ventana de mi habitación y observaba el tráfico y las innumerables luces y personas que parecían dirigirse a alguna parte.

Podía elegir entre dos posibilidades: permanecer delante de la ventana mirando o moverme entre la gente. También yo podía fingir que iba a alguna parte.

—¿Cómo ha ido? —me preguntó Claire al cabo de una semana, cuando volví a abrazarla.

La abracé con más fuerza de la que pretendía, aunque no lo bastante fuerte.

Al cabo de unos días, empezó también en el colegio. Al principio pensé que quizá se debía al hecho de haber estado fuera.

Pero había pasado algo, y yo me había llevado ese algo conmigo a casa.

—Podríamos preguntarnos cuánta gente habría ahora en el mundo si no hubiese estallado la Segunda Guerra Mundial —dije mientras escribía la cifra de cincuenta y cinco millones en la pizarra—. Si toda esa gente hubiera seguido follando. Calculadlo para la próxima clase.

Me fijé en que me miraban más alumnos que de costumbre, quizá todos: de la pizarra a mí y vuelta a la pizarra. Sonreí. Miré hacia fuera. La climatización del colegio estaba centralizada. Las ventanas no podían abrirse.

—Voy a tomar un poco el aire —anuncié, y salí de la clase.

30

No sé si algún alumno fue a quejarse ya en aquel momento, si la cosa llegó a oídos del director a través de sus padres o sucedió más tarde. En todo caso, un buen día me convocó a su despacho.

Era uno de esos tipos de los que quedan pocos hoy èn día: una cabeza con raya a un lado que coronaba un traje marrón con estampado de espigas.

—Me han llegado algunas quejas acerca del contenido de las clases de Historia —dijo después de pedirme que tomara asiento en la única silla que había delante de su escritorio.

—¿De quién?

El director me miró. Detrás de su cabeza había un mapa de los Países Bajos con sus trece provincias.

—Eso no tiene importancia —dijo—. El caso es...

—Sí tiene importancia. ¿Las quejas proceden de los padres o de los propios alumnos? Los padres tienen más tendencia a quejarse, los alumnos no se preocupan tanto por esas cosas.

—Paul, se trata concretamente de algo que dijiste sobre las víctimas. Corrígeme si me equivoco. Sobre las víctimas de la Segunda Guerra Mundial.

Me recliné en el asiento, o al menos lo intenté, porque era una silla muy dura que no cedió ni un ápice.

—Supuestamente te referiste a las víctimas en términos bastante despectivos —añadió—. Dijiste que ellos fueron los culpables de sus desgracias.

—Jamás dije eso. Sólo dije que no todas las víctimas son automáticamente inocentes.

El director miró un papel que tenía delante de las narices.

—Aquí pone... —empezó, pero entonces negó con la cabeza, se quitó las gafas y se presionó el puente de la nariz con el índice y el pulgar—. Debes comprenderlo, Paul. En efecto, son los padres los que se han quejado. Los padres se quejan siempre. Sé reconocer perfectamente a los padres quejicas. Por lo general, se trata de naderías: si se pueden comprar manzanas en la cafetería; qué política seguimos en cuanto a clases de gimnasia durante la menstruación... Futilidades. Rara vez se refieren al contenido de las clases. Pero ahora sí, y eso no es bueno para el colegio. Sería mucho mejor para todos que te ciñeras al programa de la asignatura.

Por primera vez desde el inicio de la conversación sentí un ligero cosquilleo en la nuca.

—Dime, ¿en qué aspecto no me he ceñido al programa? —repuse con calma.

—Aquí dice... —Manoseó de nuevo el papel que tenía sobre el escritorio—. ¿Por qué no me lo aclaras tú mismo? ¿Qué fue exactamente lo que dijiste, Paul?

—Nada en especial. Les pedí que hicieran un cálculo sencillo. En un grupo de cien personas ¿cuántos cabrones hay? ¿Cuántos padres que hablan a sus hijos de malas maneras? ¿A cuántos capullos les apesta el aliento, pero no hacen nada por remediarlo? ¿Cuántos quejicas inútiles se pasan la vida lamentándose de injusticias imaginarias que se han cometido contra ellos? Mirad a vuestro alrededor, les dije. ¿Cuántos compañeros de clase preferiríais que no volviesen mañana al colegio? Pensad en ese pariente vuestro, el tío pesado que siempre sale con sus estúpidas anécdotas en las fiestas de cumpleaños, el primo feo que maltrata a su gato. Pensad en el alivio que sentiríais, no sólo vosotros sino toda la familia, si ese tío o ese primo pisaran una mina o fuesen alcanzados por una bomba. Si ese pariente desapareciese de la faz de la tierra. Y pensad ahora en esos millones de víctimas de todas las guerras que ha habido hasta el momento (no me ceñí solamente a la Segunda Guerra Mundial, suelo mencionarla a menudo como ejemplo porque es la guerra que más les llama la atención), y pensad en los miles o decenas de miles de personas de las que podríamos librarnos como si fuesen un dolor de muelas. Sólo desde el punto de vista estadístico es imposible que todas esas personas fuesen buena gente, con independencia del bando al que pertenecieran. La injusticia está más bien en el hecho de que los cabrones también van a engrosar la lista de víctimas inocentes. Que sus nombres también aparecen en los monumentos de guerra.

Hice una pausa para recuperar el aliento. ¿Cuánto conocía yo a ese director en realidad? Me había dejado hablar hasta el final, pero ¿qué significaba eso? Tal vez ya hubiera oído bastante. Tal vez ya no necesitara ponerme sobre aviso.

—Paul... —empezó; se había puesto las gafas, pero no me miraba a mí sino a un punto de su mesa—. ¿Puedo hacerte una pregunta personal, Paul?

No respondí.

—¿No estarás un poco quemado, Paul? De dar clase, me refiero. Entiéndeme bien, no te estoy reprochando nada, es algo que nos pasa a todos tarde o temprano. Que llega un momento en que ya no tenemos ganas de seguir, que pensamos en la inutilidad de nuestro trabajo.

Me encogí de hombros.

—Bah... —dije.

—Yo también pasé por eso cuando aún daba clases. Es una sensación desagradable. Socava todos los fundamentos. Los fundamentos de todo en lo que creías. ¿Es eso lo que te está pasando, Paul? ¿Todavía crees en lo que haces?

—Siempre he pensado en primer lugar en los alumnos —contesté sinceramente—. Me he esforzado mucho por lograr que la asignatura les resultara lo más interesante posible. Para eso partí de mí mismo. No intenté recurrir a las historias manidas y típicas. Recordé cómo era yo cuando estaba en la enseñanza secundaria. Lo que me interesaba de verdad. Y lo tomé como punto de partida.

El director sonrió y se reclinó en su silla. Él sí puede reclinarse, pensé, mientras que yo tengo que estar bien tieso.

—De las clases de Historia en mi época de estudiante me acuerdo sobre todo de los antiguos egipcios, los griegos y los romanos —dije—. De Alejandro Magno, Cleopatra, Julio César, Aníbal, el Caballo de Troya, las campañas con elefantes en los Alpes, las batallas navales, las luchas de gladiadores, las carreras de cuadrigas, los asesinatos y suicidios espectaculares, la erupción del Vesubio, pero también de la belleza, la belleza de todos aquellos templos, circos y anfiteatros, los frescos, las termas, los mosaicos. Es una belleza eterna, son los colores por los que aún hoy seguimos yendo al Mediterráneo de vacaciones en vez de ir a Manchester o a Bremen. Pero luego vino el cristianismo y todo empezó a irse a pique lentamente. Al final, casi te alegras de que los llamados bárbaros no dejasen títere con cabeza. Me acuerdo de todo eso como si fuera hoy. Y también recuerdo que durante un largo período de tiempo no hubo nada. La Edad Media, que bien mirado fue una época repulsiva y atrasada en la que apenas sucedió nada a excepción de un par de asedios sangrientos. Y luego estaba la historia de los Países Bajos. La guerra de los Ochenta Años; recuerdo que yo iba a favor de los españoles. Hubo un fugaz rayo de esperanza cuando mataron de un tiro a Guillermo de Orange, pero al final aquella pandilla de fanáticos religiosos acaba alzándose con la victoria y la oscuridad se cierne definitivamente sobre los Países Bajos. Por lo demás, recuerdo que nuestro profesor de Historia siempre nos prometía hablarnos de la Segunda Guerra Mundial, en todos los cursos. «En sexto hablaremos de la Segunda Guerra Mundial», decía, pero al llegar a sexto aún andábamos por Guillermo I y la independencia de Bélgica. Nunca llegamos a tratar la Segunda Guerra Mundial. Como mucho, nos puso la miel en los labios contándonos algo de la guerra de trincheras; pero la Primera Guerra Mundial, aparte de la destrucción masiva de vidas humanas, fue eminentemente aburrida. No avanzaba ni a tiros, por decirlo de alguna manera. Demasiado poco movimiento. Después me enteré de que siempre sucedía lo mismo. Nunca se llegaba a la Segunda Guerra Mundial. El período más interesante de los últimos mil quinientos años, también para los Países Bajos, donde, desde que los romanos decidieron que aquí no se les había perdido nada, no volvió a suceder algo importante hasta mayo de 1940. ¿A quién mencionan los extranjeros cuando hablan de los Países Bajos? A Rembrandt. A Vincent Van Gogh. Pintores. La única figura histórica holandesa que ha alcanzado fama internacional, por decirlo de alguna manera, es Ana Frank.

Por enésima vez, el director movió los papeles que tenía sobre la mesa y se puso a hojear algo que me resultaba familiar. Estaba en una carpeta, una carpeta de tapa transparente, como las que utilizan los alumnos para entregar sus trabajos.

—¿Te dice algo el nombre de..., Paul? —preguntó.

Mencionó el nombre de una de mis alumnas. No es que omita su nombre deliberadamente; en aquel momento, me propuse olvidarlo y lo logré.

Asentí.

—¿Recuerdas aún lo que le dijiste?

—Más o menos.

Cerró la carpeta y volvió a dejarla sobre el escritorio.

—Le pusiste un tres, y cuando te preguntó el motivo, le dijiste...

—Aquel tres estaba completamente justificado —lo interrumpí—. El trabajo era una auténtica chapuza. Que no me vengan con un nivel así.

El director esbozó una sonrisa apagada, agria, como la leche cortada.

—Debo reconocer que a mí tampoco me impresionó el nivel, pero no se trata de eso, se trata...

—Además de la Segunda Guerra Mundial también enseño buena parte de la historia posterior —lo interrumpí de nuevo—. Corea, Vietnam, Kuwait, Oriente Próximo e Israel, la guerra de los Seis Días, la guerra del Yom Kippur, los palestinos. En mis clases tocamos todos esos temas. No pueden venirme con un trabajo sobre el Estado de Israel en el que la gente recoge naranjas y baila con sandalias alrededor de las hogueras. Que sólo hable de gente contenta y feliz y el rollo del desierto donde vuelven a crecer las flores. Vamos a ver, allí están matando a gente todos los días, hacen saltar autobuses por los aires. ¿De qué demonios habla esta chica?

—Entró en el despacho llorando, Paul.

—Yo también me habría echado a llorar si hubiera entregado semejante porquería.

El director me observó. Atisbé algo en su mirada que no había visto hasta entonces. Algo neutro, o mejor dicho, algo tan insustancial como su anodino traje de espiga. Mientras tanto, él se reclinó de nuevo en el asiento, más que la primera vez.

Se está distanciando, pensé. No, me corregí de inmediato, no distanciando, sino despidiendo.

—Paul, no puedes decirle esas cosas a una muchacha de quince años. —En su voz también se apreciaba ahora un tono neutro. No quería discutir conmigo, compartía mi opinión. Seguro que si en ese momento le hubiese preguntado por qué no se podían decir, me habría contestado con un «porque no».

Por un momento pensé en la chica. Tenía un rostro agradable, pero demasiado alegre. Alegre sin motivo alguno. Era una alegría exultante pero asexuada, tan exultante y asexuada como su trabajo de página y media dedicado a la recogida de las naranjas.

—Quizá en un campo de fútbol se griten cosas como ésa —continuó el director—, pero en un centro de enseñanza media no. Al menos no en nuestro centro, y menos aún por parte de un miembro del profesorado.

Lo que le dije exactamente a la chica no tiene mayor importancia, eso que quede claro. Sólo serviría para desviar la atención. No aportaría nada. A veces a uno se le escapan cosas de las que más tarde se arrepiente. O no, no se arrepiente. Dice algo tan claro que el aludido tiene que cargar con ello el resto de su vida.

Pensé en su rostro alegre. Cuando le dije lo que le dije, se partió por la mitad. Como un jarrón. O mejor, como una copa que se hace añicos a causa de un sonido demasiado agudo.

Miré al director; la mano se me había cerrado en un puño sin darme cuenta. No tenía ganas de seguir con aquella discusión. ¿Cómo suele decirse...? Nuestras posturas eran irreconciliables. Eso era lo que pasaba en realidad. Nos separaba un abismo. A veces, hablar no tiene sentido. Lo miré y me imaginé asestándole un puñetazo en su cara gris: justo debajo de la nariz, hundirle los nudillos entre las fosas nasales y el labio superior. Le rompería los dientes, la sangre le chorrearía de la nariz, mi punto de vista quedaría claro, pero no estaba seguro de que aquélla fuese la solución a nuestras diferencias. No tenía por qué quedarme en un solo golpe, podía rehacerle toda aquella cara anodina, pero el resultado sería como mucho igual de anodino. Mi posición en el colegio se haría insostenible, como suele decirse, aunque en aquel momento ésa era la menor de mis preocupaciones. Bien mirado, mi posición ya era insostenible desde hacía tiempo. Podría decirse que se hizo insostenible el primer día que puse los pies en aquel centro. El resto no fue sino un aplazamiento. Todas las horas lectivas delante de la clase no fueron más que un mero aplazamiento.

La cuestión era si debía darle una buena paliza al director, si debía convertirlo en una víctima. Alguien que inspiraría compasión a los demás. Pensé en los alumnos que se abalanzarían en tropel a las ventanas cuando la ambulancia viniera a llevárselo. Porque vendría una ambulancia, sí; no me detendría antes. A los alumnos les daría pena.

—¿Paul? —dijo moviéndose en el asiento.

Se olía algo. Olía el peligro. Buscaba una posición para encajar el primer golpe como buenamente pudiera.

¿Y si la ambulancia se fuera sin prisa, sin sirena ni luces giratorias?, me dije. Inspiré hondo y solté el aire despacio. Tenía que decidirme pronto o sería demasiado tarde. Podría matarlo. Sólo con los puños. Sería un trabajo sucio, eso sí, más sucio que limpiar una pieza de caza. Un pavo, me corregí. Sabía que estaba casado y que tenía hijos ya mayores. A lo mejor les hacía un favor. Quizá estuvieran hartos de mirar aquella cara anodina. En el funeral se mostrarían apenados, pero después, mientras tomaran el café en la sala, les sobrevendría rápidamente una sensación de alivio.

—¿Paul?

Miré al director. Sonreí.

—¿Puedo hacerte una pregunta personal? —añadió—. Pensé que quizá pasa algo... bueno, sólo es una pregunta, nada más. ¿Cómo van las cosas en casa, Paul? ¿Va todo bien?

En casa. Seguí sonriendo, pero mientras tanto pensé en Michel. Estaba a punto de cumplir los cuatro años. Por matar a otro ser humano, en Holanda te caen unos ocho años, calculé. No era mucho. Con buen comportamiento, desbrozando los jardines de la cárcel, a los cinco años volvería a estar en la calle. Michel tendría nueve por entonces.

—¿Cómo le va a tu esposa... a Carla?

Claire, lo corregí mentalmente. Se llama Claire.

—Estupendamente —dije.

—¿Y los niños? ¿También bien?

Los niños. ¡El muy capullo ni siquiera era capaz de recordar eso! Claro, resulta imposible acordarse de todo de todo el mundo. Sí que se acordaba de que la maestra de francés vivía con su novia, porque destacaba. Pero ¿los demás? Los demás no destacaban. Tenían marido o mujer y niños. O no tenían niños. O tenían sólo uno. Michel iba en una bicicleta con ruedecitas. En la cárcel me perdería el momento en que le quitasen las ruedecitas. Sólo me enteraría.

—Excelente —repuse—. A veces uno se sorprende de lo rápido que va todo; lo rápido que crecen.

El director enlazó los dedos y apoyó las manos sobre la mesa, sin saber que acababa de salvarse por los pelos.

Por Michel. Me contendría por Michel.

—Paul, sé que probablemente no quieres oír esto, pero tengo que decírtelo. Me parecería buena idea que pidieras hora con Van Dieren, el psicólogo del colegio. Y, que dejases las clases durante una temporada. Para recuperarte del todo. Creo que lo necesitas. Todos necesitamos alguna vez tomarnos un poco de tiempo.

Me sentí extrañamente sereno. Sereno y cansado. No habría violencia. Pasaría como con una amenaza de tormenta: se entran todas las sillas de la terraza y se recogen los toldos, pero no sucede nada. La tormenta pasa de largo. Y, en cierto modo, es una pena. A todos nos gusta ver cómo los tejados de las casas son arrancados de cuajo y salen volando por los aires; ése es el efecto calmante de los documentales sobre tornados, huracanes y tsunamis. Es terrible, por supuesto, todos hemos aprendido a decir que nos parece terrible, pero un mundo sin catástrofes ni violencia —ya sea

178

violencia natural o de carne y hueso— sí que sería insoportable.

El director podría volver a su casa sano y salvo. Esa noche se sentaría a la mesa con su mujer y sus hijos. Con su presencia anodina ocuparía la silla que, de otro modo, habría quedado vacía. Nadie tendría que ir a cuidados intensivos ni a un tanatorio, sencillamente porque así acababa de decidirse.

En realidad, lo había sabido desde el principio. Desde el momento en que empezó a hacerme preguntas sobre mi casa. ¿Cómo va todo en casa? Es otra forma de decirte que quieren librarse de ti, quitarte de en medio. A nadie le interesa cómo te va en casa. Como cuando te preguntan si te ha gustado la comida: eso tampoco le importa a nadie.

El director me miró sinceramente sorprendido cuando accedí a hablar con el psicólogo sin rechistar. Alegremente sorprendido. No, no pensaba darle facilidades para que se librara de mí por las buenas.

Ya en la puerta le tendí la mano. Y él me la estrechó. Estrechó la mano que podría haber dado otro giro a su vida o acabado con ella.

—Me alegro de que te... —dijo vagamente—. Saluda de mi parte a... a tu esposa —añadió.

—A Carla —precisé.

31

De modo que al cabo de unos días fui a ver al psicólogo del colegio. Van Dieren. En casa dije la verdad. Le dije a Claire que iba a tomármelo todo con más calma durante un tiempo. Le hablé de los medicamentos que el psicólogo me había recetado por medio del médico de cabecera. Fue después de nuestra primera sesión, que apenas duró media hora.

—Por cierto —le dije a Claire—, me ha aconsejado que lleve gafas de sol.

—¿Gafas de sol?

—Me dijo que se me venían encima demasiadas cosas y de ese modo podría atenuar un poco las impresiones.

Sólo le estaba ocultando una pequeña parte de la verdad, razoné. Y, ocultándole sólo una pequeña parte, me protegía a mí mismo de una mentira descarada.

El psicólogo mencionó un nombre. Un nombre que parecía alemán. Era el apellido del neurólogo que le dio nombre a la afección que había descubierto.

—Puedo corregirla un poco mediante la terapia —dijo Van Dieren mirándome con gravedad—, pero debe considerarlo fundamentalmente una cuestión de neuronas. Se puede controlar muy bien con la medicación adecuada.

Luego me preguntó si sabía de algún familiar que hubiese padecido molestias o síntomas parecidos. Pensé en mis padres y después en mis abuelos. Repasé toda la serie de tíos y tías, primos y primas intentando no olvidar lo que había dicho Van Dieren: que el síndrome apenas resultaba perceptible. La mayoría de las personas funcionaban con normalidad, como mucho, se las veía algo introvertidas, dijo. En grupos numerosos, o bien llevaban la voz cantante o no decían nada.

Al final, negué con la cabeza. No se me ocurría nadie.

—Me pregunta por mi familia —dije—. ¿Significa eso que es hereditario?

—Unas veces sí y otras no. Siempre revisamos el historial familiar. ¿Tiene usted hijos?

Tardé un poco en asimilar todo el significado que encerraba la pregunta. Hasta aquel momento sólo había pensado en el material genético que había precedido mi nacimiento. Ahora, por primera vez, pensaba en Michel.

—¿Señor Lohman?

—Espere un momento.

Pensé en mi hijo de casi cuatro años, en el suelo de su cuarto sembrado de cochecitos de juguete. Por primera vez en mi vida pensé en cómo jugaba con aquellos cochecitos. Al instante me pregunté si algún día sería capaz de mirarlo de otra manera.

¿Y en la guardería? ¿No había nada que les hubiera llamado la atención en la guardería? Me estrujé el cerebro para recordar si alguien, alguna vez, había comentado de pasada que Michel se aislaba mucho o mostraba algún otro indicio de conducta anómala.

—¿Necesita tiempo para pensar si tiene hijos o no? —preguntó el psicólogo con una sonrisa.

—No —repuse—. Es sólo que...

—¿Está pensando en tenerlos, tal vez?

Aún ahora estoy completamente seguro de que le respondí sin pestañear siquiera:

—Sí. ¿Me lo desaconsejaría usted? ¿En mi caso?

Van Dieren se inclinó sobre el escritorio, dobló las manos bajo la barbilla y apoyó los codos en la mesa.

—No. Es decir, hoy en día es posible detectar esas anomalías mucho antes del nacimiento. Con una prueba de embarazo o amniocentesis. Naturalmente, debe usted saber en qué se mete. La interrupción de un embarazo no debe tomarse a la ligera.

Varias cosas a la vez cruzaron mi mente. Las repasé una a una. Debía tratarlas por separado. No había mentido al contestar afirmativamente a la pregunta del psicólogo sobre si estábamos pensando en tener hijos. Como mucho, le había ocultado que ya teníamos uno. Había sido un parto muy duro. Los primeros tiempos después del nacimiento de Michel, Claire no había querido oír hablar de un nuevo embarazo, pero últimamente había vuelto a sacar el tema en alguna ocasión. Sabíamos que teníamos poco tiempo para decidirnos, de lo contrario, la diferencia de edad entre Michel y su hermanito o hermanita sería demasiado grande, si es que no lo era ya.

—¿De modo que hay una prueba que permite detectar si tu hijo ha heredado tu afección? —pregunté. Reparé en que tenía los labios más resecos que antes y tuve que humedecerlos con la punta de la lengua para poder pronunciar aquellas palabras.

—Bueno, debo corregirme en una cosa. Hace un momento le he dicho que la enfermedad puede detectarse en el líquido amniótico, pero no he sido del todo preciso. Con la amniocentesis podemos ver si hay algo anormal, pero para identificarlo se requieren más pruebas.

Ahora hablábamos ya de enfermedad, constaté. Habíamos empezado con una afección, luego habíamos seguido con un síndrome y una anomalía, para terminar con una enfermedad.

—Pero en cualquier caso es motivo suficiente para un aborto —dije—. ¿Incluso sin hacer más pruebas?

—Mire. En el líquido amniótico detectamos claramente las señales del síndrome de Down o la llamada espina bífida. En esos casos, siempre aconsejamos interrumpir el embarazo. Con esta enfermedad estamos más a oscuras, pero siempre advertimos a los padres. En la práctica, la mayoría acaba decidiendo no arriesgarse.

Van Dieren había empezado a utilizar la primera persona del plural. Como si se erigiera en representante de toda la profesión médica, a pesar de no ser más que un simple psicólogo. Un psicólogo escolar, encima. Imposible caer más bajo.

¿Se había hecho Claire la amniocentesis? Lo peor era que no estaba seguro. Yo la había acompañado a casi todo: a la primera eco, a la primera clase de gimnasia para embarazadas —sólo a la primera; por fortuna, a Claire le pareció más ridículo que a mí que el hombre tuviera que resoplar y jadear a la par que su mujer—, a la primera visita con la comadrona, que se convirtió en la última. «¡No quiero saber nada de comadronas!», exclamó.

Pero Claire también fue algunas veces sola al hospital. Decía que le parecía una tontería que yo tuviera que sacrificar media jornada laboral para una visita rutinaria con el ginecólogo.

Estuve a punto de preguntarle a Van Dieren si todas las mujeres embarazadas se hacían la amniocentesis o sólo las que pertenecían a un grupo de riesgo, pero me tragué la frase.

—¿Hace treinta o cuarenta años ya existía la amniocentesis? —pregunté en cambio.

Él se quedó pensativo unos instantes.

—Creo que no. No, ahora que lo dice. Estoy seguro de que no. En aquella época no se hacía.

Nos miramos; en ese momento también estuve seguro de que Van Dieren estaba pensando lo mismo que yo.

Pero no dijo nada. Probablemente no se atrevía a decirlo. Y por eso lo dije yo:

—¿De modo que debo agradecer al retraso de la ciencia de hace cuarenta años el estar hoy aquí frente a usted? Estar vivo —añadí innecesariamente, pero me dio la gana oírlo de mis propios labios.

Van Dieren asintió despacio con la cabeza y en su rostro apareció una sonrisa divertida.

—Si lo plantea usted de ese modo... —dijo—. Si esa prueba hubiese estado disponible entonces, no sería del todo impensable que sus padres hubieran optado por ir sobre seguro.

32

Me tomé la medicación. Los primeros días no sucedió nada, pero eso es lo que me habían dicho que ocurriría. El efecto no empezaría a notarse hasta al cabo de unas semanas. Sin embargo, no me pasó por alto que ya desde un primer momento Claire me miraba de forma distinta. «¿Cómo te sientes?», me preguntaba varias veces al día. «Bien», le respondía yo. Y así era, de verdad, me sentía muy bien. Disfrutaba del cambio, disfrutaba especialmente del hecho de no tener que ponerme cada día delante de la clase: todas aquellas caras mirándome durante una hora entera, y a la hora siguiente venían otras caras, y la cosa seguía así, hora tras hora; el que nunca haya estado delante de una clase no sabe lo que es.

Al cabo de una semana escasa, antes de lo esperado, los medicamentos empezaron a surtir efecto. Me pilló por sorpresa, y sobre todo me asustaba que actuasen sin que yo llegase a notarlo siquiera. Lo que más temía era sufrir un cambio de personalidad, que mi personalidad se viera alterada. Quizá sería más soportable para las personas de mi entorno más inmediato, pero me perdería a mí mismo por el camino. Había leído los prospectos, mencionaban unos efectos secundarios francamente alarmantes. Los «mareos», la «piel seca» y la «falta de apetito», pase, pero es que además hablaban de «sensación de angustia», «hiperventilación» y «pérdida de memoria».

—Esto es serio —le dije a Claire—. Tomaré la medicación, no tengo elección, pero prométeme que me avisarás si algo no va bien. Si empiezo a olvidarme de las cosas o me comporto de forma rara, debes decírmelo y la dejaré.

Mis temores resultaron infundados. Un domingo por la tarde, unos cinco días después de haberme tomado la primera dosis de pastillas, estaba sentado en el sofá de la sala con el grueso periódico del sábado en el regazo. A través de la puerta corredera de cristal miré el jardín donde, en aquel preciso instante, empezaba a llover. Era uno de esos días de nubes blancas, trozos de cielo azul y mucho viento. Me apresuro a hacer constar que a lo largo de los últimos meses a menudo me había angustiado mi propia casa, mi propia sala de estar y sobre todo mi presencia en esa casa y esa sala. Aquella angustia estaba directamente relacionada con la presencia de más personas como yo en otras casas y salas parecidas. En especial por las noches, en la oscuridad, cuando por lo general todo el mundo estaba «en casa», esa sensación me dominaba con rapidez. Desde el sofá, a través de los arbustos y las ramas de los árboles, distinguía las ventanas del otro lado de la calle. Pocas veces llegaba a ver gente, pero las ventanas iluminadas delataban su presencia del mismo modo que mi ventana iluminada delataba la mía. No quisiera dar una impresión equivocada: lo que me angustia no son las personas en sí, ni el ser humano como especie. Estar entre una multitud no me provoca desasosiego, y no soy para nada el tipo raro de las fiestas, el individuo poco sociable con quien nadie quiere hablar y cuyo lenguaje corporal sólo expresa que quiere que lo dejen tranquilo. No; es otra cosa. Tiene que ver con el carácter transitorio de todas aquellas personas en sus salas de estar, en sus casas, en sus edificios, en sus barrios con proyectos urbanísticos donde una calle lleva a otra y una plaza enlaza con otra a través de esas calles.

De modo que algunas noches me ponía a pensar en cosas así, sentado en el sofá de la sala. En mi interior algo susurraba que debía dejar de pensar, que, sobre todo, no debía profundizar demasiado en esos pensamientos. Pero nunca me funcionaba, seguía dando vueltas a las cosas hasta el final, hasta sus últimas consecuencias. Hay gente por todas partes, me decía, en estos momentos están sentados en un sofá de una sala de estar parecida a ésta. Dentro de un rato se acostarán, intimarán un poco o se dirán algo cariñoso o callarán obstinadamente porque acaban de tener bronca y ninguno de los dos quiere ser el primero en dar el brazo a torcer, después apagarán la luz. Pensaba en el tiempo, en el paso del tiempo para ser exactos, lo vasta, inconmensurable, larga, oscura y vacía que podía llegar a ser una hora. El que así piensa no necesita los años luz. Pensaba en la cantidad de gente, en la cifra, no sólo en términos de superpoblación o contaminación, ni con el temor de que habría un momento en que no tendríamos suficiente alimento para todos, sino en la cantidad en sí misma. Si tres millones o seis mil millones servían a algún propósito determinado. Llegados a ese punto, empezaba a acusar los primeros síntomas de malestar. No es que haya necesariamente demasiada gente, cavilaba, pero sí hay mucha. Pensaba en los alumnos de mi clase. Todos tenían algo que hacer: abordar la vida, hacer su vida. Con lo larga que puede ser una sola hora... Tenían que encontrar trabajo y formar una pareja. Luego vendrían los niños y también esos niños recibirían clase de Historia en el colegio, aunque no de mí. Desde cierta altura, uno sólo ve la presencia de la gente y no a la gente propiamente dicha. Entonces me entraba la angustia. Desde fuera apenas se me notaba, salvo por el hecho de que aún no hubiese abierto el periódico. «¿Te apetece una cerveza?», me preguntaba Claire entrando en la sala con una copa de vino tinto. Tenía que decir: «Sí, gracias» sin que mi voz causara extrañeza: temía que mi voz sonara como la de alguien recién despertado, alguien que acaba de levantarse y aún no ha pronunciado ninguna palabra. O sencillamente que hablase con una voz extraña que no se pareciese en nada a la mía, una voz angustiada. En ese caso, Claire enarcaría las cejas y me preguntaría si me pasaba algo. Y por supuesto yo le diría que no y negaría con la cabeza, pero con excesiva vehemencia, por lo que me delataría, diciendo con una vocecilla alarmada muy distinta de la mía: «No, no me pasa nada. ¿Qué iba a pasarme?»

¿Y entonces qué? Entonces Claire vendría a sentarse a mi lado en el sofá y me tomaría la mano entre las suyas; también cabía la posibilidad de que me pusiera la mano sobre la frente, como se hace con los niños para saber si tienen fiebre. Entonces llegaría el momento: yo sabría que la puerta había pasado de entreabierta a abierta de par en par. Claire preguntaría de nuevo si no me pasaba nada y yo volvería a negar con la cabeza (con menos vehemencia esta vez). Al principio, ella parecería bastante preocupada, pero la preocupación se disiparía pronto: al fin y al cabo, yo tenía reacciones normales, mi voz ya no temblaba, contestaba tranquilamente a sus preguntas. No, sólo estaba pensando un poco. ¿Sobre qué? Ya no lo recuerdo. Vamos, ¿sabes cuánto rato llevas ahí sentado con el periódico en el regazo? ¡Una hora y media, tal vez dos! Estaba pensando en el jardín, que quizá podríamos poner una caseta. Paul... ¿Sí? No llevas una hora y media pensando en el jardín. No, claro que no, digo que el último cuarto de hora he estado pensando en el jardín. Pero ¿y antes?

Aquel domingo por la tarde, una semana después de mi sesión con el psicólogo del colegio, pude contemplar el jardín por primera vez en mucho tiempo sin que me abrumasen los pensamientos. Oía a Claire en la cocina. Tarareaba alguna canción que emitía la radio, no la conocía, pero las palabras «también mi florecilla» aparecían una y otra vez.

—¿Por qué te ríes? —me preguntó después, cuando entró en la sala con dos tazas de café.

—Porque sí —dije.

—¿Porque sí? Deberías verte la cara. Pareces uno de esos cristianos renacidos. Pura felicidad.

La miré. Me invadió una sensación cálida y agradable, la calidez de un edredón de plumas.

—Estaba pensando... —empecé, pero de pronto cambié de idea. Me proponía sacar el tema de nuestro próximo hijo. En los últimos meses no habíamos vuelto a mencionarlo y la diferencia de edad, en el mejor de los casos, ya sería de casi cinco años. Era ahora o nunca. No obstante, una voz interior me advirtió que aquél no era el mejor momento, tal vez al cabo de unos días sí, pero no la tarde del domingo en que los medicamentos habían empezado a surtir efecto—. Estaba pensado que podríamos poner una caseta en el jardín.

33

Visto en retrospectiva, aquel domingo alcancé directamente el punto culminante. Lo novedoso de una existencia sin un exceso de pensamientos se desvaneció en poco tiempo. La vida se volvió más equilibrada, más amortiguada, como cuando uno está en una fiesta donde ve a todo el mundo hablando y gesticulando pero no consigue distinguir a nadie. Ya no tenía altibajos. Algo había desaparecido. De vez en cuando se oye hablar de personas que pierden el sentido del olfato o el gusto; el plato más exquisito no les dice absolutamente nada. Así veía la vida yo a veces, como un plato de comida caliente que se estaba enfriando. Sabía que tenía que comer o de lo contrario moriría, pero ya no tenía apetito.

Al cabo de unas semanas, hice un último esfuerzo por recuperar la euforia de aquel primer domingo por la tarde. Michel se acababa de dormir. Claire y yo estábamos sentados en el sofá viendo un programa sobre los condenados a muerte en Estados Unidos. Nuestro sofá era ancho, si nos acomodábamos un poco podíamos echarnos los dos. Como estábamos pegados el uno al otro, no tenía que mirarla.

—Estaba pensando que, para cuando tengamos otro niño, Michel ya habrá cumplido los cinco años —dije.

—Sí, yo también lo he pensado —respondió Claire—. La verdad es que no sería buena idea. Debemos contentarnos con lo que ya tenemos.

Sentí el calor de mi esposa, mi brazo alrededor de sus hombros se contrajo unos segundos. Recordé la conversación con el psicólogo del colegio.

¿Te llegaron a hacer la amniocentesis?

Podía preguntarlo como si tal cosa. La desventaja era que no podría ver sus ojos cuando se lo preguntase. Una desventaja y una ventaja.

Entonces pensé en nuestra felicidad. En nuestra familia feliz. Nuestra familia feliz que debía contentarse con lo que ya tenía.

—¿Por qué no salimos este fin de semana? —propuse—. Y alquilamos una casa o algo así, solos los tres.

34

¿Y entonces? Entonces Claire cayó enferma. Claire, que jamás enfermaba, que como mucho pasaba unos días con mocos por culpa de un resfriado, pero que fuera como fuese no guardaba cama ni un solo día por una gripe, tuvo que ser hospitalizada de urgencia. Sucedió de un día para otro, no hubo nada que nos preparase para su ingreso en el hospital, no tuvimos tiempo ni de hacernos a la idea. Por la mañana se sintió algo floja, ésas fueron sus propias palabras; sin embargo, salió de casa, me besó en los labios al despedirse y montó en la bicicleta. Por la tarde, volví a verla, pero para entonces tenía goteros de suero inyectados en el brazo y un monitor pitaba a los pies de su cama. Intentó sonreírme, pero era evidente que le costaba un gran esfuerzo. Desde el pasillo, el cirujano me hizo señas para hablar conmigo a solas.

No contaré aquí lo que Claire tenía, considero que es un asunto privado. A nadie le importa saber la enfermedad que padece otro, y en cualquier caso es ella la que debe decidir si quiere hablar de eso o no, no yo. Baste decir que no es una enfermedad mortal, al menos no necesariamente. Este adjetivo sí apareció una y otra vez en las llamadas de amigos, familiares, conocidos y compañeros de trabajo. ¿Puede ser mortal?, preguntaban con voz ligeramente apagada, pero se percibía su afán de sensaciones fuertes. Cuando la gente tiene oportunidad de aproximarse a la muerte sin verse ellos mismos involucrados, no la dejan escapar jamás. Recuerdo sobre todo las ganas que tenía de contestar a esa pregunta afirmativamente. «Sí, su vida corre peligro.» Sentía curiosidad por la clase de silencio que se produciría al otro lado de la línea tras semejante confirmación.

A pesar de no entrar en detalles sobre la enfermedad, sí quiero reproducir aquí lo que el cirujano me dijo después de informarme en el pasillo con expresión grave de la intervención que tendría que practicarle. «Sí, no hay que subestimarlo —me dijo tras dejarme unos momentos para asimilar la noticia—. De un día para otro te cambia por completo la vida. Pero hacemos lo que podemos.» Esto último lo dijo en un tono casi animado, un tono que desentonaba con la expresión de su rostro.

¿Y después? Después todo fue mal. O mejor dicho, todo lo que podía ir mal, lo hizo. A la primera operación siguió una segunda y después una tercera. Cada vez había más monitores junto a su cama, tubos que salían de su cuerpo y se conectaban a otros sitios. Tubos y monitores que debían mantenerla con vida, pero el cirujano del primer día abandonó definitivamente su tono animado. Seguía diciendo que hacían lo que podían, pero entretanto Claire había perdido casi veinte kilos y era incapaz de incorporarse de la almohada sin ayuda.

Yo me alegraba de que Michel no la viese así. Al principio, le propuse alegremente que fuésemos los dos juntos a visitarla, pero él fingió no oírme. Incluso el día en cuestión, la misma mañana en que su madre salió de casa pero no regresó al atardecer, yo procuré acentuar el aspecto festivo, lo excepcional de la situación, como sucedía cuando recibíamos visitas o hacían una excursión en el colegio. Salimos a cenar al bar de la gente corriente; por entonces, el plato preferido de Michel eran costillas de cerdo con patatas fritas, y yo le conté como buenamente pude lo que había sucedido.

Se lo conté y luego cambié de tema. Dejé las cosas de lado, en primer lugar mis propios temores. Después de cenar fuimos a alquilar una película en el videoclub, permití que se acostara más tarde de lo habitual, a pesar de que al día siguiente tenía colegio (ya no estaba en la guardería sino en el primer curso de primaria).

—¿Va a venir mamá? —me preguntó cuando le di el beso de buenas noches.

—Dejaré la puerta un poco abierta —le contesté—. Voy a ver la televisión un rato más, así podrás oírme.

Aquella primera noche no llamé a nadie. Eso era lo que Claire me había recomendado encarecidamente.

—No nos dejemos llevar por el pánico —me había dicho—. A lo mejor todo sale bien y dentro de pocos días vuelvo a estar en casa.

—De acuerdo —asentí—. Nada de pánico.

La tarde siguiente, Michel no preguntó por su madre a la salida del colegio. Me pidió que le quitara las ruedecitas a la bicicleta. Ya lo había probado unos meses atrás, pero después de algunos intentos tambaleantes había chocado contra el seto bajo del jardín municipal. «¿Estás seguro?», le pregunté. Era un bonito día de mayo y Michel, sin vacilar ni un momento, arrancó a pedalear hasta la esquina y volvió. Al pasar por mi lado, soltó el manillar y levantó los brazos.

—Quieren operarme mañana mismo —me informó Claire aquella noche—. Pero ¿qué es exactamente lo que me van a hacer? ¿Te han dicho algo que yo no sepa?

—¿Sabes lo que me ha pedido Michel hoy? Que le quitara las ruedecitas de la bicicleta —dije.

Claire cerró los ojos un momento, tenía la cabeza muy hundida en los almohadones, como si le pesara más que otras veces.

—¿Cómo está? —musitó—. ¿Me echa mucho de menos?

—Tiene muchas ganas de venir a visitarte —mentí—, pero creo que será mejor esperar un poco.

No diré en qué hospital estaba Claire. Se hallaba bastante cerca de casa, en diez minutos me plantaba allí con la bicicleta o con el coche cuando hacía mal tiempo. Durante las horas de visita, Michel se quedaba con una vecina que también tenía hijos, o venía nuestra canguro, una chica de quince años que vivía a unas pocas calles de casa. No me apetece entrar en detalles sobre todas las complicaciones que surgieron en el hospital, sólo aconsejaré encarecidamente a cualquiera que estime en algo su vida —su propia vida o la de algún ser querido— que no ingrese jamás allí. He aquí mi dilema: a nadie le interesa saber el nombre del hospital donde estaba Claire, pero por otra parte quiero advertir a todo el mundo que se mantenga alejado de ese lugar.

—¿Puedes tú solo con todo? —me preguntó Claire una tarde, creo que después de la segunda o tercera operación. Su voz sonaba tan débil que casi tenía que pegar la oreja a sus labios para entenderla—. ¿No necesitas ayuda?

Al oír la palabra «ayuda», un músculo del ojo izquierdo empezó a temblarme. No, no quería ninguna ayuda, me las arreglaba muy bien solo, o, mejor dicho, yo era el primer sorprendido de ver lo bien que lo llevaba todo. Michel llegaba puntual al colegio, con los dientes cepillados y la ropa limpia. Bueno, más o menos limpia, pues yo no era tan crítico como Claire con cuatro manchitas en el pantalón, pero no en balde era su padre. En ningún momento pretendí hacer «de madre y padre a la vez», como oí decir en un programa de televisión de sobremesa a un pusilánime cabeza de familia monoparental embutido en un jersey de punto tejido por él mismo. Estaba muy atareado, pero en el buen sentido de la palabra. Lo último que deseaba era que alguien viniera a quitarme faena de las manos, aunque lo hiciera con la mejor intención, para que yo tuviera tiempo de ocuparme de otras cosas. No quería tener tiempo para otras cosas: precisamente me sentía agradecido de tener ocupado cada minuto del día. A veces, por la noche, me sentaba a tomar una cerveza en la cocina después de haberle dado a Michel el beso de buenas noches. En esos momentos, la lavadora zumbaba y borboteaba, y tenía delante el periódico por leer. Entonces sentía de pronto que me alzaban en vilo, no se me ocurre otra forma de explicarlo; era sobre todo una sensación de ligereza, de mucha ligereza; si en aquel momento alguien hubiese soplado, me habría elevado hacia el techo como la pluma de una almohada. Sí, eso era, ingravidez (y conste que no empleo palabras como felicidad o ni siquiera satisfacción a propósito). A menudo oía a los padres de los compañeros de Michel suspirar y decir que después de una larga jornada de trabajo necesitaban un poco de tiempo para sí mismos. Cuando por fin acostaban a los niños, llegaba el momento mágico, ni un minuto antes. Aquello siempre se me antojaba extraño, en mi caso, el momento mágico empezaba mucho antes. Cuando Michel llegaba del colegio, por ejemplo, y todo era normal. Hasta mi voz sonaba normal cuando le preguntaba de qué quería el bocadillo. En casa estaba todo a punto, había hecho la compra por la mañana. También me cuidaba de mí mismo: antes de salir me miraba en el espejo para asegurarme de llevar la ropa limpia, de haberme afeitado, de que mi pelo no pareciese el de alguien que se abandona. En el supermercado, la gente no notaba nada especial, no era un padre divorciado que apestaba a alcohol, no era un padre que se sintiera desbordado. Todavía recuerdo bien cuál era mi objetivo: dar una apariencia de normalidad. Por Michel. Las cosas tenían que seguir como de costumbre mientras su madre no estuviera. Para empezar, cada día comía caliente. Pero tampoco en otros aspectos de nuestra temporalmente familia monoparental debían producirse demasiados cambios aparentes. Habitualmente no me afeitaba cada día, no me importaba ir un par de días con barba incipiente y Claire tampoco se quejaba nunca de eso; sin embargo, durante aquellas semanas me afeité cada mañana. Consideré que mi hijo tenía derecho a sentarse a la mesa con un padre recién afeitado y que oliera a limpio. Un padre recién afeitado y que oliera a limpio no le daría una idea equivocada, al menos no lo haría dudar del carácter temporal de nuestra familia monoparental. No, por fuera no se me notaba nada, yo seguía siendo un elemento fijo de una trinidad, otro elemento estaba en el hospital sólo temporalmente (¡temporalmente! ¡temporalmente! ¡temporalmente!), yo era el piloto de un avión de pasajeros trimotor que había perdido un motor: no había motivo para que cundiera el pánico, no se trataba de un aterrizaje de emergencia, el piloto tenía miles de horas de vuelo a sus espaldas, lograría que el aparato tocase tierra sin peligro.

35

Una tarde, Serge y Babette se pasaron por casa. Al día siguiente operaban de nuevo a Claire. Lo recuerdo muy bien, aquella noche había hecho unos macarrones a la carbonara, bien mirado, el único plato que dominaba a la perfección. Junto con las costillas de cerdo del bar de la gente corriente, ése era el plato preferido de Michel, por eso, durante las semanas que Claire permaneció en el hospital, se lo preparaba cada día.

Estaba a punto de servir los platos cuando sonó el timbre. Serge y Babette no preguntaron si podían entrar, y antes de que pudiese darme cuenta ya los tenía en la sala de estar. Me fijé en cómo escudriñaba Babette la sala primero, y el resto de la casa después. En aquellas semanas no cenábamos en la cocina, como teníamos por costumbre, sino que había puesto la mesa del comedor delante del televisor. Babette observó los mantelitos individuales y los cubiertos y después el televisor, encendido porque estaban a punto de empezar las noticias deportivas. Después me dirigió una mirada especial, no sé me ocurre otro modo de describirla.

Aquella mirada me hizo sentir obligado a dar explicaciones. Farfullé algo acerca del aspecto festivo de nuestras cenas, que se desviaban un poco de las costumbres habituales, pero mientras no hubiese signos evidentes de decadencia, mi forma de llevar la casa no tenía por qué ser una réplica de la de Claire. Creo que incluso llegué a mencionarle algo sobre el «estilo masculino de llevar una casa» y la «sensación de vacaciones».

En realidad, fue bastante estúpido por mi parte. Después, me habría dado de bofetadas; no le debía explicaciones a nadie. Pero entretanto Babette había subido la escalera y estaba ante la puerta del cuarto de Michel. Allí estaba él, sentado en el suelo lleno de juguetes, poniendo cientos de fichas de dominó una tras otra, imitando el Día Mundial del Dominó. Pero, en cuanto vio a su tía, se levantó de un salto y corrió a abrazarla.

Con demasiado entusiasmo para mi gusto. Es cierto que le tenía mucho cariño a su tía, pero aferrándose a su pierna con los dos brazos sin querer soltarla, o al menos eso parecía, daba la impresión de que echaba en falta a una mujer en casa. A una madre. Babette le hizo unas carantoñas y le revolvió el cabello mientras inspeccionaba la habitación y yo seguía su mirada.

El suelo no sólo estaba lleno de fichas de dominó. Había juguetes por todas partes; tal vez sería más correcto decir que no había ningún sitio donde poner los pies. Ahora que yo lo miraba todo con los ojos de Babette, reconozco que afirmar que el cuarto de Michel daba una impresión de desorden era quedarse corto. Sin duda, se debía principalmente a los juguetes, pero no era sólo eso. Las dos sillas, el sofá y la cama estaban cubiertos de ropa, la limpia y la sucia toda revuelta, y encima del escritorio y el taburete que tenía junto a la cama (deshecha) había platos con migajas y vasos medio vacíos de leche y de limonada. Lo que quizá daba peor impresión era el corazón de una manzana que no estaba en el plato precisamente, sino encima de una camiseta del Ajax con el nombre de Kluivert. El corazón de la manzana, como todos los corazones de manzana que llevan más de unos minutos expuestos a la luz del sol y el aire exterior, tenía un tono marrón. Aquella tarde le había llevado a Michel una manzana y un vaso de limonada, pero mirando el corazón de la manzana no se podía saber que apenas llevaba allí unas horas, sino que, como todos los corazones de manzana, daba la impresión de llevar días pudriéndose sobre la camiseta de fútbol.

Aquella mañana, le había dicho a Michel que por la tarde ordenaríamos juntos su cuarto, pero por causas varias, o mejor dicho, por la reconfortante idea de que aún teníamos tiempo de hacerlo más tarde, ese hecho no se había producido todavía.

Miré los ojos de Babette mientras aún tenía a mi hijo en sus brazos y le acariciaba la espalda cariñosamente y volví a atisbar aquella mirada especial. ¡Pensaba ordenarlo todo!, quise gritarle. Si hubieras venido mañana habrías podido comer en el suelo. Pero no lo hice, me limité a mirarla y encogerme de hombros. Todo está un poco revuelto, admitían mis hombros, pero qué más da. Ahora hay cosas más importantes que un cuarto bien ordenado.

¡Otra vez la necesidad de justificarme! No tenía ganas de dar explicaciones, no tenía por qué justificar nada, me dije. Se habían presentado en mi casa sin avisar. Démosle la vuelta al asunto, pensé, imaginemos qué pasaría si yo me presentase de improviso en casa de mi hermano y mi cuñada cuando ella se estuviera depilando las piernas, por decir algo, o Serge se estuviera cortando las uñas de los pies: en ambos casos estaría asistiendo a algo, en esencia, de carácter privado, algo que en condiciones normales no estaba previsto que viesen los de fuera. No debería haberlos dejado entrar, pensé entonces. Debería haberles dicho que no venían en buen momento. Mientras bajábamos, y después de que Babette le hubiera prometido a Michel que más tarde, cuando hubiese acabado, subiría a ver cómo caían las fichas de dominó, y después de que yo le hubiera dicho a mi hijo que la cena estaba casi lista, que bajara a cenar, pasamos por delante del cuarto de baño y el dormitorio conyugal. Babette también les dio un buen repaso, casi sin esforzarse por disimular aquellas miradas, sobre todo las que dirigió al cesto de la ropa sucia, lleno a rebosar, y a la cama sin hacer, sembrada de periódicos. Esa vez ni siquiera me miró, y quizá eso resultó aún más doloroso y humillante que la mirada especial. Yo le había dicho claramente a Michel que íbamos a cenar, sólo a Michel, buscando dar la señal inequívoca de que mi hermano y mi cuñada no estaban invitados a quedarse. Habían llegado en un momento inoportuno y ya iba siendo hora de que se fuesen a su casa.

Abajo, en la sala de estar, Serge permanecía con las manos en los bolsillos delante del televisor, viendo las noticias deportivas. Más que cualquier otra cosa —la manera desvergonzada en que mi hermano estaba allí plantado, las manos en los bolsillos y las piernas un poco separadas, como si aquélla fuese su sala en vez de la mía; las miradas especiales que mi cuñada había dirigido al cuarto de Michel, a nuestro dormitorio, al cesto de la ropa sucia—, fueron las imágenes del programa deportivo, de un grupito de futbolistas que se entrenaban corriendo por el campo soleado, las que me hicieron ver que mis planes para la velada amenazaban con irse al garete o, mejor dicho, se habían ido ya. Mi velada televisiva con Michel, con nuestros platos de macarrones a la carbonara en las rodillas, una noche normal; sin su madre, ciertamente, sin mi esposa, pero aun así una noche festiva.

—Serge... —Babette se acercó a mi hermano y le tocó el hombro.

—Sí —dijo él. Se dio la vuelta y me miró sin sacar las manos de los bolsillos—. Paul... —empezó, pero se detuvo y le dirigió una mirada desvalida a su mujer.

Babette soltó un profundo suspiro. Entonces me cogió la mano y la sostuvo entre sus dedos largos y elegantes. En sus ojos no se vislumbraba ya aquella mirada especial. Ahora me miraba con simpatía pero con decisión, como si yo no fuese ya la causa del caos total que reinaba en casa, sino un cesto de ropa sucia lleno a rebosar o una cama sin hacer, un cesto de ropa cuyo contenido ella trasladaría a la lavadora en un pispás, una cama que haría en un abrir y cerrar de ojos como jamás la había hecho nadie: como la cama de la suite real de un hotel.

—Paul —dijo—, sabemos lo duro que es todo esto para ti. Para ti y para Michel. Por supuesto que esperamos que todo se arregle pronto, pero de momento no hay forma de saber cuánto tiempo va a durar. Por eso, hemos pensado que tal vez sería una buena idea para ti, y para Michel, que él se viniera a casa unos días con nosotros.

Sentí algo, una furia incandescente, una fría oleada de pánico. Fuera lo que fuese, debió de leerse en mi cara como en un libro abierto porque Babette me apretó la mano con suavidad y añadió:

—Tranquilízate, Paul. Sólo hemos venido a ayudarte.

—Sí —convino Serge.

Dio un paso hacia mí y, por un momento, casi pareció que iba a cogerme el otro brazo o ponerme la mano en el hombro, pero se lo pensó mejor y desistió.

—Ya tienes suficiente con lo de Claire —dijo Babette con una sonrisa comprensiva, mientras empezaba a pasarme el dedo por el dorso de la mano—. Si nos llevamos unos días a Michel, tendrás un poco de tiempo para ti. Y, así, Michel también podrá desconectar. El chico se hace el valiente, los niños tal vez no dicen estas cosas en voz alta, pero se dan cuenta de todo.

Respiré hondo un par de veces, lo principal era que no se me notase el temblor en la voz.

—Me gustaría invitaros a cenar —dije—, pero no hay suficiente comida.

El dedo que Babette deslizaba por el dorso de mi mano se detuvo, la sonrisa permaneció unos instantes suspendida en su rostro, pero desligada de la emoción que la suscitaba, si es que en algún momento había estado suscitada por alguna emoción.

—No pensábamos quedarnos a cenar —contestó—. Mañana operan a Claire y pensamos que sería mejor para Michel que viniera a pasar esta noche en casa con nosotros...

—Estaba a punto de sentarme a la mesa con mi hijo —repuse—. Habéis venido en un mal momento, de modo que os rogaría que os marchaseis.

—Paul... —Babette me apretó la mano, la sonrisa ya se había esfumado del todo y mostraba una expresión casi suplicante que le sentaba especialmente mal.

—Paul —intervino mi hermano—, comprenderás que éstas no son las circunstancias más favorables para un niño de cuatro años.

Liberé la mano de los dedos de Babette de un tirón.

—¿Qué has dicho? —pregunté. Mi voz sonó calmada y firme... demasiado calmada, se diría incluso.

—¡Paul! —Babette pareció alarmarse, quizá veía algo en mí que yo no alcanzaba a ver.

Tal vez me creía capaz de hacer algo, temía que fuese a hacerle algo a Serge, pero no pensaba darles esa satisfacción. A pesar de que la fría oleada de pánico había dejado paso definitivamente a la furia incandescente, el puñetazo que en esos instantes habría deseado encajarle en su cara noble, compasiva por el destino que afrontábamos mi hijo y yo, sería la prueba concluyente de que yo era incapaz de contener mis emociones. Y alguien que no puede controlar sus emociones no es el más indicado para sacar adelante a una familia (temporalmente) monoparental. ¿Cuántas veces había oído pronunciar mi nombre en apenas un minuto? Cinco. Mi experiencia me dice que cuando la gente repite tantas veces tu nombre es que quiere algo de ti, y suele ser algo que tú mismo no quieres.

—Serge quiere decir que quizá todo esto te desborda un poco, Paul —seis veces—; sabemos que te esfuerzas al máximo para que todo parezca normal, por Michel. Pero no es normal. Las circunstancias no son las normales. Tienes que ocuparte de Claire y de tu hijo. No se puede pretender que en las presentes circunstancias alguien sea capaz de llevar la casa al día. —El brazo se alzó y la mano señaló con gesto despreocupado la planta superior, los juguetes esparcidos por todas partes, el cesto de la ropa sucia y la cama deshecha llena de periódicos—. En estos momentos, para Michel su padre es lo más importante que tiene. Su madre está enferma. No debe tener la impresión de que su padre se siente desbordado.

Estaba a punto de ponerme a ordenarlo todo, quise decir. Si hubierais venido una hora más tarde... Pero no lo dije. No debía permitir que me obligasen a defenderme. Michel y yo ordenaríamos la casa cuando nos viniese bien.

—Debo pediros de nuevo que os vayáis —insistí—. Hace ya un cuarto de hora que Michel y yo debíamos habernos sentado a cenar. En estas cosas, quiero mantener la regularidad. Dadas las circunstancias —añadí.

Babette suspiró de nuevo y por un momento pensé que volvería a decir «Paul...», pero nos miró alternativamente a mí y a Serge y después otra vez a mí. En el televisor se oía la sintonía final del programa de deportes y, de pronto, me embargó una profunda tristeza. Mi hermano y mi cuñada se habían presentado en un momento inoportuno para entrometerse en cómo llevaba yo la casa, pero ahora había sucedido algo más que ya no podría remediarse. Parecía absurdo y era absurdo, pero la mera constatación de que mi hijo y yo ya no podríamos mirar juntos las noticias deportivas hizo que casi se me saltaran las lágrimas. Pensé en Claire en la habitación del hospital; por suerte, desde hacía unos días le habían asignado una habitación para ella sola, antes estaba con una vieja apestosa que no paraba de tirarse pedos. Cuando iba a visitarla, los dos intentábamos fingir que no la oíamos, pero al cabo de unos días Claire estaba tan harta que, después de cada pedo, echaba mano ostentosamente del ambientador; no sabías si echarte a reír o a llorar, pero cuando acabó la hora de visita, fui a hablar con la supervisora para exigir que la trasladasen a una habitación individual. El cuarto estaba en el ala lateral del hospital, y cuando oscurecía y se encendían las luces se veía a los enfermos de esa ala acostados en sus camas, cómo se incorporaban recostándose en los cojines para cenar. Habíamos quedado en que esa noche, la noche antes de la operación, yo no acudiría a la hora de visita sino que me quedaría con Michel. Para que todo pareciese lo más normal posible. Sin embargo, ahora pensé en Claire, en mi esposa, sola en su habitación, en la oscuridad inminente y con la vista de las ventanas iluminadas y los enfermos, y me pregunté si habíamos hecho bien. Quizá deberíamos haberle pedido a la canguro que viniese para que yo pudiese estar con mi mujer, precisamente esa noche.

Me dije que luego la llamaría. Luego, en cuanto Serge y Babette se hubiesen ido y yo acostara a Michel. Sí, debían marcharse de inmediato para que pudiésemos empezar de una vez con la cena, nuestra cena, para entonces ya más que arruinada.

Y en ese preciso instante me asaltó un nuevo pensamiento. Un pensamiento como una pesadilla de la que uno despierta sudando, el edredón en el suelo, la almohada empapada en sudor, el corazón desbocado, pero hay luz en el dormitorio, en realidad no ha pasado nada, sólo ha sido un sueño.

—¿Habéis ido a visitar a Claire hoy? —pregunté en tono amistoso y desenfadado, un tono jovial, pues no quería que notasen de ninguna manera lo mucho que aquello me afectaba.

Serge y Babette me miraron, y su expresión delató que la pregunta los pillaba por sorpresa, quizá por mi repentino cambio de actitud; hacía apenas unos segundos los había instado a irse de mi casa.

—No —dijo Babette—. Bueno... —Sus ojos buscaron el respaldo de mi hermano—. He hablado por teléfono con ella esta tarde.

De modo que sí había sucedido. Lo impensable había sucedido. No era ninguna pesadilla. La idea de sacar a Michel de casa procedía de mi propia esposa. Aquella tarde habían hablado por teléfono y había surgido la idea. Quizá no salió de ella, probablemente fue Babette la primera en mencionarlo, pero Claire había acabado cediendo, tal vez porque se encontraba medio aturdida a causa de su estado, o para que Babette dejase de atosigarla. Sin haberlo consultado previamente conmigo.

Así pues, estoy peor de lo que imaginaba, me dije. Si mi esposa cree juicioso tomar decisiones importantes sobre nuestro hijo a mis espaldas, probablemente será porque le he dado motivos para ello.

Debería haber ordenado el cuarto de Michel, me dije. Debería haber vaciado el cesto de la ropa sucia y haber puesto una lavadora en cuanto llamaron Serge y Babette, debería haber metido los periódicos esparcidos por la cama en bolsas de plástico y haberlas sacado al pasillo, junto a la puerta de entrada, como si estuviese a punto de llevarlas al contenedor del papel.

Pero ahora era demasiado tarde. Y probablemente antes también hubiera sido demasiado tarde; Serge y Babette habían venido con un propósito en mente, y aunque nos hubiesen visto a Michel y a mí con sendos trajes con chaleco y corbata, sentados a una mesa con mantel de Damasco y cubertería de plata, habrían buscado otra excusa para apartar a mi hijo de mi lado.

Y cuando habéis hablado esta tarde, ¿habéis comentado algo sobre Michel? No formulé la pregunta, la dejé, por así decirlo, en el aire. Durante el silencio que guardé, di a Babette la oportunidad de poner el eslabón que faltaba a su respuesta.

—¿Por qué nunca llevas a Michel al hospital? —terció.

—¿Qué? —dije.

—¿Por qué nunca llevas a Michel a visitar a su madre? ¿Cuánto tiempo lleva ya ingresada Claire? No es normal que un hijo no quiera ver a su madre.

—Claire y yo ya hemos hablado de eso. Al principio fue ella misma la que no quería que lo llevase. No quería que Michel la viera en aquel estado.

—Eso fue al principio. Pero ¿y después? Bien que ha habido momentos para hacerlo después. Lo que digo es que ni Claire misma lo entiende. Cree que su hijo la ha olvidado.

—No digas idioteces. Por supuesto que Michel no ha olvidado a su madre. Él... —quise decir que hablaba continuamente de ella, pero no era cierto— no quiere verla. No quiere ir al hospital. Se lo pregunto cada dos por tres. «¿Vamos mañana al hospital a ver a mamá?», le digo. Y entonces se queda pensativo. «Tal vez», me responde, y cuando se lo vuelvo a preguntar al día siguiente niega con la cabeza. «Mañana, quizá.» Lo que quiero decir es que no puedo obligarlo, ¿entendéis? O sea, no quiero obligarlo. No en estas circunstancias. No voy a llevarlo a rastras hasta el hospital en contra de su voluntad. No me parece que sea el mejor recuerdo para el futuro. Debe de tener sus razones para hacer lo que hace. Tiene cuatro años, pero quizá él sabe mejor que nadie cuál es la mejor manera de afrontar esto. Si prefiere cerrar los ojos al hecho de que su madre esté en el hospital, tiene que poder hacerlo, creo yo. Me parece un comportamiento muy adulto. Los adultos también cierran los ojos a todo.

Babette olisqueó un par de veces y alzó las cejas.

—¿No se está quem...? —dijo.

Y en ese preciso instante lo olí yo también. Cuando me volví apresuradamente y eché a correr hacia la cocina, el humo ya flotaba en el pasillo.

—¡Joder! —Noté cómo las lágrimas me anegaban los ojos mientras apagaba el fuego de los macarrones y abría la puerta del jardín—. ¡Mierda! ¡Mierda! ¡Mierda! —Agité los brazos, pero el humo se limitó a dispersarse por la cocina sin disiparse.

Con los ojos llorosos, miré la cazuela. Cogí una cuchara de madera de la encimera y removí la pasta dura y ennegrecida.

—Paul...

Los dos estaban en el umbral. Serge tenía un pie en la cocina. Babette le había puesto una mano en el hombro.

—¡Mirad qué ha pasado! —grité—. ¡Mirad esto!

Arrojé la cuchara de madera contra la encimera. Intenté contener las lágrimas, pero no lo conseguí del todo.

—Paul... —Mi hermano había puesto el otro pie en la cocina, vi una mano tendida en el aire y me hice a un lado con rapidez—. Paul —repitió—. Todo es bastante lógico. Primero tu trabajo y ahora Claire. Sería mejor que lo reconocieras.

En mi recuerdo, oí un claro siseo cuando agarré las asas incandescentes de la cazuela y me quemé los dedos. No sentí dolor, al menos no en aquel momento.

Babette profirió un grito. Serge echó la cabeza hacia atrás, pero el borde de la cazuela le dio en pleno rostro. Se tambaleó reculando y chocó contra su mujer cuando se la estampé en la cara por segunda vez. Se oyó un crujido y también hubo sangre que salpicó los azulejos blancos y el mueble de las especias, junto a los fogones.

—Papá.

Para entonces, Serge yacía en el suelo de la cocina, con una masa pastosa y sanguinolenta en torno a la boca y la nariz. Yo ya estaba listo otra vez con la cazuela en alto, listo para descargarla sobre la parte más pastosa y sanguinolenta de su cara.

Michel estaba en el umbral; no miraba a su tío tumbado en el suelo, sino a mí.

—Michel —dije, e intenté sonreírle; bajé la cazuela—. Michel —repetí.

POSTRES

36

—Las moras son de nuestro propio huerto —dijo el maître—. El *parfait* ha sido elaborado con chocolate casero y esto
son virutas de almendra y nueces picadas.

El meñique señalaba unas irregularidades en la salsa
marrón, una salsa que en mi opinión había quedado demasiado líquida —en cualquier caso, más líquida de lo debido
para un *parfait*— y había ido filtrándose entre las moras
hasta llegar al fondo del platillo.

Me fijé en cómo se lo miraba Babette. Al principio con
decepción, pero a medida que transcurría la explicación del
maître, la decepción se trocó en evidente repugnancia.

—No lo quiero —decidió en cuanto él acabó de hablar.

—¿Disculpe? —dijo el maître.

—No lo quiero. Haga usted el favor de llevárselo.

Creí que apartaría el platillo, pero se limitó a echarse
hacia atrás, apretándose más contra la silla, como para poner
la máxima distancia entre el postre fallido y ella.

—Pero es lo que usted ha pedido.

Por primera vez desde que el maître nos había servido
los postres, Babette levantó la cabeza y lo miró fijamente.

—Sé lo que he pedido, pero ya no lo quiero. Quiero que
se lo lleve de vuelta a la cocina.

Vi cómo Serge manoseaba la servilleta, se llevaba un extremo a una mancha imaginaria en la comisura de los labios y se la limpiaba mientras intentaba captar la mirada de su mujer. Serge había pedido de postre una *dame blanche*, un helado de vainilla con salsa de chocolate. Tal vez se sintiera avergonzado por el comportamiento de Babette, aunque lo más probable era que no pudiese soportar más demoras. Tenía que empezar su postre en aquel mismo instante. Mi hermano elegía siempre los postres más vulgares de la carta: helado de vainilla con nata, crêpe con almíbar, cosas así. Más de una vez pensé que quizá se debiera a su índice de glucemia, el mismo índice de glucemia que hacía su aparición en el lugar más aislado y en el momento más intempestivo. Pero también se debía a su falta total de imaginación. En ese sentido, la *dame blanche* estaba en la línea del turnedó. Me había sorprendido mucho hallar un postre tan poco sofisticado en la carta.

—En ningún sitio probará moras tan deliciosas —dijo el maître.

Joder, tío, llévate el plato de una vez y lárgate, dije en silencio. Otra vez a vueltas con lo mismo. En cualquier lugar en que sirvan comida, o, mejor dicho, en cualquier restaurante adulto de Europa, exceptuando Holanda, los camareros y los maîtres jamás discuten y se rigen por un único lema: «El cliente siempre tiene la razón.» Es indudable que en todas partes hay clientes pelmas, gentuza consentida que hace preguntas sobre todos y cada uno de los platos de la carta sin mostrar el menor empacho por sus nulos conocimientos culinarios. ¿Cuál es la diferencia entre unos tagliatelli y unos espaguetis?, preguntan tan campantes. Con tipos así, el camarero está en todo su derecho de soltarles un puñetazo en sus bocas preguntonas y consentidas, dirigiendo los nudillos contra los dientes superiores para rompérselos de raíz. La ley debería contemplar la posibilidad de que el personal de servicio alegase legítima defensa. Pero generalmente sucede al revés. La gente no se atreve a nada. Murmuran mil veces «le ruego que me perdone» para pedir un salero. Judías verdes parduscas con sabor a regaliz, carne estofada llena de tendones duros y cartílagos sueltos, un bocadillo de pan viejo con manchas verdosas en el queso, el comensal de un restaurante holandés lo mastica todo en silencio y después se lo traga. Y si el camarero le pregunta si ha comido bien, se pasa la punta de la lengua por los restos de carne y moho que se le han quedado adheridos a los dientes y luego asiente con la cabeza.

Volvíamos a estar sentados como al principio: Babette a mi izquierda, frente a Serge, y Claire delante de mí. Sólo tenía que levantar los ojos del plato para verla. Claire me devolvió la mirada y enarcó las cejas.

—Bueno, no tiene importancia —dijo Serge—. Ya me ocuparé yo de esas moras. —Se pasó la mano por la barriga y sonrió, primero al maître y después a su mujer.

Se produjo todo un segundo de silencio. Un segundo durante el cual yo bajé de nuevo la vista; me pareció mejor no mirar a nadie, y por eso miré mi plato, para ser exactos miré los tres trocitos de queso que seguían esperando intactos. El meñique del maître se había detenido en cada uno de ellos y yo había oído el nombre correspondiente sin retener absolutamente nada. El platito era dos tallas más pequeño que los platos en que nos habían servido los entrantes y el segundo plato; sin embargo, también esta vez el vacío era lo que más llamaba la atención. Para aparentar más de lo que eran, las tres porciones de queso habían sido dispuestas con las puntas hacia el medio.

Había pedido queso porque nunca me han gustado los postres dulces, ni siquiera de niño; pero mientras miraba el plato —sobre todo la parte vacía— me sobrevino el cansancio que ya llevaba toda la noche intentando sacudirme de encima.

Lo que más deseaba en ese momento era volver a casa. Con Claire, o quizá incluso solo. Sí, hubiera dado una fortu-

213

na por poder estar en casa y dejarme caer en el sofá. En posición horizontal pienso mejor; podría repasar los acontecimientos de la noche, poner las ideas en orden, como suele decirse.

—¡Tú no te metas en esto! —le replicó Babette a Serge—. Quizá habrá que llamar a Tonio si tan complicado es pedir otro postre.

Tonio era el hombre del suéter blanco de cuello vuelto, deduje, el dueño del restaurante que había salido a darles la bienvenida personalmente porque se alegraba de contar a los Lohman entre sus clientes.

—Eso no será necesario —se apresuró a decir el maître—. Yo mismo hablaré con Tonio y estoy convencido de que la cocina le ofrecerá otro postre.

—Querida... —dijo Serge, pero se ve que no supo qué más decirle, porque se limitó a sonreír de nuevo al maître y hacer un gesto de impotencia levantando las manos con las palmas hacia arriba, como queriendo decir: ¡Mujeres! ¡A veces no hay quien las entienda!

—¿Por qué pones esa sonrisa estúpida? —preguntó Babette.

Serge dejó caer las manos y se volvió hacia su mujer; había algo suplicante en su mirada.

—Querida...

También Michel aborrecía los postres dulces, pensé. Cuando de pequeño los camareros de los restaurantes intentaban camelarlo con un helado o una piruleta, él negaba con la cabeza vehementemente. Nosotros le dejábamos pedir todos los postres que quisiera, así que no lo hacía por educación. Era hereditario. Sí, no había otra palabra para explicarlo. Si existía la herencia, si había algo hereditario, era nuestra común aversión a los postres dulces.

Al final, el maître cogió el platillo de moras de la mesa.

—Ahora mismo vuelvo —farfulló, y desapareció rápidamente.

—Pero bueno, ¡será imbécil! —exclamó Babette frotando vigorosamente el mantel, justo en el sitio donde había estado su postre, como si quisiera borrar el rastro que pudiesen haber dejado las moras.

—Babette, por favor —le suplicó Serge, pero esa vez su voz también denotaba enfado.

—¿Has visto qué cara ha puesto? —siguió Babette, tocándole la mano a Claire por encima de la mesa—. ¿Has visto cómo ha cedido en cuanto ha oído el nombre del jefe? ¡Su jefe!, ¡ja!

Claire también rió, pero con desgana.

—¡Babette, por favor! —insistió Serge—. No puedes hacer algo así. Venimos aquí a menudo, y nunca...

—Ah, ¿es eso lo que temes? —lo interrumpió ella—. ¿Que la próxima vez no consigas una mesa?

Serge me miró, pero lo esquivé rápidamente. ¿Hasta qué punto podía hablar mi hermano de herencia? Podía respecto a sus propios hijos, los de su carne y su sangre. Pero ¿y Beau? ¿Hasta qué punto cabía admitir, llegado el momento, que había heredado cosas de otros? ¿De los padres biológicos que había dejado en África? ¿Hasta qué punto podía mi hermano desentenderse de los actos de su hijo adoptado?

—No temo nada —repuso—. Es sólo que me parece muy desagradable que le hables a alguien a gritos. Ésa es precisamente la clase de personas que nunca hemos querido ser. Ese hombre se limita a hacer su trabajo.

—¿Quién ha empezado a subir el tono? —protestó Babette—. ¿Eh? ¿Quién ha empezado? —Su voz iba aumentando de volumen.

Miré alrededor, a las mesas más próximas: todas las cabezas estaban vueltas en nuestra dirección. Sin duda, aquello era tremendamente interesante: una mujer levantando la voz en la mesa de nuestro futuro primer ministro.

También Serge parecía consciente del peligro potencial. Se echó hacia delante.

—Babette, por favor. Olvidemos el asunto. Ya hablaremos de esto en otro momento.

En todas las discusiones familiares —también en las peleas o en las guerras— llega un punto en que una de las partes, o las dos, recula para evitar que la situación vaya a más. Aquél era el momento. Me pregunté qué prefería yo. Como familiares suyos y compañeros de mesa, nuestra misión era calmar los ánimos y pronunciar palabras conciliadoras para que ambas partes acercaran posiciones.

Pero ¿era eso lo que yo quería verdaderamente? ¿Lo que los dos queríamos? Miré a Claire y, en ese preciso instante, ella hizo lo propio. En los labios le bailaba un amago de algo que un desconocido jamás habría identificado como una sonrisa, pero que sí lo era. Se ocultaba en el temblor apenas perceptible de las comisuras. Yo conocía aquel temblor invisible mejor que nadie y sabía lo que significaba: tampoco ella sentía el menor impulso de interceder. Como yo. No haríamos nada para separar a los contendientes. Al contrario. Haríamos todo lo posible para que la escalada se disparase. Porque en ese momento era lo que más nos convenía.

Le guiñé un ojo a mi esposa y ella me correspondió.

—Babette, por favor...

Esta vez no fue Serge quien lo dijo sino la propia Babette, imitándolo con un tono afectado, como el del niño lloroso que no para de dar la lata porque quiere un helado. No tenía motivo para dar la lata, me dije, mirando la *dame blanche* de Serge: aquel niño ya tenía su helado. Estuve a punto de soltar una carcajada y Claire debió de notarlo, porque negó con la cabeza mientras volvía a guiñarme un ojo. ¡Ni se te ocurra reírte ahora!, decía su mirada. Lo echarías todo a perder. Nos convertiríamos en el pararrayos y la discusión pasaría de largo.

—¡Eres un cobarde! —le espetó Babette—. Deberías ponerte de mi parte en vez de pensar sólo en tu imagen, en cómo se lo tomarán los demás. Qué dirá la gente si se entera de que el postre que le han servido a tu mujer le parece asqueroso. Qué pensará tu amiguito. ¡Tonio! ¡Porque Ton o Anton debe de ser demasiado corriente! Seguro que suena demasiado a col y a sopa de guisantes. —Arrojó la servilleta sobre la mesa con demasiado ímpetu y derribó una copa—. No quiero volver a este sitio nunca más.

Ya no gritaba, pero su voz llegaba como mínimo cuatro mesas más allá. La gente había dejado los cubiertos sobre la mesa y nos miraban con mayor descaro. Hay que admitir que era prácticamente imposible no mirar.

—Quiero irme a casa —dijo mi cuñada bajando el tono casi a un volumen normal.

—Babette —terció Claire, y alargó la mano hasta la de ella—. Querida...

Claire había sido muy oportuna. Sonreí mirando a mi esposa con admiración. El vino tinto se había extendido por el mantel y la mayor parte había fluido hacia Serge.

Mi hermano medio se levantó, creí que por temor a que el vino se le derramara en los pantalones, pero retiró la silla y se puso en pie.

—Ya no puedo más —soltó.

Los tres lo miramos. Cogió la servilleta que tenía en el regazo y la dejó sobre la mesa. Me fijé en que la *dame blanche* empezaba a derretirse, un hilillo de vainilla se había deslizado por el borde hasta el pie de la copa (¿el vaso?, ¿el cubilete?, ¿cómo se llama eso en el caso de la *dame blanche*?).

—Salgo fuera un momento. —Se alejó un paso de la mesa y volvió a acercarse—. Lo lamento —dijo, mirando a Claire y después a mí—. Lamento que las cosas hayan salido de esta manera. Espero que cuando vuelva podamos hablar con más calma de lo que tenemos que hablar.

Supuse que Babette le gritaría algo como: «¡Sí, eso es, vete! ¡Vete de aquí! ¡Así es muy fácil!», pero se abstuvo, lo que lamenté de veras. Hubiera completado el escándalo:

un conocido político sale cabizbajo del restaurante mientras su mujer le grita que es un cabrón o un cobarde. Aunque no lo publicasen en los periódicos, la historia se extendería como una mancha de aceite, iría de boca en boca, decenas, centenares, quién sabe, quizá miles de potenciales votantes sabrían que Serge Lohman, un tipo corriente, también tenía problemas matrimoniales. Como todo el mundo. Como nosotros.

Quién sabe si el hecho de que trascendiera su pelea matrimonial acabaría costándole votos, pensé, o por el contrario le haría ganar unos cuantos. Quizá una discusión de pareja lo hiciese más humano, un matrimonio desdichado podría acercarlo más a los electores. Miré la *dame blanche*. Un segundo hilillo había resbalado por el pie de la copa hasta alcanzar el mantel.

—La Tierra se calienta —dije, señalando el postre de mi hermano, porque me pareció oportuno soltar alguna ocurrencia graciosa—. ¿Lo ves?, no son sandeces que se han puesto de moda, es la pura verdad.

—Paul...

Claire me miró y luego dirigió los ojos hacia Babette, y entonces, al seguir la mirada de mi esposa, me di cuenta de que Babette estaba llorando: al principio quedamente, sólo se advertían los estremecimientos de su cuerpo, pero al poco empezaron a oírse los primeros sollozos.

La gente de las mesas vecinas dejó de comer de nuevo. Un hombre con una camisa roja se inclinó hacia una señora algo mayor (¿su madre tal vez?) sentada frente a él y le susurró algo: No te des la vuelta ahora, pero esa mujer está llorando —o algo parecido—, la mujer de Serge Lohman...

Mientras tanto, Serge aún no se había ido. Seguía allí, con las manos apoyadas en el respaldo de la silla, como si no acabase de decidir si debía cumplir lo dicho ahora que su esposa era presa del llanto.

—Serge, siéntate —dijo Claire sin mirarlo, sin levantar siquiera la cabeza—. Paul. —Me cogió la mano y tiró de ella.

Tardé unos instantes en comprender lo que quería. Debía levantarme. Quería cambiarme el sitio para sentarse al lado de Babette.

Nos levantamos a la vez. Mientras pasábamos el uno junto al otro, Claire volvió a agarrarme la mano, me apretó la muñeca con fuerza y me dio un tirón. Nuestras caras estaban a menos de diez centímetros la una de la otra. Apenas soy más alto que mi mujer, a poco que me inclinase podría haber hundido el rostro en su cabello, algo que en esos momentos necesitaba con urgencia.

—Tenemos un problema —musitó.

No le contesté, me limité a asentir fugazmente con la cabeza.

—Con tu hermano —añadió.

Esperé por si me decía algo más, pero al parecer llevábamos demasiado tiempo de pie junto a la mesa; Claire siguió adelante y se dejó caer en mi silla, al lado de la llorosa Babette.

—¿Está todo a su gusto?

Volví la cabeza y me vi cara a cara con el hombre del suéter blanco de cuello vuelto. ¡Tonio! Probablemente se dirigía a mí porque Serge ya había vuelto a sentarse, mientras que yo seguía de pie. Sea como fuere, la diferencia de estatura —le sacaba más de una cabeza— no fue la única razón de que su postura me pareciese más encogida. Estaba ligeramente encorvado, tenía las manos enlazadas y la cabeza ladeada, de modo que sus ojos me miraban desde abajo: más abajo de lo necesario.

—He oído que había problemas con el postre —dijo—. Quisiéramos ofrecerles otro postre a su elección.

—¿De la casa también? —pregunté.

—¿Disculpe?

El dueño del restaurante estaba prácticamente calvo, los cuatro pelos canos que conservaba estaban meticulosamente cortados junto a las orejas; la cabeza demasiado morena descollaba del suéter blanco como una tortuga de su caparazón.

Ya he comentado antes que cuando lo vi saludando a Serge y Babette en la entrada me había recordado a alguien, y de pronto supe a quién. Hace años, vivía en nuestra calle, unas casas más allá, un hombre con el mismo aspecto sumiso. Posiblemente era aún más bajo que Tonio y no estaba casado. Una noche, Michel, que a la sazón tendría unos ocho años, llegó a casa con un montón de discos y preguntó si todavía teníamos el tocadiscos en alguna parte.

—¿De dónde has sacado esos discos? —le pregunté.

—Me los ha dado el señor Breedveld. ¡Tiene quinientos o más! Y éstos son para mí.

Tardé un momento en relacionar el rostro del hombre pequeño y soltero que vivía unas casas más allá con el nombre «Breedveld». Los chicos del barrio se dejaban caer a menudo por allí, me contó Michel, para escuchar los discos del señor Breedveld.

Recuerdo aún cómo me empezaron a latir con fuerza la sienes, primero de miedo y luego de rabia. Mientras intentaba que mi voz sonase lo más normal posible, le pregunté a Michel qué hacía el señor Breedveld mientras los chicos estaban en su casa escuchando sus discos.

—Nada en especial. Nos sentamos en el sofá. Siempre tiene cacahuetes, patatas fritas y coca-cola.

Aquella tarde, después de oscurecer, fui a casa de Breedveld. No le pedí permiso para entrar, sino que lo aparté de un empujón y fui directamente hasta la sala de estar. Me aseguré de que las cortinas estuviesen echadas.

Unas semanas después, Breedveld se mudó. La última imagen que recuerdo de ese tiempo es la de los niños del barrio husmeando en las cajas de discos rotos para ver si quedaba alguno entero. Las cajas las había dejado en la acera el propio Breedveld un día antes de la mudanza.

Miré a Tonio y con una mano me agarré al respaldo de la silla.

—¡Lárgate de aquí, cerdo! —masculle—. Lárgate antes de que esto se descontrole de verdad.

37

Serge se aclaró la garganta, apoyó los codos en la mesa a ambos lados del helado y juntó las yemas de los dedos.

—Bien, todos estamos al corriente de lo sucedido —dijo—. Los cuatro conocemos los hechos. —Miró a Claire y después a Babette, que había dejado de llorar aunque seguía presionándose la punta de la servilleta contra la mejilla, justo debajo del ojo, detrás del cristal oscuro de las gafas—. ¿Paul? —Volvió la cabeza hacia mí; se leía preocupación en su mirada, pero dudé si era la preocupación de una persona o del político Serge Lohman.

—¿Qué? —pregunté.

—Supongo que tú también estás al tanto de todos los hechos, ¿no?

Todos los hechos. No pude reprimir una sonrisa, pero mirar a Claire me la borró de la cara.

—Desde luego —dije—. Aunque depende de lo que entiendas por hechos, claro.

—Ya llegaremos luego a eso. Se trata de decidir cómo vamos a manejar este asunto. Cómo vamos a darlo a conocer.

Al principio, no supe si lo había entendido bien. Miré de nuevo a Claire. Tenemos un problema, había dicho. Éste es el problema, me dijo ahora su mirada.

—Un momento —repuse.

—Paul. —Serge me puso la mano en el brazo—. Deja que os cuente mi versión. Enseguida podrás hablar tú.

Babette emitió un ruidito a medio camino entre suspiro y sollozo.

—Babette —dijo Serge; ya no sonaba suplicante—. Conozco tu opinión. Tú también tendrás la oportunidad de hablar después. Cuando haya acabado.

Los comensales de las mesas colindantes se habían inclinado de nuevo sobre sus platos, pero en torno a la cocina abierta había cierta inquietud. Vi a tres camareras alrededor de Tonio y el maître. No miraron en nuestra dirección ni una sola vez, sin embargo, habría apostado mi tabla de quesos a que hablaban de nosotros; de mí, me corregí.

—Babette y yo hemos tenido una charla con Rick esta tarde —dijo Serge—. Tenemos la impresión de que lo está pasando muy mal. Que se arrepiente muchísimo de lo que hicieron. Le quita el sueño, literalmente. Tiene muy mal aspecto. Y está afectando a su rendimiento escolar.

Quise decir algo, pero me contuve. Había algo en el tono de Serge; como si ya en tan temprano estadio quisiera establecer comparaciones entre su hijo y el nuestro. Rick no pegaba ojo. Rick tenía mal aspecto. Rick se sentía fatal. Me pareció que Claire o yo debíamos salir en defensa de Michel, pero ¿qué habríamos podido decir? ¿Que Michel también se sentía fatal? ¿Que dormía aún peor que Rick?

Me di cuenta de que no era verdad, simplemente. Michel tenía otras cosas en la cabeza aparte de aquella indigente que había muerto quemada en el cajero automático. ¿Y qué era esa chorrada del rendimiento escolar? Bien mirado, era algo fuera de lugar.

Si Claire decía algo, la respaldaría, decidí. Si Claire decía que en aquellas circunstancias no le parecía oportuno sacar a relucir el rendimiento escolar, yo añadiría que nosotros preferíamos no hacer comentarios sobre el rendimiento escolar de Michel.

¿Se había visto afectado el rendimiento escolar de Michel?, me pregunté a continuación. No me lo parecía. También en ese aspecto era más fuerte que su primo.

—Desde el primer momento he intentado ver este asunto al margen de mi futuro político —prosiguió Serge—. Con ello no pretendo decir que no haya pensado en él en ningún momento.

Tenía toda la pinta de que Babette volvía a llorar. Calladamente. Me embargó la sensación de estar presenciando algo que no quería presenciar. No pude evitar pensar en Bill y Hillary Clinton. En Oprah Winfrey.

¿Iría así la cosa? ¿Estábamos en el ensayo general previo a la conferencia de prensa en que Serge Lohman daría a conocer que el chico de las imágenes de *Se busca* era su hijo, pero que, pese a ello, aún tenía la esperanza de contar con la confianza de los votantes? ¿Podía ser tan ingenuo?

—Para mí lo primero es el futuro de Rick —dijo—. Naturalmente, es muy posible que jamás lleguen a resolver este caso. Pero ¿se puede vivir con algo así? ¿Podrá Rick vivir con esto? ¿Podemos nosotros vivir con esto? —Miró primero a Claire y luego a mí—. ¿Podéis vivir vosotros con esto? —preguntó—. Yo no —agregó sin esperar respuesta—. Ya me veo a mí mismo en la escalinata, con la reina y los ministros, sabiendo que en cualquier momento, en cualquier rueda de prensa, un periodista puede levantar la mano. «Señor Lohman, corren rumores de que su hijo estuvo implicado en el asesinato de una indigente.»

—¿Asesinato? —saltó Claire—. ¿Resulta que ahora ya hablamos de asesinato? ¿De dónde has sacado eso?

Por un momento se hizo el silencio. La palabra asesinato se había oído al menos cuatro mesas más allá. Serge miró por encima del hombro y después a Claire.

—Perdona —dijo ella—. He gritado demasiado. Pero eso es lo de menos. Me parece que hablar de asesinato es pasarse un poco. ¿Qué digo un poco? Es pasarse mucho.

Miré a mi esposa con admiración. Estaba aún más guapa cuando se enfadaba. Sobre todo sus ojos: tenía una mirada que intimidaba a los hombres. A los demás hombres.

—¿Y cómo lo llamarías tú entonces, Claire? —Serge había cogido la cucharilla y removió algunas veces el helado deshecho. Era una cucharilla de mango muy largo, pero igualmente se manchó los dedos de nata y helado.

—Un accidente —repuso ella—. Una serie de acontecimientos con un desenlace desafortunado. Nadie en su sano juicio puede afirmar que aquella noche los chicos tuviesen la intención de asesinar a nadie.

—Pero eso es precisamente lo que se ve en la cámara de seguridad. Eso es lo que el país entero vio. Si no quieres llamarlo asesinato, por mí puedes llamarlo homicidio, pero esa mujer no hacía absolutamente nada. A esa mujer le arrojaron una lámpara, una silla y por último un bidón de gasolina a la cabeza.

—¿Y qué hacía metida en el habitáculo del cajero automático?

—¿Qué importa eso? Indigentes hay en todas partes. Por desgracia. Duermen en cualquier sitio donde haya un poco de calor. Un lugar seco.

—Pero estaba estorbando, Serge. Quiero decir que también podría haberse metido en el pasillo de vuestra casa. Ahí también se está caliente y seco.

—Intentemos centrarnos en lo principal —terció Babette—. No creo que...

—Esto es lo principal, querida. —Claire puso la mano sobre el brazo de su cuñada—. No te lo tomes a mal, pero cuando oigo a Serge hablar así, me da la sensación de que estamos hablando de un pobre pajarillo, un pajarillo que se ha caído del nido. Estamos hablando de una persona adulta. Una mujer adulta que en pleno uso de sus facultades se va a dormir al habitáculo de un cajero automático. Entiéndeme: yo sólo intento ponerme en su lugar. No en el de la indigente, sino en el de Michel y Rick, nuestros hijos. No están bebidos, no están drogados. Quieren sacar dinero. Pero dentro del cajero hay alguien que apesta. La primera reacción de cualquiera sería decirle «lárgate de aquí, joder».

—¿No podían haber ido a otro lugar a sacar dinero?

—¿A otro lugar? —Claire se echó a reír—. ¿A otro lugar? Sí, claro. Uno siempre puede ir dando rodeos. ¿Qué habrías hecho tú, Serge? Abres la puerta de tu casa y para salir a la calle tienes que pasar por encima de una indigente que se ha echado a dormir en tu portal. ¿Qué haces? ¿Vuelves a entrar? ¿Y si ves a alguien meando en tu puerta? ¿Te das media vuelta? ¿Te vas a vivir a otro sitio?

—Claire... —dijo Babette.

—Vale, vale —convino Serge—. Ya veo adónde quieres ir a parar. Tampoco era eso lo que yo pretendía decir. Por supuesto no se trata de que vayamos huyendo de los problemas o de las situaciones difíciles. Pero para los problemas se puede, se debe buscar soluciones. Quitar... —titubeó— quitar la vida a una indigente no nos conduce a la solución.

—¡Santo cielo, Serge! —exclamó Claire—. No estoy hablando de solucionar el problema de los indigentes. Hablo de esa indigente en concreto. Y más que hablar de ella, considero que deberíamos hablar de Rick y Michel. No pretendo negar lo sucedido. No pretendo decir que no me sienta muy mal. Pero tenemos que ver las cosas en perspectiva. Fue un incidente. Un incidente que puede tener consecuencias muy importantes para la vida y el futuro de nuestros hijos.

Serge soltó un suspiro y puso las manos a ambos lados del postre; me fijé en que buscaba contacto visual con Babette, pero ella se había puesto el bolso en el regazo y buscaba algo, o fingía buscarlo.

—De eso se trata —dijo Serge—, de su futuro. De eso precisamente quería hablar. Entiéndeme bien, Claire, estoy tan preocupado por el futuro de nuestros hijos como tú. Sólo que considero que no pueden vivir con un secreto así.

A la larga los destrozará. En cualquier caso, está destrozando a Rick... —Suspiró—. Y a mí.

No era la primera vez que me daba la impresión de estar presenciando algo que se correspondía con la realidad sólo en parte. Al menos, con nuestra realidad, la realidad de dos parejas —dos hermanos y sus respectivas esposas— que habían salido a cenar para hablar de los problemas de sus hijos.

—He llegado a esta conclusión pensando en el futuro de mi hijo —continuó Serge—. Más adelante, cuando todo haya pasado, él tendrá que seguir con su vida. Quiero dejar claro que he tomado mi decisión completamente solo. Mi esposa... Babette... —Ella había sacado un paquete de Marlboro Light del bolso, un paquete sin empezar, del que estaba arrancando el celofán transparente—. Babette no está de acuerdo conmigo. Pero mi decisión es irrevocable. Ella no la ha sabido hasta esta misma tarde.

Respiró hondo. A continuación, nos miró a todos de uno en uno. Sólo en ese momento me fijé en el brillo húmedo de sus ojos.

—En interés de mi hijo y también de mi país, voy a retirar mi candidatura —anunció.

Babette se había llevado un cigarrillo a los labios, pero ahora se lo quitó. Nos miró a Claire y a mí.

—Querida Claire —dijo—, querido Paul... decid algo. Decidle por favor que no lo haga. Decidle que se ha vuelto completamente loco.

38

—¡No puedes hacer eso! —exclamó Claire.

—¿A que no? —apremió Babette—. ¿Lo ves, Serge? ¿Y a ti qué te parece, Paul? ¿No crees también que es un plan descabellado y totalmente innecesario?

Personalmente, que mi hermano hubiese decidido poner punto final a su carrera política me parecía una idea excelente, era lo mejor para todo el mundo: para todos nosotros, para el país —que se ahorraría cuatro años de gobierno de Serge Lohman, cuatro preciosos años—. Pensé en lo impensable; en las cosas que casi siempre lograba reprimir: Serge Lohman al lado de la reina en la escalinata del Palacio Real, posando para la foto oficial con su gobierno recién formado; con George Bush en un sillón delante del fuego del hogar; con Putin en un crucero por el Volga... «Al término de la cumbre europea, el primer ministro Lohman brindó con el presidente francés...» En primer lugar, se trataba de vergüenza ajena; la insoportable idea de que los líderes políticos del mundo entero conociesen la insustancial presencia de mi hermano. Cómo se zamparía en tres bocados sus turnedós ya estuviese en la Casa Blanca o en el Palacio del Elíseo porque tenía que comer ya mismo sí o sí. Las miradas elocuentes que intercambiarían los jefes de gobierno. *He's from Holland*, dirían, o cuando menos lo pensarían, lo que es peor aún. Aquí la vergüenza ajena es un clásico; bien pensado, la vergüenza ajena por nuestros primeros ministros es la única emoción que fluye de un gobierno holandés al siguiente.

—Quizá debería meditarlo bien antes de tomar una decisión —le dije a Babette mientras me encogía de hombros.

La peor pesadilla imaginable era tener a Serge sentado a nuestra mesa en un futuro, hasta ahora muy cercano, pero que por fortuna empezaba a disiparse rápidamente, contándonos sus encuentros con los poderosos de la Tierra. Serían historias intrascendentes, historias llenas de tópicos. Claire y yo las calaríamos enseguida, pero ¿y Michel? ¿No se quedaría por fuerza impresionado con esas anécdotas, los velos que mi hermano descorrería para mayor gloria de sí mismo, las miradas fugaces entre bastidores del teatro del mundo con que él justificaría su presencia a nuestra mesa? ¿De qué te quejas, Paul? A tu hijo bien que le interesa todo esto, ¿o es que no lo ves?

Mi hijo. Michel. Había pensado en un futuro, sin preguntarme si todavía había uno.

—¿Meditarlo bien? —repitió Babette—. Eso es lo que debería hacer justamente. Meditar las cosas por una vez.

—Yo no me refería a eso —terció Claire—, me refería a que Serge no es libre de tomar una decisión así en solitario.

—¡Yo soy su esposa! —exclamó Babette, y empezó a sollozar de nuevo.

—Tampoco me refería a eso, Babette —explicó Claire mirando a Serge—. Me refiero a que esto nos incumbe a todos. Todos estamos implicados. Los cuatro.

—Por eso quería quedar con vosotros —dijo Serge—, para decidir entre todos cómo lo vamos a hacer.

—¿Cómo lo vamos a hacer? —repitió Claire.

—Como vamos a hacerlo público de manera que nuestros hijos tengan una oportunidad justa.

—Pero tú no les das la menor oportunidad, Serge. Lo que harás público es que te retiras de la política. Que ya no quieres ser primer ministro. Porque no puedes vivir con eso, según dices.

—¿Acaso tú sí puedes vivir con eso?

—No se trata de si yo puedo o no puedo. Se trata de Michel. Michel tiene que poder vivir con ello.

—¿Y él puede?

—Serge, no finjas que no me entiendes. Has tomado una decisión. Con esa decisión estás decidiendo también el futuro de tu hijo. Eso ya lo sabes, aunque me pregunto si eres consciente de lo que vas a desencadenar. Pero resulta que tu decisión también destruye el futuro de mi hijo.

Mi hijo. Claire había dicho «mi hijo». En ese momento, podría haberme mirado fugazmente, en busca de apoyo, aunque sólo fuera una mirada de complicidad, y corregirse al instante y decir nuestro hijo, pero no lo hizo; no me miró, sino que mantuvo los ojos clavados en Serge.

—No, Serge. El futuro sólo se verá arruinado si tú te empeñas en dártelas de político noble. Como tú no puedes vivir con algo así, das por sentado que eso también vale para mi hijo. Quizá puedas convencer a Rick; espero que seas capaz de explicarle lo que vas a hacer con su vida, pero haz el favor de dejar a Michel fuera de esto.

—¿Cómo voy a dejar a Michel fuera, Claire? ¿Cómo? Explícamelo, por favor. Me refiero a que los dos estaban juntos. ¿O acaso pretendes negarlo? —Serge hizo una pausa, como si lo asustase su propio pensamiento inacabado—. ¿Es eso? —preguntó.

—Serge, sé realista. No ha pasado nada. Nadie ha sido arrestado. Ni siquiera tienen sospechosos. Sólo nosotros sabemos lo que sucedió. Sencillamente, es demasiado poco para sacrificar el futuro de nuestros hijos de quince años. No estoy hablando de tu futuro. Tú harás lo que consideres correcto, pero no puedes arrastrar contigo a nadie más. Y menos aún a tu propio hijo, no hablemos ya del mío. Lo presentas como un acto de puro sacrificio por tu parte: Serge

Lohman, el ambicioso político, nuestro nuevo primer ministro, renuncia a su carrera porque no puede vivir con ese secreto. En realidad, donde dice secreto debería decir escándalo. Parece muy noble, pero es un acto de egoísmo puro.

—Claire —terció Babette.

—Un momento, un momento —dijo Serge haciendo un gesto para acallar a su mujer—. Permítame un momento, aún no he terminado. —Se dirigió de nuevo a Claire—. ¿Es egoísta darle a tu hijo una oportunidad justa? ¿Es egoísta que un padre renuncie a su futuro por el futuro de su hijo? Al menos dime dónde ves el egoísmo.

—¿Qué le reserva ese futuro? ¿Qué va hacer con un futuro en el que su padre lo sienta en el banquillo de los acusados? ¿Cómo le explicará su padre que van a encarcelarlo por su culpa?

—Pero eso será sólo por unos años, lo que te cae en este país por homicidio. No negaré que no sea drástico, pero transcurridos esos años habrán cumplido su condena y podrán retomar sus vidas poco a poco. Vamos a ver, ¿qué es lo que propones tú, Claire?

—Nada.

—Nada. —Serge repitió la palabra como una constatación neutra, sin signo de interrogación.

—Estas cosas acaban por olvidarse. Ya está pasando ahora mismo. La gente dice que es una vergüenza, pero quieren seguir adelante con sus vidas. Dentro de dos o tres meses ya nadie hablará de ello.

—No es sólo eso, Claire. Yo... nosotros hemos notado que esto está destrozando a Rick. Quizá la gente lo olvidará, pero él no.

—Pero nosotros podemos ayudarlo, Serge. A olvidar. Sólo digo que no hay que precipitarse al tomar este tipo de decisiones. Es posible que dentro de un mes, o de unas semanas, todo haya cambiado. Podremos hablarlo con tranquilidad. Con Rick. Con Michel.

Con Beau, habría querido añadir, pero me contuve.

—Me temo que no va a poder ser —repuso Serge.

En el silencio que siguió sólo se oyeron los tenues sollozos de Babette.

—Mañana habrá una rueda de prensa en la que anunciaré mi renuncia. Mañana a las doce. Será retransmitida en directo. Abrirá el noticiario del mediodía. —Le echó un vistazo a su reloj—. ¡Vaya!, ¿ya es tan tarde? —exclamó, y pareció no hacer el menor esfuerzo para que sonase como una constatación banal—. Debo... Tengo una cita —dijo—. Dentro de poco. Media hora.

—¿Una cita? —repitió Claire—. Pero íbamos a... ¿Con quién?

—El director quiere ver el lugar donde se hará la rueda de prensa para comentarme algunas cosas. No me pareció buena idea hacer algo así en La Haya. Una rueda de prensa como ésta. Eso nunca ha ido conmigo. Por eso pensé en algo menos formal...

—¿Dónde? —dijo Claire—. ¡Espero que no digas que aquí!

—No. ¿Conoces el bar de aquí enfrente, adonde nos llevasteis un día hace unos meses? Comimos allí y todo. El... —Fingió intentar recordar el nombre y luego lo dijo—. Mientras pensaba en el sitio apropiado, se me ocurrió de pronto. Un bar normal. Gente corriente. Allí me siento más a mis anchas que en una de esas frías salas de conferencias. Le propuse a Paul que quedásemos allí esta noche para tomarnos una cerveza antes de la cena, pero él no quiso.

39

—¿Querrán tomar café?

El maître había aparecido de pronto junto a nuestra mesa, con las manos a la espalda y ligeramente inclinado hacia delante; sus ojos se quedaron prendidos unos instantes en la *dame blanche* hundida de Serge y después nos dirigió una mirada interrogante.

Podía equivocarme, pero me pareció percibir cierta premura en los gestos y las expresiones faciales del maître. Era algo que sucedía con frecuencia en esa clase de restaurantes: una vez que acababas de comer y ya no había una posibilidad real de que pidieses otra botella de vino, ya podías largarte con viento fresco.

Aunque en la mesa estuviese sentado quien siete meses después podría ser el nuevo primer ministro, pensé. Hay un momento para llegar y un momento para marcharse.

Serge volvió a echar un vistazo a su reloj.

—Bueno, creo... —Miró a Babette y luego a Claire—. Propongo que vayamos a tomar el café al bar —dijo.

Ex, me corregí. Ex primer ministro. O no... ¿Cómo se llama al que no llega a primer ministro aunque tenía todos los números para ello? ¿Ex candidato?

Comoquiera que fuese, el prefijo ex no sonaba bien. Los ex futbolistas y los ex ciclistas saben a lo que me refiero.

Estaba por verse si mi hermano aún podría reservar una mesa para el mismo día en ese restaurante después de la rueda de prensa del día siguiente. Lo más probable era que a un ex candidato lo apuntasen en la lista de espera de, por lo menos, tres meses.

—Así que tráiganos la cuenta, por favor —pidió Serge. Quizá no me fijé bien, pero yo diría que no esperó a ver si Babette y Claire estaban de acuerdo con la idea de tomar el café en el bar.

—Yo sí quiero un café —dije—. Un espresso —añadí—. Y algo más. —Me quedé un momento pensativo; me había moderado toda la velada y ahora no sabía qué me apetecía.

—Yo también tomaré un espresso —dijo Claire—, y una grappa.

Mi esposa. Sentí algo cálido, ojalá estuviera sentado a su lado y pudiera tocarla.

—Para mí también una grappa —dije.

—¿Y para usted? —El maître parecía un poco confuso y miró a mi hermano.

Pero Serge negó con la cabeza.

—Solamente la cuenta, gracias. Mi esposa y yo... tenemos que... —Le dirigió una mirada a su mujer, una mirada de pánico, lo advertí incluso con el rabillo del ojo.

No me habría sorprendido que Babette pidiese un espresso también.

Pero Babette había cesado de sonarse y se frotó la nariz con la punta de la servilleta.

—No tomaré nada, gracias —dijo sin mirar al maître.

—Entonces serán dos espressos y dos grappas. ¿Qué grappa desean tomar? Tenemos siete clases distintas, desde la añeja, envejecida en barricas de roble, hasta la joven...

—La normal —lo interrumpió Claire—. La transparente.

El maître hizo una inclinación casi imperceptible.

—Una grappa joven para la señora. ¿Y para el señor?

—Lo mismo.

234

—Y la cuenta —repitió Serge.

Después de que el maître se alejara presuroso, Babette se volvió hacia mí e hizo un intento por sonreírme.

—¿Y tú, Paul? No has dicho nada aún. ¿Qué piensas tú?

—Me parece raro que Serge haya elegido nuestro bar.

La sonrisa, o al menos el amago, desapareció del semblante de Babette.

—Paul, por favor —dijo Serge, y miró a Claire.

—Sí, me parece raro —insistí—. Fuimos nosotros los que os llevamos allí en una ocasión. Claire y yo vamos a menudo a comer un menú. No puedes organizar una rueda de prensa allí por las buenas.

—Paul —repitió mi hermano—. No sé si te das cuenta de lo serio...

—Déjalo que acabe —pidió Babette.

—En realidad ya he acabado —dije—. Al que no entienda algo así, no puedo explicárselo.

—Nos pareció un bar agradable —observó Babette—. Sólo guardamos buenos recuerdos de aquella velada.

—¡Qué costillas de cerdo! —exclamó Serge.

Esperé un momento por si alguien aportaba algo más, pero todos guardamos silencio.

—Exacto —dije entonces—. Buenos recuerdos. ¿Qué recuerdos tendremos Claire y yo después?

—Paul, compórtate de forma normal —dijo Serge—. Estamos hablando del futuro de nuestros hijos. De mi futuro no quiero seguir hablando.

—Pero es que tiene razón —convino Claire.

—Oh, no, por favor —protestó Serge.

—Nada de por favor —replicó mi esposa—. Se trata sencillamente de la facilidad con que te apropias de todo lo nuestro. Eso es lo que Paul quiere decir. Hablas del futuro de nuestros hijos, pero en realidad no te interesa, Serge. Te has apropiado de ese futuro. Con la misma facilidad con que te apropias de un bar como decorado perfecto para tu rueda de prensa. Sólo para que se vea más auténtica. No se te ha ocurrido preguntarnos qué nos parece a nosotros.

—Pero ¿qué estáis diciendo? —exclamó Babette—. Habláis de la rueda de prensa como si fuese a celebrarse de verdad. Había esperado que fueseis capaces de quitarle esa tontería de la cabeza. Sobre todo tú, Claire. Por lo que me has dicho antes en el jardín.

—¿De eso se trata? —inquirió Serge—. ¿De vuestro bar? No tenía ni idea de que fuera vuestro bar. Creía que era un establecimiento público y de libre acceso. Os ruego que me disculpéis.

—Es nuestro hijo —dijo Claire—. Y sí, es nuestro bar. Es cierto que no podemos reclamar ningún derecho sobre él; sin embargo, así es como lo sentimos. Paul tiene razón cuando dice que no se puede explicar. Una cosa así, o la entiendes o no la entiendes.

Serge se sacó el móvil del bolsillo y miró la pantalla.

—Perdonad, tengo que contestar. —Se puso el móvil en la oreja, echó la silla hacia atrás y se levantó a medias—. Sí, soy Serge Lohman... Hola.

—¡Mierda! —Babette arrojó la servilleta sobre la mesa—. ¡Mierda! —farfulló de nuevo.

Serge se había alejado unos pasos de nuestra mesa, se inclinó hacia delante y con dos dedos de la mano libre se tapó la otra oreja.

—No, no es eso —pude distinguir—. Se ha complicado un poco. —Luego siguió andando entre las mesas en dirección a los lavabos o la salida.

Claire sacó su móvil del bolso.

—Quiero hablar un momento con Michel —dijo mirándome—. ¿Qué hora es? No quisiera despertarlo.

Nunca llevo reloj. Desde que no estoy en activo, procuro vivir regulándome con la posición del sol, la rotación de la Tierra y la intensidad de la luz.

Claire lo sabía.

—No lo sé —repuse. Sentí algo, un cosquilleo en la nuca, por la forma en que ella me miró fijamente (sería más apropiado decir me escrutó), lo que me dio la impresión de que me estaba implicando en algo, aunque en ese momento no se me ocurría en qué.

Era mejor que no estar implicado en nada, me dije. Mejor que «papá no sabe absolutamente nada».

Claire miró de reojo.

—¿Qué pasa? —preguntó Babette.

—¿Qué hora tienes? —preguntó Claire.

Mi cuñada sacó el móvil del bolso, miró la pantalla y se lo dijo. No volvió a guardar el móvil, sino que lo dejó encima de la mesa, a su lado. Tampoco le dijo: «¿Es que no puedes mirar la hora en tu móvil?»

—El pobrecillo lleva toda la noche solo en casa —comentó Claire—. Ya tiene casi los dieciséis y se las da de duro, pero aun así...

—Pues para otras cosas se ve que ya son bastante mayores —replicó Babette.

Claire guardó silencio y se pasó la punta de la lengua por el labio superior, un gesto que siempre hace cuando algo la irrita.

—A veces creo que ése es precisamente nuestro error. Quizá nos lo tomamos con demasiada ligereza, Babette. Lo jóvenes que son. A ojos del mundo exterior son de pronto adultos, porque han hecho algo que nosotros, los adultos, consideramos un crimen. Pero creo que ellos lo siguen viendo con ojos de niños. Eso es precisamente lo que quiero hacerle entender a Serge. Que no tenemos derecho a robarles su infancia sólo porque según nuestras normas adultas han cometido un crimen por el que tendrían que pagar el resto de sus vidas.

Babette soltó un profundo suspiro.

—Por desgracia creo que tienes razón, Claire. Algo ha desaparecido, algo... su ingenuidad quizá. Antes era siempre tan... bueno, ya sabéis cómo era Rick. Ahora ese Rick ya no existe. Las últimas semanas se pasa el día encerrado en su cuarto. No abre la boca cuando nos sentamos a la mesa. Hay algo en su expresión, algo grave, como si estuviese todo el rato dando vueltas a las cosas. Antes no hacía eso, calentarse tanto la cabeza.

—Pero lo importante es cómo lo llevas tú. Cómo lo lleváis vosotros. Me refiero a que tal vez esté todo el día calentándose la cabeza porque cree que eso es justamente lo que esperáis de él.

Babette guardó silencio unos instantes; puso la mano estirada sobre la mesa y con las yemas de los dedos desplazó ligeramente el móvil por el mantel.

—No lo sé, Claire. Su padre... Creo que su padre espera más que se caliente la cabeza que yo. Tal vez no sea del todo justo decirlo, pero es un hecho que a menudo lo pasa mal por ser el hijo de quien es. En el instituto. Con sus amigos. Tiene quince años, a esa edad aún son «el hijo de». Pero es que encima es el hijo de alguien cuya cara sale cada día en televisión. Duda de sus amistades. Cree que la gente es amable con él porque su padre es famoso. O, al contrario, que los profesores lo tratan a veces injustamente porque no lo pueden soportar. Recuerdo que cuando empezó el instituto me dijo: «¡Mamá, tengo la sensación de haber empezado de nuevo!» Estaba tan contento... Pero al cabo de una semana el centro en pleno sabía quién era.

—Pues si de Serge depende, dentro de poco todo el centro en pleno sabrá otra cosa.

—Eso es lo que le digo todo el rato, que Rick ya ha sufrido más de lo que le conviene por su culpa. Y ahora quiere arrastrarlo también en este asunto. Rick jamás logrará sobreponerse.

Pensé en Beau, en el hijo adoptado de África que a ojos de Babette era incapaz de romper un plato.

—Nosotros vemos que Michel aún conserva eso que tú llamas ingenuidad. Él no tiene un padre famoso, claro está,

238

pero aun así... No está muy preocupado. A veces me inquieta porque no parece comprender lo que todo esto puede significar para su futuro. En ese aspecto reacciona verdaderamente como un niño. Un niño despreocupado y no un adulto que haya tenido que crecer precozmente y que no pare de calentarse la cabeza. Eso nos planteaba un dilema a Paul y a mí: cómo hacerle ver su responsabilidad sin arruinar al mismo tiempo su inocencia infantil.

Miré a mi esposa. A Paul y a mí... ¿Cuánto rato hacía que Claire y yo sabíamos que el otro estaba al corriente de todo? ¿Una hora? ¿Cincuenta minutos? Miré la *dame blanche* de Serge, intacta. Igual que sucedía con los anillos de los árboles o con el método del carbono 14, tenía que ser técnicamente posible calcular el tiempo transcurrido por el grado de derretimiento de un helado de vainilla.

Miré los ojos de Claire, los ojos de la mujer que para mí representaba la felicidad. «Sin mi mujer yo no habría sido nadie», se oye decir a veces a hombres sentimentales, hombres que se suelen calificar de torpes, pero lo que pretenden decir es que sus esposas se han pasado la vida limpiando la casa y llevándoles café a todas horas. No pretendo ir tan lejos; sin Claire yo sería alguien, pero no el mismo.

—Claire y yo nos hemos propuesto que Michel siga adelante con su vida —dije—. No queremos inculcarle un sentimiento de culpa. Me refiero a que es culpable en parte, pero lo que no puede ser es que una indigente que está estorbando en un cajero automático se vea como la inocente de la película. Sin embargo, ésa será la opinión mayoritaria con este sistema judicial que tenemos. Se oye por todas partes: adónde vamos a ir a parar con esta juventud descarriada. Jamás oirás una palabra contra los mendigos e indigentes descarriados que se echan a dormir la mona donde les da la gana. No; quieren dar ejemplo, fíjate bien: esos jueces están pensando indirectamente en sus propios hijos, a los que probablemente tampoco tengan ya bajo control. No queremos que Michel se convierta en una víctima del populacho ávido de sangre, el mismo populacho que pide la restauración de la pena de muerte. Queremos demasiado a Michel para sacrificarlo a esos sentimientos primarios. Además, es demasiado inteligente. Está muy por encima de eso.

Durante todo mi discurso, Claire no dejó de observarme; también la mirada y la sonrisa que me regaló al final formaban parte de nuestra felicidad. Era una felicidad a prueba de muchas cosas, en la que los de fuera no podían interferir así como así.

—¡Ay, si iba a llamar a Michel! —dijo, levantando la mano con que sostenía el móvil—. ¿Qué hora me has dicho que era? —le preguntó a Babette mientras apretaba una tecla, aunque seguía mirándome a mí.

Y Babette volvió a consultar su móvil y le dijo la hora.

No diré exactamente qué hora era. Las horas exactas pueden acabar volviéndose contra uno.

—¡Hola, cariño! —dijo Claire—. ¿Cómo estás? ¿No te aburres demasiado?

Miré el rostro de mi esposa. Siempre había algo en ese rostro, en esos ojos, que irradiaba alegría cuando tenía a nuestro hijo al otro lado de la línea. Claire reía ahora, hablaba animadamente... pero no irradiaba nada.

—No, nos tomamos el café y nos vamos, dentro de una hora estaremos en casa. Así que aún estás a tiempo de recoger un poco. ¿Qué has cenado...?

Escuchó, asintió, dijo «sí» y «no» un par de veces y después un último «adiós, cariño, un beso». Y colgó.

No sabría decir si fue porque su semblante no irradiaba alegría o porque no se refirió ni una sola vez al encuentro que habíamos tenido hacía poco con nuestro hijo en el jardín del restaurante, pero el caso es que de inmediato tuve la certeza de que acabábamos de asistir a una farsa.

Pero ¿para quién era aquella representación? ¿Para mí? No lo creí muy probable. ¿Para Babette, entonces? ¿Con qué

propósito? Claire le había preguntado dos veces la hora expresamente... como si quisiera asegurarse de que después
Babette se acordaría de la hora.

Papá no sabe absolutamente nada.

—¿Los espresso son para...? —Era una de las camareras
vestidas de negro. En la mano sostenía una bandeja de plata
con dos espresso y dos chupitos de grappa.

Y mientras nos ponía delante las tazas y los vasitos, vi
cómo mi esposa fruncía los labios como si fuese a dar un beso.

Me miró y luego besó el aire que nos separaba.

DIGESTIVO

40

No hace mucho, Michel redactó un trabajo sobre la pena de muerte para la asignatura de Historia. La idea surgió a partir de un documental sobre asesinos que eran reinsertados en la sociedad tras cumplir su condena y, en la mayoría de los casos, nada más soltarlos cometían otro crimen. Salían tanto defensores como detractores de la pena de muerte. Aparecía una entrevista con un psiquiatra estadounidense, quien demostraba que a algunas personas no se las debería volver a dejar en libertad. «Tenemos que aceptar que hay monstruos de verdad rondando por ahí —afirmaba—. Monstruos a los que nunca debería reducírseles la pena bajo ningún concepto.»

Unos días después, vi las primeras páginas del trabajo de Michel encima de la mesa. Para la ilustración de portada había elegido una fotografía que había bajado de Internet: una cama de hospital donde, en algunos estados norteamericanos, se administra la inyección letal.

—Si puedo ayudarte en algo... —le pregunté, y unos días después me dejó leer el primer borrador.

—Sobre todo quiero que me digas si te parece presentable —me pidió.

—¿Cómo, presentable?

—No lo sé. A veces pienso cosas... y no sé si se pueden pensar esas cosas.

Leí el borrador y me quedé impresionado. Para sus quince años, Michel tenía una visión muy novedosa a propósito de algunos temas relacionados con el crimen y las condenas, y había llevado la reflexión sobre determinados dilemas morales hasta sus últimas consecuencias. Comprendí lo que quería decir con que quizá uno no podía pensar ciertas cosas.

—Muy bien —lo felicité al devolvérselo—. Y yo que tú no me preocuparía. Puedes opinar lo que quieras. No tienes que cortarte a estas alturas. Lo explicas todo muy bien. Deja que sean los demás quienes rebatan lo que dices.

A partir de ese día, me dejó leer también las versiones siguientes. Intercambiábamos opiniones sobre dilemas morales. Guardo buenos recuerdos de ese período: solamente buenos recuerdos.

Menos de una semana después de que Michel entregara el trabajo, el director del colegio me pidió que fuera a verlo; una invitación telefónica para acudir tal día y a tal hora para intercambiar impresiones acerca de mi hijo. Le pedí que me avanzara los detalles; aunque di por sentado que se trataba del trabajo sobre la pena de muerte, quería oír de sus labios el motivo de la entrevista. Pero él no cedió: «Quisiera hablar con usted de algunas cosas, pero no por teléfono.»

La tarde en cuestión me presenté en el despacho del director. Él me invitó a tomar asiento en una silla enfrente de su escritorio.

—Se trata de Michel —dijo sin rodeos.

Reprimí la tentación de soltarle: «¿De quién si no?» Me crucé de piernas y adopté una postura de oyente atento.

Detrás de su cabeza había un póster enorme de una organización humanitaria, ya no recuerdo si Oxfam o UNICEF. Mostraba una tierra árida y resquebrajada donde no quería crecer nada, y abajo a la izquierda aparecía un niño cubierto de harapos que tendía una escuálida mano.

Aquel póster hizo que me pusiera aún más alerta. Probablemente, el director estaba en contra del calentamiento global y la injusticia en general. Quizá no comía carne de mamíferos y era antiamericano o, al menos, anti Bush, una opinión que daba a la gente carta blanca para no pensar nada más. Quien estaba contra Bush era alguien justo, y por tanto podía comportarse en su entorno inmediato como un cabrón.

—Hasta ahora estábamos muy satisfechos con Michel —dijo.

Noté un olor peculiar, no a sudor sino más bien a basura que se separa para reciclar, o, mejor dicho, a la parte de basura que por lo general va a parar al contenedor orgánico. Y parecía proceder del propio director; quizá no usara desodorante para no dañar la capa de ozono o su mujer lavara la ropa con detergente ecológico. Como es bien sabido, la ropa blanca que se lava con esa clase de detergente no tarda mucho en volverse gris, y en cualquier caso nunca queda limpia.

—Pero hace poco entregó un trabajo para la clase de Historia que nos ha dejado un tanto preocupados —continuó—. Por lo menos dejó muy sorprendido a nuestro profesor de Historia, el señor Halsema, que me mostró el trabajo en cuestión.

—Sobre la pena de muerte —dije, para librarme de los rodeos estúpidos.

El director me miró unos instantes, sus ojos tenían también algo gris, la mirada inexpresiva y tediosa de una inteligencia media que cree injustificadamente que ya lo ha visto todo.

—Exacto —contestó mientras cogía unos papeles de su escritorio y empezaba a hojearlos.

La pena de muerte. Vi las conocidas letras blancas sobre fondo negro con la foto de una cama de hospital debajo.

—Se trata sobre todo de los siguientes pasajes —comentó—. Aquí: «pese a la crueldad de la pena de muerte ejercida por el Estado, cabe preguntarse si en el caso de algunos condenados no habría sido preferible que, en una etapa más temprana...».

—No es necesario que me lo lea, sé lo que pone.

Su expresión me indicó que no estaba acostumbrado a que lo interrumpiesen.

—Bien. Entonces ¿conoce usted el contenido?

—No sólo eso; ayudé a mi hijo en algunas cosas. Pequeños consejos, porque la mayor parte la hizo él, claro está.

—Y no creyó necesario darle consejos sobre el capítulo que titularé «Hacer las veces de juez», ¿no?

—No. Pero no estoy de acuerdo con ese título.

—¿Cómo preferiría llamarlo? Habla claramente de consumar la pena capital antes de que se efectúe un juicio justo.

—Pero también habla de lo inhumana que es la pena de muerte. La ejecución fría, clínica, que ejerce el Estado. Con una inyección o con la silla eléctrica. Sobre todos los detalles crueles, como la última cena que los condenados pueden elegir. Saborear por última vez su plato preferido, ya sea champán y caviar o una hamburguesa doble del Burger King.

Me hallaba ante el dilema al que se enfrenta todo padre tarde o temprano: desde luego, quería defender a mi hijo a toda costa, ponerme de su parte, pero no debía hacerlo con excesiva firmeza, y menos aún con demasiada locuacidad; no se trataba de acorralar a nadie. Los maestros y docentes te dejan hablar, pero después se toman el desquite con tu hijo. Tal vez los argumentos del padre fuesen mucho mejores —no es tan difícil exponer mejores argumentos que los de los maestros y docentes—, pero al final sería el hijo el que pagase, descargarían en él su frustración por llevarse la peor parte en la discusión.

—Todos estamos de acuerdo en eso —admitió el director—. La gente normal y razonable considera la pena de muerte inhumana. No hablo de eso, Michel lo ha descrito muy bien. Me refiero exclusivamente a la parte en que justifica eliminar a ciertos sospechosos, de un modo más o menos accidental, antes de que se dicte el auto de procesamiento contra ellos.

—Yo me considero normal y razonable. También creo que la pena de muerte es inhumana, pero desgraciadamente compartimos este mundo con gente inhumana. ¿Acaso esa gente inhumana debe ser reinsertada en la sociedad después de que les rebajen la condena por buena conducta? Creo que Michel se refiere a eso.

—Así que se los puede matar de un tiro o... ¿qué fue lo que puso? —Hojeó el trabajo—. ¿Tirarlos por la ventana? La ventana del décimo piso de una comisaría, me parece recordar. Eso, por decirlo suavemente, no es muy usual en un Estado de derecho.

—No, pero usted lo está sacando de contexto. Se trata de gente de la peor calaña, Michel habla de violadores de niños, hombres que durante años han mantenido a criaturas secuestradas. Hay otros factores a tener en cuenta. En un proceso hay que sacar a la luz toda esa ponzoña en aras de un «juicio justo». Pero ¿a quién le interesa que se proceda así? ¿A los padres de las criaturas? Ése es el punto crucial que usted ha pasado un poco por alto. No, la gente civilizada no arroja a otras personas por la ventana. Y tampoco disparan una pistola sin querer durante el traslado de la comisaría a la prisión. Pero aquí no estamos hablando de personas de bien, sino de gente cuya desaparición todo el mundo acogería con un suspiro de alivio.

—Sí, ahora lo recuerdo bien; dispararle fortuitamente en la cabeza a un sospechoso en el furgón de policía. —Dejó el trabajo nuevamente sobre el escritorio—. ¿Fue ése uno de sus «consejos», señor Lohman? ¿O se le ocurrió a su hijo?

Algo en su tono me erizó el vello de la nuca y a la vez sentí un hormigueo en los dedos, o, mejor dicho: se me quedaron insensibles. Me puse en guardia. Por una parte quería dar todo el mérito del trabajo a Michel —en cualquier caso, era bastante más inteligente que aquel inútil que apestaba a basura orgánica—, y por la otra debía proteger a mi hijo de futuras revanchas. Podrían sancionarlo, me dije, incluso expulsarlo del instituto. Michel se sentía bien allí, ahí tenía a sus amigos.

—Debo reconocer que en estos asuntos se dejó guiar excesivamente por mis propias opiniones al respecto —admití—. Tengo ideas bastante claras sobre lo que podría sucederle al culpable de determinados crímenes. Quizá de algún modo impuse esas ideas a Michel, ya fuera consciente o inconscientemente.

El director me dirigió una mirada inquisitiva, siempre y cuando pueda considerarse inquisitiva la mirada de una inteligencia inferior.

—Hace un momento, me ha dicho usted que la mayor parte la hizo su hijo.

—Así es. Me refería especialmente a los pasajes en que se considera inhumana la pena de muerte ejercida por el Estado.

Mi experiencia me decía que con las inteligencias inferiores lo mejor es ser claro y meridiano; con una mentira, ofreces a los tontos la posibilidad de desdecirse sin quedar en evidencia. Además, ¿sabía yo qué parte del trabajo sobre la pena de muerte correspondía a mi cosecha o a la de Michel? Me acordaba de una conversación, mientras cenábamos sentados a la mesa, en la que salió a relucir el caso de un asesino en libertad condicional, un asesino que llevaba tan sólo unos días en la calle y que según parecía ya había vuelto a matar a alguien. «No deberían poner en libertad a alguien así», comentó Michel. «¿No deberían ponerlo nunca en libertad o no deberían llegar a encerrarlo en prisión?», pregunté. Michel tenía quince años por entonces y hablábamos de casi cualquier tema con él. Le interesaba todo: la guerra de Iraq, el terrorismo, Oriente Medio. En el instituto apenas les enseñaban nada, decía, lo pasaban por alto. «¿Qué quieres decir con que no deberían llegar a encerrarlo?», preguntó. «Pues eso mismo —repuse—. Lo que he dicho.»

Miré al director. Aquel estúpido que creía en el calentamiento global y la erradicación total de la guerra y la injusticia seguramente también estaría convencido de que se podía rehabilitar a los violadores y a los asesinos en serie, que después de años de cháchara con un psiquiatra podrían volver a reinsertarse gradualmente en la sociedad.

El director, que hasta entonces había permanecido reclinado en su asiento, se echó hacia delante y apoyó los antebrazos en la mesa con las manos estiradas y los dedos separados.

—Si no me equivoco, usted también ha trabajado en la enseñanza, ¿verdad?

El vello de la nuca y el hormigueo de los dedos no me habían engañado: cuando las inteligencias inferiores veían la amenaza de perder una discusión, se agarraban a un clavo ardiendo con tal de tener razón.

—Sí, durante unos años di clases —afirmé.

—Fue en..., ¿no? —Mencionó el nombre del centro de enseñanza secundaria, un nombre que aún hoy me provoca sentimientos desagradables, como una enfermedad de la que uno está oficialmente curado, pero cuyos síntomas pueden reaparecer en cualquier momento en alguna parte del cuerpo.

—Así es.

—Y después lo suspendieron de sus funciones.

—No exactamente. Fui yo mismo quien propuso tomarme un descanso por un tiempo y reincorporarme más adelante, cuando todo se hubiera calmado un poco.

El director tosió y echó un vistazo al papel que tenía delante.

—Pero la verdad es que no se ha reincorporado. En realidad, lleva más de nueve años sin empleo.

—No estoy en activo, pero mañana mismo podría emplearme en cualquier otro lugar.

—Según mis datos, datos que me han sido facilitados por..., eso depende de un informe psiquiátrico. De modo que la decisión de que pueda usted volver o no al trabajo no está en sus manos.

¡Otra vez el nombre del instituto! Sentí como los músculos del párpado izquierdo se me tensaban; no significaba nada, pero los demás podían tomarlo por un tic. Por eso fingí que me había entrado algo en el ojo y me lo froté con los dedos, pero la contracción muscular no hizo sino empeorar.

—Bah, en realidad no tiene mayor importancia. No necesito que ningún psiquiatra me dé el visto bueno para ejercer mi profesión.

El director estudió de nuevo el papel.

—Pues no es eso lo que pone aquí. Aquí pone...

—Haga el favor de enseñarme ese papel. —Mi voz sonó tajante e imperiosa, pero el director no satisfizo inmediatamente mi requerimiento.

—Déjeme acabar, por favor —dijo—. Hace unas semanas, me encontré por casualidad con un antiguo compañero que ahora está trabajando en... No recuerdo cómo salió el tema, creo que estábamos hablando del estrés laboral en la enseñanza. Sobre el fenómeno de quemarse en el trabajo, ya sabe. Entonces él mencionó un nombre que me resultó familiar. Al principio no supe de qué, y luego pensé en Michel y en usted.

—Yo nunca he estado quemado. Eso es una enfermedad moderna. Y tampoco he estado estresado.

Me fijé en que ahora era él quien pestañeaba, y aunque no se podía haber llamado tic a eso por muy buena voluntad que uno tuviera sí que era un signo de repentina debilidad. Más aún, de miedo. No me percaté, pero quizá hubo algo en mi voz —había pronunciado las últimas frases más despacio; en todo caso, más despacio que las anteriores—, algo que hizo que se encendieran las luces de emergencia del director.

—Yo no he dicho que usted hubiese padecido estrés —repuso.

Tamborileó con los dedos sobre la mesa. ¡Y volvió a pestañear! Sí, algo había cambiado, el tonillo de sabelotodo con que había intentado venderme sus teorías de pacotilla sobre la pena de muerte había desaparecido.

Entonces, husmeé claramente el miedo sobre el tufo a basura orgánica. Como un perro es capaz de distinguir cuándo alguien tiene miedo, así percibí también un olor vago y ácido que antes no estaba.

Creo que fue en ese momento cuando me levanté. Ya no me acuerdo bien, hay un punto ciego, un agujero en el tiempo. No recuerdo si se dijo algo más. El caso es que de pronto estaba de pie. Me había levantado de la silla y miraba al director.

Lo que sucedió a continuación se debió en gran parte a la diferencia de altura y al hecho de que el hombre siguiera sentado mientras yo lo miraba desde arriba, podría decirse que me erigía por encima de él. Era una suerte de ley tácita, como que el agua fluye de arriba abajo o, para seguir con los perros, el hecho de que el director estaba en desventaja por estar sentado, una posición más vulnerable. Lo mismo sucede con los perros. Durante años, se dejan alimentar y acariciar por su amo, no hacen daño ni a una mosca, son una delicia de mascota; pero de pronto, un buen día, el amo pierde el equilibrio, da un traspié y se cae. En un abrir y cerrar de ojos, los perros se le echan encima, le hincan los colmillos en el cuello y lo matan a mordiscos, a veces desgarrándolo por completo. Es el instinto: lo que cae es débil, lo que está en el suelo constituye una presa.

—Le pido encarecidamente que me deje ver ese papel —dije por guardar las formas, mientras señalaba la hoja que él tenía encima de la mesa y que en ese momento cubría con las manos. Digo por guardar las formas porque ya era demasiado tarde para dar marcha atrás.

—Señor Lohman —dijo aún.

Después, le di de lleno con el puño en la nariz. Enseguida hubo sangre, mucha sangre. Le brotó de las fosas nasales y le salpicó la camisa y el escritorio, y después le manchó los dedos que se llevó a la nariz.

Mientras tanto, yo había rodeado el escritorio y lo golpeé de nuevo en la cara, más abajo esta vez; sus dientes rotos me lastimaron los nudillos. Gritó algo ininteligible, pero yo ya lo había levantado de la silla. Sin duda, alertaría a la gente con sus gritos, en medio minuto la puerta del despacho se abriría de golpe, pero en medio minuto se pueden causar grandes estragos; sí, con medio minuto tendría suficiente.

—Cerdo sucio y asqueroso —le espeté mientras le daba otro puñetazo en la cara y un rodillazo en el estómago.

Y entonces cometí un error de cálculo; no creí que le quedasen fuerzas, pensé que podría seguir atizándolo tranquilamente hasta que los profesores pusieran fin a la escena. Pero él levantó la cabeza con suma rapidez y me dio en la barbilla. Acto seguido, me aferró las piernas con los brazos y dio un tirón, con lo que perdí el equilibrio y caí hacia atrás.

—¡Mierda! —grité.

El director corrió, no hacia la puerta sino hacia la ventana. Antes de que lograra ponerme de pie ya la había abierto.

—¡Auxilio! —bramó—. ¡Auxilio!

Pero para entonces ya había llegado hasta él. Lo agarré del pelo y le eché la cabeza hacia atrás, y a continuación se la estrellé con toda mi fuerza contra el marco de la ventana.

—¡No hemos acabado aún! —le grité al oído.

Había mucha gente en el patio del instituto, principalmente estudiantes; debía de ser la hora del recreo. Todos miraban hacia arriba, hacia nosotros.

Casi de inmediato distinguí a un chico con una gorra negra entre los demás; fue tranquilizador, me dio confianza atisbar ese rostro conocido entre todas aquellas caras. Estaba a un lado, con un pequeño grupo, junto a la escalera que conducía a las aulas, en compañía de algunas chicas y un muchacho con una moto. El chico de la gorra negra llevaba auriculares alrededor del cuello.

Lo saludé. Todavía lo recuerdo bien. Saludé a Michel e intenté sonreírle. Con aquel saludo y aquella sonrisa quería darle a entender que probablemente desde fuera parecía más grave de lo que en realidad era. Que el director y yo sosteníamos opiniones distintas en relación con su trabajo, pero que ya nos estábamos acercando a una solución.

41

—Era el primer ministro —dijo Serge. Tomó asiento y se guardó el móvil en el bolsillo—. Quería saber de qué tratará la rueda de prensa de mañana.

Alguno de nosotros podría haberle preguntado: «¿Y bien? ¿Qué le has dicho?» Pero todos guardamos silencio. A veces, la gente mantiene silencios así cuando no tiene ganas de tomar el camino que tiene delante. Si Serge hubiese contado un chiste, un chiste que empezase con una pregunta (¿Por qué dos chinos no pueden ir nunca juntos al peluquero?), es probable que se hubiera producido un silencio parecido.

Mi hermano miró su *dame blanche*, que quizá por cortesía no habían retirado aún de la mesa.

—Le he dicho que prefería no revelarle nada esta noche. Ha contestado que esperaba que no fuese nada grave, que, por ejemplo, no hubiese decidido retirarme de las elecciones. Lo ha dicho literalmente: «Lamentaría profundamente que decidieses arrojar la toalla ahora, a siete meses vista de las elecciones.» —Serge intentó imitar el acento del primer ministro, pero le salió tan mal que pareció una caricatura exagerada de la propia caricatura—. Le he respondido la verdad, que estaba debatiéndolo con mi familia. Que todavía estaba considerando varias opciones.

Al poco de que el primer ministro asumiese sus funciones, las bromas en el país eran continuas: sobre su aspecto, su forma desgarbada de moverse, sus frecuentes deslices, a menudo literales. Después, se produjo un proceso de acostumbramiento. Uno se acaba acostumbrando, como a una mancha en el empapelado. Una mancha que ya se había ganado su sitio y que sólo nos llamaría la atención si un buen día desapareciera.

—Vaya, qué interesante —dijo Claire—. Así que todavía estás considerando varias opciones. Creía que ya lo habías decidido todo. Por nosotros también.

Serge intentó establecer contacto visual con su mujer, pero ella fingió más interés en su móvil que en lo que sucedía en la mesa.

—Sí, todavía estoy considerando varias opciones —admitió con un suspiro—. Quiero que lo hagamos entre todos. Como... como familia.

—Como siempre lo hemos hecho —dije. Pensé en los macarrones a la carbonara, en la cazuela con que le había machacado la cara cuando intentó apartar a mi hijo de mí, pero al parecer los recuerdos de Serge no eran tan nítidos como los míos, porque en su rostro apareció una cálida sonrisa.

—Sí —repuso mirando el reloj—. Tenemos... tenemos que irnos ahora. Babette... ¿Por qué no traen la cuenta?

Mi cuñada se levantó.

—Sí, vamos —convino ella, y le preguntó a Claire—: ¿Venís?

Claire levantó el vasito de grappa, todavía a medias.

—Si podéis, adelantaos vosotros. Enseguida iremos.

Serge le tendió la mano a su esposa. Creí que ella ignoraría aquella mano, pero la aceptó e incluso le ofreció su brazo.

—Podemos... —dijo él. Sonrió y, se diría, casi resplandeció al coger del codo a su mujer—. Volveremos luego. Tomamos un café en el bar y volvemos.

—No te preocupes, Serge —dijo Claire—. Iros tranquilos. Paul y yo nos acabamos la grappa y vamos para allá.

—La cuenta —recordó mi hermano. Se palpó los bolsillos de la chaqueta como si buscase la cartera o la tarjeta de crédito.

—Déjalo —dijo Claire—. Ya lo arreglaremos.

Y se fueron. Los observé dirigirse a la salida, Serge con su esposa del brazo. Sólo unas pocas personas levantaron la cabeza o se volvieron para mirarlos. Se diría que en eso se había producido el mismo proceso de acostumbramiento: si uno permanece en un sitio el tiempo suficiente, su rostro pasa a confundirse con los de los demás.

A la altura de la cocina, apareció Tonio (seguramente en su pasaporte ponía Anton). Serge y Babette se detuvieron y hubo apretones de manos. Las camareras llegaron prestas con las chaquetas.

—¿Se han ido ya? —preguntó Claire.

—Casi —contesté.

Mi mujer se bebió la grappa que le quedaba y puso su mano sobre la mía.

—Tienes que hacer algo —me dijo, apretándome los dedos.

—Sí —convine—. Tenemos que detenerlo.

Claire enlazó sus dedos entre los míos.

—Tienes que detenerlo tú —precisó.

La miré.

—¿Yo? —dije, aunque intuía que estaba a punto de suceder algo a lo que tal vez no podría negarme.

—Tienes que hacerle algo.

La observé.

—Algo que impida que ofrezca la rueda de prensa mañana —explicó.

Justo en ese instante, empezó a sonar un móvil muy cerca. Sonidos apagados que fueron cobrando intensidad para formar una melodía.

Claire me dirigió una mirada interrogante. Y yo se la devolví. Negamos con la cabeza a la vez.

El móvil de Babette estaba medio escondido debajo de su servilleta. Involuntariamente, miré primero hacia la salida: Serge y Babette se habían ido. Alargué la mano, pero Claire se me anticipó.

Levantó la tapa y leyó en la pantalla. Después volvió a cerrarla. Los sonidos se detuvieron.

—Beau —dijo.

42

—En este momento su madre no tiene tiempo para él —dijo Claire, y volvió a dejar el móvil donde estaba. Incluso lo cubrió con la servilleta.

No dije nada. Esperé. Esperé lo que mi esposa iba a decirme.

Claire soltó un suspiro.

—¿Sabes que ese...? —No acabó la frase—. Ay, Paul... —se lamentó—. Paul... —Echó la cabeza hacia atrás. Tenía los ojos ligeramente húmedos, brillantes, no de pena o desesperación, sino de rabia.

—¿Sabes que ese qué? —la animé.

Durante toda la velada había estado convencido de que Claire no sabía nada de los vídeos. Todavía esperaba estar en lo cierto.

—Beau los está chantajeando.

Sentí una puñalada fría en el pecho. Me froté las mejillas con las manos para que no me delatara un posible rubor.

—Ah, ¿sí? —dije—. ¿Cómo es posible?

Claire suspiró de nuevo. Cerró los puños y los descargó sobre la mesa.

—Oh, Paul. Ojalá hubiese podido mantenerte fuera de todo esto. No quería que volvieses... que te desquiciaras de nuevo. Pero todo ha cambiado. Ya es demasiado tarde.

—¿Cómo que los está chantajeando Beau? ¿Con qué?

Debajo de la servilleta se oyó un pitido. En el lateral del móvil parpadeó una lucecita azul; al parecer, Beau había enviado un mensaje.

—Él estaba allí. Al menos, eso dice. Dice que al principio quería volver a casa, pero luego cambió de opinión y regresó. Y entonces los vio salir del cajero. Eso dice.

El frío que sentía en el pecho desapareció. Sentí algo nuevo, casi una sensación de alegría: debía tener cuidado de no ponerme a sonreír.

—Y ahora quiere dinero. Ese cabrón hipócrita. Siempre supe... Tú también, ¿no? En una ocasión me dijiste que te resultaba repulsivo. Aún lo recuerdo.

—Pero ¿tiene pruebas? ¿Puede demostrar que los vio? ¿Puede probar que fueron Rick y Michel los que arrojaron el bidón?

Lo último lo pregunté para asegurarme del todo: la comprobación final. En mi cabeza se había abierto una puerta. Una rendija por donde veía la luz. Una luz cálida. Detrás de la puerta había una estancia con la familia feliz.

—No, no tiene pruebas —dijo Claire—. Pero tal vez no sean necesarias. Si Beau va a la policía y los señala como los autores... Las imágenes de la cámara de vigilancia son muy malas, pero si pueden compararlas con las personas en cuestión... no lo tengo claro.

Papá no sabe absolutamente nada. Tenéis que hacerlo esta noche.

—Michel no estaba en casa, ¿verdad? Cuando lo has llamado hace un rato. Cuando le has preguntado a Babette tantas veces qué hora era.

En el rostro de Claire apareció una sonrisa. Me tomó de nuevo la mano y la apretó.

—Lo he llamado. Vosotros me habéis oído hablar con él. Babette es el testigo imparcial que necesitaba para que me oyeran hablar con mi hijo a esa hora. Pueden mirar el registro de llamadas de mi móvil para confirmar que la llamada se hizo de verdad y cuánto duró. Lo único que tenemos que hacer después es borrar el mensaje del contestador automático de nuestro teléfono fijo.

Miré a mi esposa. Sin duda mi mirada reflejaba admiración. No era preciso fingir: era una admiración sincera.

—Y ahora está en casa de Beau —dije.

Asintió.

—Está con Rick, pero no en casa de Beau. Han quedado en otro lugar. Fuera.

—Y van a hablar con él. A intentar que cambie de opinión.

Mi esposa me cogió también la otra mano.

—Paul, ya te he dicho que hubiera preferido mantenerte al margen de esto. Pero no podemos dar marcha atrás. Tú y yo. Se trata del futuro de nuestro hijo. Le he dicho a Michel que debe tratar por todos los medios de que Beau entre en razón. Pero si no lo consigue, deberá hacer lo que crea más conveniente. Le he dicho que no quiero saberlo. La semana que viene cumple los dieciséis. Ya no tiene que contárselo todo a su madre. Es lo bastante mayor e inteligente para tomar sus propias decisiones.

La miré. Quizá mis ojos todavía reflejaban admiración, pero otra clase de admiración, no la de unos instantes atrás.

—En cualquier caso, lo mejor será que después tú y yo podamos decir que Michel estuvo toda la noche en casa —añadió—. Y que a Babette no le quede más remedio que corroborarlo.

43

Le hice una seña al maître.

—Estamos esperando la cuenta —dije.

—El señor Lohman ya la ha pagado —respondió.

Igual eran imaginaciones mías, pero tuve la impresión de que le parecía divertido decirme aquello. Hubo algo en sus ojos, como si se estuviese burlando de mí sólo con su mirada.

Claire rebuscaba algo en el bolso; sacó el móvil, lo miró y volvió a guardarlo.

—Es demasiado —solté una vez que el maître se hubo alejado—. Nos quita el bar, después a nuestro hijo. Y ahora esto. Y encima no tiene la menor importancia. No importa nada que sea él quien pague la cuenta.

Me cogió la mano derecha primero y luego la izquierda.

—Sólo tienes que lastimarlo un poco. No dará la rueda de prensa con la cara magullada o con un brazo en cabestrillo. Serían demasiadas cosas que explicar al mismo tiempo. Incluso para Serge.

Miré a mi esposa a los ojos. Acababa de pedirme que le rompiera el brazo a mi hermano. O que le magullara la cara. Y todo por amor, por amor a nuestro hijo. Por Michel. Me vino el recuerdo de aquella madre en Alemania que mató al asesino de su hijo en el tribunal. Claire era una madre de esa clase.

—No he tomado la medicación.

—Ya. —Claire no pareció sorprenderse; me acarició suavemente el dorso de la mano con un dedo.

—Me refiero a que hace tiempo que no la tomo. Meses.

Era cierto. Poco después de ver el programa *Se busca* la había dejado. Tuve la sensación de que podría serle de menos ayuda a mi hijo si mis emociones estaban atenuadas. Mis emociones y mis reflejos. Si quería apoyar a Michel al máximo, debía recuperar mi antigua personalidad.

—Ya lo sé —repuso Claire.

La miré.

—¿Creías que no se notaría? ¿Que ni lo notaría tu mujer? Tu mujer se dio cuenta de inmediato. Había cosas... distintas. La forma en que me mirabas y sonreías. Y aquella vez que no encontrabas tu pasaporte. ¿Te acuerdas? Cuando te liaste a puntapiés con los cajones del escritorio. A partir de ese día empecé a vigilarte. Te llevabas los medicamentos cuando salías a la calle y los tirabas por ahí, ¿verdad? Una vez saqué un pantalón tuyo de la lavadora con el bolsillo completamente teñido de azul. Eran pastillas que habías olvidado tirar.

Claire se echó a reír, pero apenas unos segundos. Luego volvió a mirarme con expresión grave.

—Y no me dijiste nada.

—Al principio pensé: ¿qué cree que está haciendo?, pero luego volví a ver a mi Paul de siempre. Y entonces lo supe: quería recuperar a mi Paul de siempre. Aunque patee los cajones del escritorio o salga corriendo detrás de aquella moto que le cortó el paso.

Y aquella otra vez que mandaste al hospital al director del instituto de Michel, creí que añadiría. Pero no lo hizo. Dijo otra cosa:

—Ése es el Paul que yo amaba... El que amo. Ése es el Paul que amo más que a nada o a nadie en este mundo.

Advertí que algo brillaba en sus lagrimales; también yo sentía un escozor en los ojos.

—A ti y a Michel, claro —añadió mi esposa—. A ti y a Michel por igual. Vosotros sois mi mayor felicidad.

—Sí —repuse. Tenía la voz ronca y solté un gallo. Me aclaré la garganta y repetí—: Sí.

Permanecimos un rato en silencio el uno frente al otro, mis manos aún entre las de mi esposa.

—¿Qué le has dicho a Babette? —pregunté.

—¿Qué?

—En el jardín. Cuando habéis salido a pasear. Babette parecía muy contenta de verme. Dijo: «Querido Paul...» ¿Qué le has dicho?

Claire respiró hondo.

—Le he dicho que harías algo. Algo para que esa rueda de prensa no llegara a celebrarse.

—¿Y le ha parecido bien?

—Ella quiere que Serge gane las elecciones. Pero sobre todo le ha dolido que él le dijera lo que pensaba hacer en el coche, viniendo hacia aquí, para que ella no tuviese tiempo de quitarle esa tontería de la cabeza.

—Pero aquí en la mesa ha dicho que...

—Babette es lista. Tu hermano no debe sospecharlo jamás. Es posible que, más adelante, cuando sea la esposa del primer ministro, vaya a repartir platos de sopa en un asilo para indigentes. Pero esa indigente en concreto le importa tan poco como a ti o como a mí.

Moví las manos. Las moví para liberarlas de las de mi esposa y tomarlas a su vez entre las mías.

—No es buena idea —dije.

—Paul...

—No, escucha. Yo soy yo. Soy quien soy. No me he tomado la medicación. De momento, sólo lo sabemos tú y yo. Pero estas cosas se acaban sabiendo. Escarbarán hasta enterarse de todo. El psicólogo del colegio, mi despido y, si no, el director del instituto de Michel... Todo estará sobre la mesa como un libro abierto. Por no hablar de mi hermano. Él será el primero en declarar que algo así no le ha sorprendido en absoluto. Quizá no lo diga públicamente, pero no sería la primera agresión que sufre a manos de su hermano menor. Su hermano menor que padece de algo raro y por eso debe medicarse. Con medicamentos que tira por el váter en lugar de tomárselos.

Claire guardó silencio.

—No conseguiré hacerlo desistir de sus propósitos, Claire. Será un paso en falso.

Esperé un momento, no quería empezar a parpadear.

—Será un paso en falso si lo doy yo —añadí.

44

Cinco minutos después de que Claire se hubiese ido, volví a oír un pitido debajo de la servilleta de Babette.

Nos habíamos levantado a la vez. Mi esposa y yo. La había abrazado con fuerza. Había ocultado mi rostro en su cabello y, muy despacio, sin hacer ruido, había inspirado por la nariz.

Después, me había sentado de nuevo para contemplarla hasta que desapareció más allá del atril.

Cogí el móvil de Babette, abrí la tapa y miré la pantalla. «Dos mensajes nuevos.» Pulsé *mostrar*. El primero era de Beau. Sólo había una palabra. Una palabra sin mayúsculas y sin punto: «mamá».

Pulsé *borrar*.

El segundo había sido grabado en el buzón de voz. Babette estaba con otra compañía telefónica, así que no sabía qué número marcar para escucharlo. Busqué en nombres y por la B encontré *buzón de voz*. No pude reprimir una sonrisa.

Después de que una voz femenina anunciase que tenía un mensaje nuevo, oí la de Beau.

Escuché. Mientras escuchaba, cerré los ojos un instante y volví a abrirlos. Cerré la tapa. No volví a dejar el móvil sobre la mesa, sino que me lo eché al bolsillo.

—¿A su hijo no le gustan esta clase de restaurantes?

Me asusté tanto que di un respingo en la silla.

—Discúlpeme —dijo el maître—. No pretendía asustarle. Pero lo he visto antes hablando con su hijo en el jardín. O al menos he deducido que era su hijo.

Al principio no supe a qué se refería, pero pronto caí en la cuenta. El hombre que fumaba. El hombre que fumaba fuera del restaurante. El maître nos había visto en el jardín.

No sentí pánico; bien mirado, no sentí nada.

Reparé de pronto en que el maître llevaba un platito en la mano, un platito con la cuenta.

—El señor Lohman ha olvidado llevarse la cuenta. Por eso se la traigo. Quizá lo vea usted dentro de poco.

—Así es.

—Lo he visto antes con su hijo —prosiguió—. Hay algo en su porte. En realidad en el porte de ambos, algo idéntico. Y he pensado que eso sólo pasa con padre e hijo.

Bajé la mirada hasta que él dejó el platito con la cuenta. ¿A qué esperaba? ¿Por qué no se iba en vez de contarme esas bobadas sobre portes?

—Ya —dije. No pretendía confirmar la intuición del maître; era sólo una forma de llenar educadamente el silencio. No tenía más que decir.

—Yo también tengo un hijo —comentó entonces—. Sólo tiene cinco años, pero a veces me sorprendo de lo mucho que se me parece. Cómo hace determinadas cosas de la misma manera que yo. Pequeños gestos. Por ejemplo, yo tengo la manía de tocarme el pelo, de rizarme un mechón cuando me aburro o cuando me preocupa algo... Y también tengo una hija de tres años que se parece a su madre como dos gotas de agua. Son igualitas.

Cogí la cuenta y miré el total. No profundizaré en todo lo que podría hacerse con aquel dinero, tampoco diré nada de cuántos días tendrían que trabajar las personas corrientes para ganarlo, en todo caso sin que la tortuga del suéter blanco de cuello vuelto los obligara a fregar platos en la cocina durante semanas. No mencionaré el total, que era una de esas cifras que dan ganas de reír. Y eso fue lo que hice.

—Espero que haya disfrutado de la velada —dijo el maître, pero seguía sin irse.

Tocó levemente el platito vacío con la yema de los dedos, lo desplazó unos centímetros por el mantel, lo cogió y volvió a dejarlo en la mesa.

45

—¿Claire?

Por segunda vez esa noche abrí la puerta del lavabo de mujeres y pronuncié su nombre. Pero no hubo respuesta. Fuera, en la calle, oí la sirena de un coche de policía.

—¿Claire? —repetí.

Avancé unos pasos hasta los narcisos blancos y constaté que todas las cabinas estaban desocupadas.

Oí la segunda sirena mientras pasaba por delante del guardarropa y del atril hacia la calle. Entre los árboles, vislumbré las luces giratorias delante del bar de la gente corriente.

Acelerar el paso o echar a correr habría sido una reacción normal, pero no lo hice. Sentí algo pesado y oscuro en el lugar donde sabía que se hallaba el corazón, pero se trataba de una oscuridad serena. Aquella sensación oscura se parecía mucho a la inevitabilidad.

Mi esposa, pensé.

De nuevo me asaltó el impulso de echar a correr. De llegar sin resuello al bar, donde sin duda me retendrían en la puerta.

«¡Mi esposa! —diría jadeante—. ¡Mi esposa está ahí dentro!»

Pero precisamente la visualización de esta escena me hizo aminorar el paso. Llegué al sendero de grava que conducía al puente. Cuando lo alcancé, ya no caminaba a un paso lento normal, sino que oía crujir la grava bajo mis zapatos, la cadencia de los pasos. Andaba a cámara lenta.

Apoyé la mano en el pretil y me detuve. Las luces giratorias se reflejaban en el agua oscura a mis pies. Entre los árboles de la otra acera se veía bien el bar. Justo delante del portal y la terraza había tres Golfs de la policía y una ambulancia.

Una ambulancia. No dos.

Era agradable estar tan tranquilo y ser capaz de detectar todas esas cosas —casi aisladamente— y relacionarlas con mis conclusiones. Me sentía igual que en los momentos de crisis (la hospitalización de Claire; el intento fallido de Serge y Babette de quitarme a mi hijo; las imágenes de la cámara de vigilancia). Entonces, como ahora, sentía que podía actuar manteniendo la calma. Actuar de un modo práctico y eficiente.

Miré de soslayo hacia la entrada del restaurante, donde se habían congregado algunas camareras, intrigadas seguramente por las sirenas y las luces giratorias. Me pareció reconocer también al maître, al menos vislumbré a un hombre trajeado encendiendo un cigarrillo.

Por un momento, pensé que no podían verme desde la entrada, pero entonces recordé que unas horas antes yo mismo había visto a Michel pedaleando por el puente.

Debía seguir adelante. No podía quedarme mucho rato parado allí. No podía arriesgarme a que una camarera declarase haber visto a un tipo parado en el puente: «Me resultó muy extraño. Estaba allí, sin hacer nada. No sé si le será útil para la investigación.»

Saqué el móvil de Babette del bolsillo, lo sostuve sobre el agua y lo dejé caer. Un pato se acercó al oír el chapoteo. Luego solté el pretil y me puse en movimiento. Ya no iba a cámara lenta, sino a un ritmo normal; ni demasiado lento ni demasiado rápido. Al final del puente crucé el carril bici, miré hacia la izquierda y fui hasta la parada de tranvía. Había un grupo de curiosos, no muy nutrido por lo tarde que era, como mucho una veintena. A la izquierda del bar había un pasaje. Me dirigí hacia allí. Acababa de alcanzar la acera cuando las puertas del bar se abrieron literalmente de par en par, con dos ruidosos chasquidos. Sacaron una camilla, una camilla con ruedas empujada por dos enfermeros. El que iba detrás sostenía una bolsa de suero. Luego salió Babette, ya sin gafas y apretándose un pañuelo sobre los ojos.

De la persona que iba en la camilla bajo una sábana verde sólo asomaba la cabeza. Lo había sabido en todo momento, pero aun así suspiré aliviado. Llevaba la cabeza cubierta con vendas y gasas. Vendas y gasas ensangrentadas.

Las puertas de la ambulancia ya estaban abiertas y subieron la camilla al interior. Dos sanitarios montaron delante y dos detrás, junto con Babette. Cerraron las puertas y la ambulancia se alejó a toda prisa y torció a la derecha en dirección al hospital.

Las sirenas ululaban, así que aún había esperanza.

O no, depende de cómo se mirase.

No tuve mucho tiempo para pensar en un futuro próximo porque las puertas del bar se abrieron de nuevo.

Claire salió escoltada por dos agentes uniformados; no iba esposada, ni siquiera la agarraban. Miró alrededor, escrutando las caras de los curiosos en busca de algún rostro conocido.

Entonces lo halló.

La miré y ella me miró. Avancé un paso, o cuando menos mi cuerpo delató la intención de avanzar un paso.

Claire negó con la cabeza.

No lo hagas, decía. Casi había llegado a uno de los coches de policía. Un tercer agente le abrió la puerta trasera. Miré rápidamente al grupo de gente para comprobar si alguien se había percatado de a quién dirigía su gesto Claire, pero al parecer sólo tenían ojos para la mujer escoltada.

Al llegar junto a la portezuela, Claire se detuvo un momento. De nuevo buscó y halló mi mirada. Hizo un movimiento con la cabeza; un gesto en el que los demás probablemente sólo vieron la inclinación normal para subir al coche, pero a mí me señalaba una dirección concreta.

Una dirección a mis espaldas, el pasaje, el camino más corto para llegar a casa.

A casa, me decía mi esposa. Vete a casa.

No esperé a que el coche de la policía arrancase. Me di la vuelta y me fui.

PROPINA

46

¿Qué propina se deja en un restaurante donde la cuenta te da risa? Recuerdo haber hablado de este tema a menudo, no sólo con Serge y Babette, sino también con otros amigos con los que hemos cenado en restaurantes holandeses. Supongamos que una cena para cuatro personas ha costado cuatrocientos euros —ojo, no digo que nuestra cena costara cuatrocientos euros— y la propina oscila entre el diez y el quince por ciento; en ese caso, lógicamente debería dejarse un mínimo de cuarenta o un máximo de sesenta euros.

Sesenta euros de propina... No puedo remediarlo, pero me entra risa. Y si no me ando con cuidado, estallaré de nuevo en carcajadas. Es una risa nerviosa, como la que te asalta en un entierro o una iglesia donde hay que estar callado.

Pero a nuestros amigos no les hace gracia alguna.

—¡Esta gente tiene que vivir de algo! —me dijo una vez una buena amiga mientras cenábamos en un restaurante parecido.

La mañana de nuestra cena yo había sacado quinientos euros del cajero. Me había propuesto pagarlo todo, hasta la propina. Actuaría con rapidez, pondría los diez billetes de cincuenta sobre el platito antes de que mi hermano tuviese la oportunidad de sacar su tarjeta de crédito.

Cuando al final de la velada puse en el platito los cuatrocientos cincuenta euros que me quedaban, el maître pensó que me había confundido. Fue a decir algo. Quién sabe, quizá que una propina del ciento por ciento era demasiado buena; pero yo me adelanté.

—Esto es para usted si me promete que nunca me ha visto en el jardín con mi hijo. Jamás. Ni ahora. Ni dentro de una semana. Ni dentro de un año.

Serge perdió las elecciones. Al principio, los votantes mostraron cierta simpatía por el candidato de la cara desfigurada. Una copa de vino blanco —mejor dicho, una copa de vino blanco rota justo por encima del tallo— causa heridas muy extrañas. Sobre todo los puntos de sutura resultan extraños, dejan el tejido irregular y zonas vacías donde el viejo rostro no se recupera jamás. En los dos primeros meses lo operaron tres veces. Después de la última intervención, se dejó crecer la barba por un tiempo. En retrospectiva, creo que la barba marcó el punto de inflexión: ahí estaba Serge, en un mercado, en un solar en construcción, a la entrada de una fábrica, con su anorak, repartiendo folletos... con barba.

En los sondeos, Serge Lohman empezó a bajar drásticamente. Lo que unos meses antes parecía un triunfo anunciado se transformó en una caída libre. Un mes antes de las elecciones se afeitó la barba. Fue un último acto de desesperación. Los electores vieron el rostro con las cicatrices, pero también vieron las zonas vacías. Es asombroso, e injusto en cierto modo, lo que un rostro desfigurado puede hacerle a uno. La gente mira las zonas vacías y no puede evitar preguntarse qué había antes allí.

Pero el golpe de gracia fue sin duda la barba. O mejor dicho, dejarse la barba primero y afeitársela después. Serge Lohman no sabe lo que quiere, fue la conclusión de los electores, y votaron por lo conocido. La mancha del empapelado.

Por supuesto, Serge no interpuso ninguna denuncia. Denunciar a su cuñada, la esposa de su hermano, no habría emitido una buena señal.

—Me parece que a estas alturas ya lo ha entendido —dijo Claire unas semanas después del incidente en el bar—. Él mismo habló de ello: dijo que quería resolver las cosas en familia. Creo que ha entendido que ciertas cosas no deben trascender el entorno familiar.

En cualquier caso, Serge y Babette tenían otras cosas en la cabeza. Por ejemplo, la desaparición de su hijo adoptivo Beau. No escatimaron esfuerzos para encontrarlo: organizaron una campaña con fotos en los periódicos y las revistas, carteles por todas partes y una aparición televisiva en el programa *Desaparecido*.

En aquel programa se divulgó la noticia de que, antes de desaparecer, Beau había dejado un mensaje en el buzón de voz de su madre. No consiguieron encontrar el móvil de Babette, pero el mensaje se había conservado, aunque ahora tenía connotaciones muy distintas de las que tuvo la noche de nuestra cena.

«Mamá, pase lo que pase... quiero decirte que te quiero...»

Podría decirse que movieron cielo y tierra para encontrar a Beau, pero también surgieron dudas. Una revista sugirió que quizá Beau se había hartado de sus padres adoptivos y había regresado a su país de origen. «Es algo que sucede con frecuencia en esta "edad difícil" —rezaba el artículo—, que los chicos adoptados vayan en busca de sus padres biológicos. O, como mínimo, que manifiesten curiosidad por su país de origen.»

Un periódico dedicó al caso una página entera, y planteó por primera vez la cuestión de si los padres biológicos buscarían a su hijo con más ahínco que los de adopción. Se citaban ejemplos de padres adoptivos de hijos descarriados, en los que los adoptantes habían acabado por desentenderse de ellos. Con frecuencia, atribuían los problemas a una combinación de factores. La incapacidad de arraigarse en otra cultura se mencionaba como el más importante, seguido de los aspectos biológicos: «defectos» que los niños heredaban de sus padres biológicos. Y en el caso de adopciones a edades más tardías, había que tener en cuenta las experiencias vitales del niño antes de ser acogido por su nueva familia.

Me acordé de aquella vez en Francia, la fiesta en el jardín de mi hermano. Cuando los campesinos franceses habían pillado a Beau robando una gallina y Serge había afirmado que sus hijos jamás harían algo así. Sus hijos, había dicho, sin hacer distingos entre ellos.

De nuevo pensé en la protectora de animales. Uno tampoco sabe lo que le ha pasado a un perro o a un gato antes de llevárselo a casa, si lo han maltratado o encerrado durante días en un sótano oscuro. No importa mucho. Si el perro o el gato se muestran indóciles, se devuelven y asunto arreglado.

Al final del extenso artículo se planteaba la cuestión de si los padres biológicos se mostrarían menos dispuestos a desentenderse de un hijo díscolo o descarriado.

Yo sabía la respuesta, pero primero le dejé leer el artículo a Claire.

—¿Qué opinas? —le pregunté cuando hubo acabado. Estábamos sentados a la pequeña mesa de la cocina con los restos del desayuno. Los rayos del sol incidían en el jardín y sobre la encimera. Michel había ido a jugar al fútbol.

—Me he preguntado a menudo si Beau hubiese chantajeado a su hermano o a su primo de haber sido familia carnal. Desde luego que los hermanos carnales se pelean, a veces incluso no quieren volver a verse, pero sin embargo... cuando llega el momento, en un caso de vida o muerte, siempre se puede contar con ellos. —Y entonces se echó a reír.

—¿Qué te pasa? —le pregunté.

—No, es que de pronto me he oído hablar de los hermanos —dijo riéndose aún—. ¡Y te lo decía a ti!

—Ya —repuse, y reí también.

Luego estuvimos un rato sin decir nada, sólo mirándonos de vez en cuando. Como marido y mujer. Como dos partes de una familia feliz, pensé. Por supuesto habían sucedido cosas, pero últimamente me venía a menudo al pensamiento la idea de un naufragio. Una familia feliz sobrevive al naufragio. No quiero decir que después sea más feliz que antes, pero tampoco lo será menos.

Claire y yo. Claire, Michel y yo. Compartíamos algo. Algo que antes no existía. Seguramente no compartíamos lo mismo los tres, pero quizá tampoco fuese necesario. No hay que saberlo todo del otro. Afortunadamente los secretos no estorbaban.

Pensé en aquella noche al término de nuestra cena. Michel tardó bastante en llegar a casa. En nuestra sala hay una antigua cómoda de madera en la que Claire guarda sus cosas. Mientras abría el primer cajón me invadió la sensación de que estaba a punto de hacer algo de lo que luego me arrepentiría.

No pude evitar acordarme del período que Claire pasó en el hospital. En una ocasión, le hicieron una exploración interna en mi presencia. Me hallaba sentado en una silla junto a su cama y le tenía la mano cogida. El médico me invitó a mirar el monitor mientras le metían algo a mi esposa —un tubo, una sonda, una cámara—. Recuerdo que miré muy rápidamente y luego desvié los ojos. No fue porque las imágenes me abrumasen o temiera desmayarme, fue algo distinto. Pensé que sencillamente no tenía derecho a mirar.

Estaba por desistir cuando hallé lo que buscaba. En el primer cajón tenía unas viejas gafas de sol, pulseras y pendientes que ya no se ponía. Pero en el segundo había papeles: el carnet de socia del club de tenis, una póliza del seguro de la bicicleta, un permiso de estacionamiento caducado y un sobre con el nombre del hospital en la esquina izquierda.

El nombre del hospital donde la habían operado, pero también el hospital donde había dado a luz a Michel.

«Amniocentesis», ponía en letras de imprenta en el encabezamiento del papel que saqué del sobre. Justo debajo había dos casillas, «niño» y «niña».

Había una cruz sobre «niño».

Claire sabía que tendríamos un varón, fue lo primero que se me ocurrió. Pero nunca me lo dijo. Hasta el día antes del nacimiento estuvimos fantaseando sobre el nombre que le pondríamos si era niña. Si era niño no teníamos dudas: años antes de que Claire se quedase embarazada ya nos habíamos decidido por Michel. Pero en caso de ser chica, dudábamos entre Laura y Julia.

En el formulario había una serie de cifras escritas a mano. Leí varias veces la palabra «positivo».

Debajo había un recuadro de unos cinco centímetros por tres bajo el encabezamiento «Observaciones». Aquel recuadro estaba todo escrito con la misma letra casi indescifrable que había anotado las cifras y había hecho una cruz en la casilla «niño».

Empecé a leer. Y al punto me detuve.

Esa vez no me embargó la sensación de que no tenía derecho a mirar. No, fue otra cosa. ¿Debía saberlo?, me pregunté. ¿Quería saberlo? ¿Seríamos más felices como familia?

Debajo del recuadro manuscrito había dos casillas más pequeñas. En una ponía «Elección del médico/hospital», en la otra «Elección de los padres».

Había una cruz en la casilla «Elección de los padres».

Elección de los padres. No ponía «Elección de la madre» sino «Elección de los padres».

Ésas son las palabras que a partir de ahora llevaré siempre conmigo, pensé, y volví a meter el formulario en el sobre y éste debajo del permiso de estacionamiento caducado.

«Elección de los padres», dije en voz alta mientras cerraba el cajón.

Cuando Michel nació, todo el mundo, hasta los padres y familiares directos de Claire, convinieron en que era idéntico a mí. «¡Es clavado a ti!», exclamaban las visitas tan pronto lo sacaban de la cuna.

A Claire también le hacía gracia. El parecido era tan evidente que no había forma de negarlo. Luego disminuyó un poco, y a medida que crecía se pudo reconocer en él, no sin esfuerzo y buena voluntad, algunos rasgos de su madre. Sobre todo los ojos, y algo entre el labio superior y la nariz.

Clavado a mí. Después de cerrar el cajón, escuché los mensajes del contestador del teléfono fijo.

«¡Hola, cariño! —oí decir a mi esposa—. ¿Cómo estás? ¿No te aburres demasiado?» En el silencio que siguió se distinguían claramente los sonidos del restaurante: murmullos, platos apilados. «No, nos tomamos el café y nos vamos, dentro de una hora estaremos en casa. Así que aún estás a tiempo de recoger un poco. ¿Qué has cenado?»

Otro silencio. «Sí...» Silencio. «No...» Silencio. «Sí.»

Conocía el menú de nuestro teléfono. Pulsando el 3 se borraba el mensaje. Ya tenía el pulgar encima del 3.

«Adiós, cariño. Un beso.»

Apreté.

Media hora después llegó Michel a casa. Me dio un beso en la mejilla y me preguntó dónde estaba su madre. Le dije que tardaría un poco, que luego se lo contaría todo. Me fijé en que tenía los nudillos de la mano izquierda despellejados —es zurdo, como yo— y en el dorso había un rastro de sangre coagulada. Entonces lo observé con detenimiento. También tenía sangre en la ceja izquierda y manchas de barro en la cazadora y las zapatillas de deporte blancas.

Le pregunté cómo había ido.

Y me lo contó. Me contó que *Men in Black III* ya no estaba en YouTube.

Aún estábamos en el recibidor. En cierto momento, Michel interrumpió su relato y me miró.

—Papá.

—¿Qué? ¿Qué pasa?

—¡Ya estás otra vez igual!

—¿Con qué?

—¡Te estás riendo! Igual que la primera vez que te conté lo del cajero automático. ¿No lo recuerdas? ¿En mi cuarto? Mientras te contaba lo de la lámpara te echaste a reír, y cuando llegué al bidón aún no habías parado.

Se quedó mirándome. Y yo lo miré también. Miré a mi hijo a los ojos.

—Y ahora te echas a reír de nuevo. ¿Sigo contándotelo? ¿Estás seguro de que quieres saberlo todo?

No dije nada. Me limité a mirarlo.

Entonces Michel se acercó a mí y me abrazó con fuerza.

—Te quiero, papá —dijo.